Crooked Letter, Crooked Letter

被遗弃的人

[美] 汤姆・富兰克林（Tom Franklin）◎著 子文 ◎译

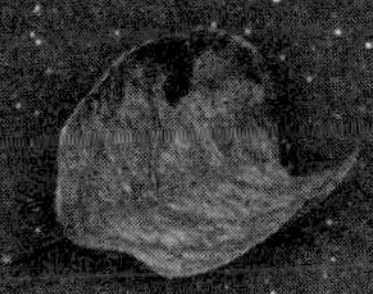

湖南文艺出版社
HUNAN LITERATURE AND ART PUBLISHING HOUSE

谨以此书献给杰夫·富兰克林，并以此怀念茱莉·芬尼黎·特鲁多

目录
Contents

第一章　事发的那一天

拉里感觉不到疼痛，只感觉到自己在流血。他想起了自己的母亲、父亲和树林里站着的辛迪·沃克。

拉里·奥特回到家时，发现有个“魔鬼”正在等他。今天，是卢瑟福家的女孩失踪的第八天。

前一天晚上，暴风雨席卷东南部各州。电视新闻里充斥着洪水肆虐、树木连根拔起、拖车游荡相撞的画面。拉里今年四十一岁，至今未婚，一个人住在密西西比郊外父母的家中。这所房子现在已经归他所有，但他并不这么想，所以一直扮演着房屋监护人的角色。拉里每日打扫，保持房屋清洁，接收和回复信件，缴纳账单费用。晚上，他会打开电视机，边看电视边吃麦当劳或肯德基的炸鸡。然后，他出来，坐在门廊上，听晚风掠过树梢、穿过田野，看暮色渐浓。日日如此，日日又不同。

正值九月初。那天早上，他坐在走廊里喝咖啡，出了一身的汗。他抬眼望着水光闪闪的院子、泥迹斑斑的车道和笔直的围墙。墙外浸满水的绿地上长满了蓟花、秋麒麟草、鼠尾草蓝和金银花，由远及近，一直延伸到树林边缘。离拉里家一英里处是邻居家的房子，两英里处是十字路口和早已关门歇业的小商店，那里是柏油路的起点。

屋檐下垂着几棵蕨类植物，母亲悬挂在那儿的风铃与植物枝叶缠在一起，就像扭曲的木偶。拉里把咖啡放在扶手上，起身将风铃的小管和枝叶分开。

拉里走到后院，打开装有滑轮的仓房大门。他将烧焦了的沙丁鱼罐头从拖拉机烟囱上取下，挂在墙上，然后上了拖拉机。他坐在金属座位上，一脚踩着离合器，一脚踩着刹车，扭转钥匙发动了这辆老福特车。和家里的其他东西一样，这辆拖拉机曾经也属于他父亲。福特8-N款，挡泥板和发动机前盖喷了灰漆，发动机和车身灭火器喷了红漆。他发动了几次，周围的空气中弥漫着几缕轻烟。他坐直身子，开动拖拉机，身体随车体上下震颤。拖拉机笨重的车轮碾过地面，缓缓向前。他驶过草丛，赶得大黄蜂、蝴蝶、湿漉漉的蚂蚱和蜻蜓四散飞蹿。拉里的母亲总把蜻蜓称为蛇医生。拖拉机狭长的影子投在远处的围墙上，他转动着方向盘，拖拉机在草地里兜圈。围墙边种着高大茂密的水蜡树，南墙根处还未被阳光照耀，阴冷潮湿。从三月到七月，拉里每月会锄两次草。到了秋天，野花开放，他就任由它们生长。九月，迁徙的蜂鸟路过，在鼠尾草蓝丛中飞来飞去。它们好像很喜欢在花间追逐嬉闹。

到了鸡舍边，拉里停下，将拖车斗放低。他抬头望了望天，无奈地摇头。远处，乌云笼罩着树顶，眼看就要下雨了。他走进饲料间，用一个宽口塑料牛奶罐装好饲料和玉米粒。褐色的饲料颗粒和沾满灰尘的黄色玉米粒散发着淡淡的泥土味，这让拉里想起了自己的母亲。他将碾碎的砾石细砂加进去，帮助鸡消化食物。家里原先的鸡舍是父亲亲手搭建的“母亲节礼物”。在拉里印象中，那间鸡舍长二十英尺，延伸到仓房左端，和仓房里现在已被改为休息室的屋子挨着。新鸡舍则不同。拉里总觉得，这些鸡住在那么狭小的空间里太可怜了。干燥的时节，到处尘土飞扬；潮湿的时节，四周泥浆粘连。房子周围有大约五英亩田地，什么都没种，草长虫飞，鸡却不能享用。他曾经做过实验，尝试着放几只鸡出来，四处跑跑。拉里希望它们别跑得太远，累了就在仓房附近休息。结果，第一只鸡跑到树林边，钻到围墙下，再也不见踪影；随后，第二只鸡很快成为美洲野猫的猎物。拉里左思右想，终于想到一个方案。在一个夏日周末，他制作了一个将近一人高的可移动笼子。笼子底部装有活动地板和轮子。他把父亲从前建造的鸡舍拆了，按照自己的想法重新搭建，正对着外面的大门。这样，鸡可以利用笼子做保护，出来自由活动。每天早上，拉里把内门闩上，把鸡放出来。晴天里，他就用拖拉机将笼子拉到田野里的不同草地片区，让鸡吃到新鲜的食物——昆虫和植物——鸡的排泄物不仅不会污染草地，还可以给田地施肥。这些鸡都很享受这种生活方式，它们产下的鸡蛋，蛋黄比从前的颜色深了两倍，味道也好多了。

拉里把饲料拿出来，乌云以排山倒海之势笼罩着远处的树林。起风了，吹得风铃直响。还是不把鸡放出去了，他想。拉里回到仓房，把木门闩好，走进鸡舍。鸡屎和尘土的味道扑面而来。他关好门，发现脚边落满了鸡毛。今天，四只褐色母鸡端坐在胶合板箱里，躲进了松针深处。

“早上好，女士们。”拉里说着，将水龙头打开。龙头下面放着一个旧轮胎，中间被切开，就像被切成两半的面包圈。轮胎里渐渐装满水，拉里低头钻进笼子，鸡群立刻活跃起来，围拢到他身边。拉里把罐子里的饲料倒出来，看着它们挤做一团去抢食。鸡在自己的排泄物和湿羽毛中间，不停点头。拉里低头走进鸡舍，将蹲在里面的鸡赶走，伸手捡起沾满鸡屎的褐色鸡蛋，放进桶中。“希望你们今天过得愉快，女士们。”他说完，走了出去。他关上水龙头，闩好门，把罐子挂在车上。“咱们明天再看看能不能出去。”

进屋以后，他擦了鼻涕，洗了手，对着卫生间的镜子刮脸。他将剃须刀在洗手池边敲了敲，胡楂掉落在排水口周围，不是黑色的而是灰色的。他知道，如果不定期刮脸，自己的胡子就会像三十五年前父亲在打猎季节留的胡子一样灰。从小时候起，拉里就胖乎乎的，但脸很瘦。他留着长短不齐的褐色短发，因为是自己剪的。在母亲去“河畔家园”之前，他就定期刮胡子。母亲住的养老院在河边，看护人员和住院的老人们大部分是黑人。拉里本想送母亲去更好的地方，可他没那么多钱。他往脸上洒了温水，用浴巾狠狠地拍打雾气腾腾的镜子中自己的影子。

这就是拉里。理论上，他是位技工师傅。他在北线11号高速公路边开了间有两个修车台的汽修铺，那是一幢摇摇欲坠的白墙绿边的混凝土建筑。他开着父亲的红色福特卡车，20世纪70年代初期的款式，有宽大的红色尾管。这辆车开了三十年，却只行驶了五万六千英里，原配的六个汽缸完好无损。此外，除了风挡玻璃和前灯，车里几乎保留了全部原厂配件。车尾有踏板和工具箱，箱子里装着扳手、插座和棘轮，方便他随时上路帮人修车。后窗边有个枪架，上面放着他的伞。自从“9·11”事件发生后，人们就不能随便展示自己的枪支武器了。实际上，由于拉里曾经的行为，他被禁止拥有武器。

拉里的卧室堆满了平装书。他戴上制服帽，穿上一条绿色卡其裤，配了件短袖棉衬衫，衬衫的口袋上印有椭圆形的“拉里”字样。他喜欢穿黑色钢头工装鞋，跟父亲习惯相同。拉里的父亲也是技工师傅。他煎了半磅熏肉，炒了早上收的鸡蛋，打开一罐可乐，边吃边看新闻：警方仍未找到卢瑟福家的女孩，巴格达有十一名男孩丧生，还有高中足球比赛最新赛况。

拉里把手机从充电器上拔下，看了看，没有未接来电，就随手放进了裤兜里。他拿起最近在读的小说，锁门出去，小心翼翼地走下台阶，踩着草丛，来到车旁。他上了车，点火发动，掉头，开出院子，雨点不停拍打着风挡玻璃。他在自家车道尽头的信箱边停下，瞥了一眼。信箱门已经破损，外面的标志也已模糊不清。他低头，伸手进去，摸到一个包裹，是读书俱乐部的会员宣传册，还有一张话费单。拉里将邮件丢到车后座，开上大路，拐进高速公路。一会儿，他就能开到自己的车铺，打开修车台，把大桶拖出来，再打开后门，将风扇放在附近加快空气流通。一会儿，他就能站在气泵前，看着来来往往的汽车，期盼对面汽车旅馆的某个墨西哥人需要修修制动系统或其他什么。然后，他就会回到办公室，将字牌由“休息”翻到“营业”，从角落的机器里拿出一罐可乐，用开瓶器把瓶盖去掉。他会坐在办公桌后面，看着窗外每半小时有一两辆车经过的马路。他会打开桌子左下方的抽屉，跷起脚放上去，撕开包裹，看看本月有哪些推荐书目。

但是，四小时后，拉里又在回家的路上了。他接到电话。母亲说，自己今天过得很愉快，想吃他送的午餐。

“没问题，夫人。”拉里说。

除了午餐，他还要取一个相册——敬老院一位善良的护士告诉他，旧照片能够帮助母亲留存更多更久的记忆片段。如果快些行动，他就能拿到相册，然后去肯德基买炸鸡，在正午前赶到母亲那儿。

他开得很快，这并不明智。当地警察认识拉里的卡车，他们经常停在拉里每天路过的铁路轨道旁边，紧盯着他。除了三更半夜路过拉里家院子，哄闹着鸣笛、扔啤酒罐和烟花爆竹的醉酒青年之外，拉里基本没有朋友。华莱士是拉里唯一的朋友。当然，那些偶尔来访的不速之客更让拉里烦躁不安。例如昨天，杰拉尔德县主调查官罗伊·法兰西拿着搜查令来到拉里家。“你能理解吧？”法兰西用搜查令敲打着拉里的前胸说，“我必须追查所有线索。而你就是我们所说的相关嫌疑人。”拉里点点头，让到一边，不看搜查令就让罗伊进门。拉里坐在前门廊上，罗伊在屋里四处搜查，卧室抽屉、厨房边的卫生间、衣柜、阁楼，打着手电查看每个角落，然后去仓房搜查一番，吓到了拉里养的鸡。离开的时候，罗伊总是说：“希望你能理解。”

拉里当然理解。如果自己的女儿失踪了，他也会到这儿来找。他会找遍世界的每个角落。他知道，最糟糕的事情莫过于等待，束手无策地等待。在等待所浪费的时间里，女孩可能已经迷失在森林中、被绑在别人的衣柜里或被用自己的绿胸罩吊死在栏杆上。

他当然理解。

拉里在门前停车，下来，开着车门。他开车时从不系安全带，他的亲戚朋友们也从不系安全带。他快步走上楼梯，打开纱门，边用脚支着边找钥匙，打开门时，他发现桌上放着一个敞开的鞋盒。

拉里倒抽一口冷气。他回头，看到了一个“魔鬼”的脸，戴着那张他熟悉的面具。面具是拉里小时候的玩具，母亲憎恶这面具，父亲也常嘲笑它。那是一张灰色的僵尸脸，上面有流血的伤口和大片的毛发，一个塑料眼珠子从眼窝里耷拉下来。那个“魔鬼”肯定是从拉里衣柜里找到面具的，拉里把它藏在里面，连罗伊都从未找到过。

拉里说：“什么……”

戴面具的人高声打断他：“大家都知道你所做的事。”他举起手枪。

拉里摊开双手，后退几步，那人举着枪紧逼过来。“等等。”拉里说。

但是，拉里根本没有机会说明，上周的卢瑟福女孩绑架案，以及二十五年前辛迪·沃克的绑架案都不是自己做的。因为，那个人又上前一步，用枪抵住了他的胸口。那一瞬间，拉里看到了面具后面的眼睛，眼神中流露着某些熟悉的东西。然后，他听到了枪响。

拉里睁开双眼，发现自己躺在地上，望着天花板。他耳朵里一直嗡嗡的，腹部不停颤抖，他紧咬着嘴唇，转过头，看见那人正站在门边，靠着墙，身影愈发瘦小。他戴着一副白色棉手套，握着枪，双手不停抖动。拉里感到呼吸困难。

“去死吧。”他低声嘶吼。

拉里感觉不到疼痛，只感觉到自己在流血。心脏跳得很快，越来越多的鲜血迸射出来，他能闻到浓烈的血腥味。火烧火燎的滋味。拉里无法移动左臂，只好把右手放在上下起伏的胸前。鲜血从指间流出，顺着肋骨淌下。他感觉舌尖有涩涩的味道，又冷又累又渴。他想起了自己的母亲、父亲和树林里站着的辛迪·沃克。

那个“魔鬼”走过来蹲在拉里身旁，从面具后面看着他，两眼闪着冷光。拉里心中泛起怪异的宽恕感。他原谅了这个“魔鬼”，所有的“魔鬼”都被误解了。那个人把枪从右手换到左手，下意识地摸了摸面具，在油漆血迹上留下一抹鲜血。他穿着一条蓝色旧牛仔裤，膝盖处有破损。袜腰提得很高，衬衫袖子上沾着血迹。

拉里的头部和脸部充斥着眼镜蛇的响声，他听到自己低声诉说，那是“安静”的声音。

“魔鬼”摇了摇头，将枪从一只手换到另一只手中。双手的手套上都沾满鲜血。

“去死吧。”“魔鬼”又说。

死就死吧，拉里想。

第二章　警官塞拉斯

可是，除了同事们和犯人们，塞拉斯还经常和谁联系呢？大概只有安吉。他还需要谁呢？

CROOKED
LETTER,
CROOKED
LETTER

他本名叫塞拉斯·琼斯，但是人们叫他“32”，或者“警察”。因为他的棒球球衣是32号，而他的职业是警察。作为密西西比州夏博镇的唯一执法者，他管辖着大约五百名居民，镇上为他配备了一辆装有简易可拆卸警灯的旧吉普车。他依法注册，持有三把手枪和一支泰瑟枪，他习惯将警徽拴在系带上挂在胸前。今天是周二，下午巡逻完毕，行驶在回城的小路上时，他向窗外张望，发现东方的天边有很多秃鹰在飞。几十只秃鹰仿佛黑色的斑点，衬着墨色的乌云，就像二战照片中高射炮射中轰炸机后爆炸的场景。

塞拉斯踩了刹车，调低速挡，来了个三点转向，拐到一条脏兮兮的小路上。他四处张望，寻找被汽车或四轮车撞死在路边的狗或鹿，却只在人行道上发现了一只乌龟，一动不动的，像个湿漉漉的头盔。也许在山脚下一英里处的树林里，有什么动物死在河边了。他调至一挡，慢慢将吉普车开进泥地，歪歪斜斜地滑行，发现地上有其他的车辙。塞拉斯一路向前，直到这条路消失在树林的拐弯处，他继续开车在泥地里摸索着前行。没过多久，他来到一座铝合金大门前，看到门上挂着“禁止狩猎”的金属牌子，落款是卢瑟福木材公司。类似的提示牌在这一带随处可见，因为富有的卢瑟福家族在夏博拥有一家木材厂和数千英亩森林农场。通常情况下，上层的白人们可以在树林里打猎，捕杀白尾鹿和火鸡，但这里的火炬松林是待伐区域。木材厂在树上用黄色或红色旗子做标记加以区别。

塞拉斯刚下车，墨镜表面就蒙起一层水雾。他摘下眼镜，挂在衣领上，伸了伸腰腿，呼吸着雨后闷热的空气，聆听蓝鹇鸟的叫声。他独自一人，在树林深处，远离纷纷扰扰。他可以拿出点45手枪打几枪，除了树林里的鹿和浣熊，世界上其他生物都听不到。当然，十九岁的白人女大学生蒂娜·卢瑟福也不可能听到。塞拉斯心里充满矛盾，既希望早点找到她，又不希望看到她的尸体被成群的秃鹰蚕食。蒂娜是工厂老板的女儿，在北部牛津[①]的密西西比大学读书，上大学三年级。两天前，她母亲打电话报警，焦急万分。警局向蒂娜的舍友证实了其暑假后仍未到校上课的情况后，正式将蒂娜失踪一事立案侦查。现在，全密西西比州的警察都在寻找蒂娜。夏博的警察们更是什么都顾不上，只想尽快找到这女孩。

塞拉斯从一串钥匙中找出那把带着绿标签的，打开门锁，开车进去，停在院里，又锁上门。

他坐进车里，摇下车窗，继续开车在树林里穿行。路中央湿漉漉的长草划过风挡玻璃，就像洗车行的大刷子。路面斜坡处，树木的枝干展现出优雅的弧度，好似弯曲的手臂。一路颠簸，塞拉斯小心滑行，担心下一分钟就会陷入泥潭。由于辖区内的乡村地区大部分都是

① 美国俄亥俄州的牛津。

土路，塞拉斯曾多次向夏博镇议会申请要一辆新的烈马越野车，均被拒绝，他只好开着这辆从前在邮局服役的破邮车。现在，汽车后挡板上的“美国邮政”字样仍隐约可见。

塞拉斯的对讲机里传出声音：“32，你来吗？”

是威瑟琳。如果把塞拉斯比做夏博的警察局，那么威瑟琳就是夏博的镇议会。

“去不了，威瑟琳女士，”塞拉斯答道，“我正忙着查些事情。”

威瑟琳叹了口气。如果塞拉斯不能来，她就得穿上橙色背心，亲自在工厂入口处指挥交通。

“你欠我一个人情，”她说，“我刚做了头发。”

塞拉斯应许着，将对讲机挂在腰间。他低头看了看自己脚上那双质量上乘的皮靴，想到即将要置它们于“险境”，于心不忍地摇了摇头。

塞拉斯将车速降到每小时五英里。行驶到山脚下的时候，他踩着刹车向前开——这是他自创的泥地滑行技术。车轮有些打滑，他就势拐弯，然后停车。他拿起放在座椅上的牛仔帽，下了车，关上车门，走进树林，沿山坡下行。地上铺着厚厚的落叶，湿漉漉的。塞拉斯险些滑倒，他随手抓住藤条，摇落一大片水珠，淋湿了自己。山坡陡峭，但山下的风景很美。除了松树，他不认识其他树种。刚下过雨，树干颜色更暗，地上长着蘑菇或苔藓。越往下走，空气越凉。到了山脚，塞拉斯拍了拍肩膀，将帽子翻过来倒掉水珠和落叶。在他身后，是那座热带小山，散发着雨水和虫子的味道。树叶上挂着水珠，空气中充满了能量，仿佛被闪电赐予了力量。松鼠在空地上蹿来蹿去，躲避着啄木鸟的圈套，印第安母鸡在树林里叫着。

他沿着水边前行，惊得青蛙纷纷从香蒲和芦苇里跳出来。塞拉斯觉得，凯因河就像块沼泽地。河水几乎不流动，青蛙掠过、潭底冒泡或者鱼儿浮上来的时候，安静的黑潭才略有动静。水面漂浮着落叶、枯枝、酒瓶和废弃物，凑成一个漂浮的垃圾堆。塞拉斯不明白，究竟是谁大老远的到这里来扔垃圾。他举起手来扇着凉风，成群的飞虫在树枝高处飞来飞去，好像迷你玩具飞机摆成的矩阵。塞拉斯想，没准儿就是只野猫，跑到河边，然后死了。动物和人都有受伤后拼命寻找水源的本能。

塞拉斯想起了自己的母亲，她已经去世八年了。那时候，他和母亲住在狩猎的小木屋里，周围的土地归白人所有。木屋不通水电，更没有燃气。他们住进小屋一周左右，有只独耳猫出现在门廊上，阴囊有核桃那么大。当时天刚黑，他和母亲把猫赶走了。第二天清早，他们发现，小猫又回来了，躺在台阶上，爪子里有只挣扎的老鼠。母亲说："天啊，它在展示本领，以求收养。"于是，他们收养了小猫，它溜到了母亲床上，母亲说正好可以暖脚。几个月后，他们搬出小木屋，小猫也跟着他们搬进新家。本以为小猫可以活很多年，一直陪伴他们，但是有一天，它不见了。那时候，塞拉斯正准备离家，去牛津开始大学四年级的生活，并没有留意。等到他发觉问起母亲时，母亲说猫儿已经失踪快一个月了。

"它去哪里了？"

"走了，亲爱的。"母亲说。

"走了？"

母亲头戴发网，正在水池边洗衣服。她说："猫儿死了，塞拉斯。当小动物的生命行将结束时，它会自己离开，去等死。”

塞拉斯往前走，发现旁边的灌木丛不那么稠密了，空气也更加闷热潮湿。然后，树荫不见了，敞开的树枝迎向灰白的天空，眼前是红花花的木头、热腾腾的毒菌、一群群的飞虫、湿漉漉的树叶和亮晶晶的蛛网。塞拉斯听到耳边有蚊子嗡嗡飞，伸手一拍，蚊子就变成甜兮兮的腐尸。他加快步伐，鞋子上沾满了落叶。

五十码开外处，有东西俯冲过来。他停住，迅速做出侧投姿势，脚下泥土微微颤动。但是，那东西却转了方向，飞向空中。塞拉斯看清了，原来是一只秃鹰。远处，还有更多秃鹰，有的在水面盘旋，有的在岸边徘徊。

越靠近沼泽地，气味越难闻。成群结队的秃鹰围在附近，它们就像吃了类固醇的乌鸦，脖子和脑袋光秃秃的，红脸，长有公鸡般的肿块，爪子上长满鳞片物，鹰钩嘴。

塞拉斯边走边用手扇风乘凉，他心里盘算着，决定不开枪杀秃鹰。两年前，夏博颁布了法令。从那以后，他就只对着靶子练枪。其实，塞拉斯从未开枪实战，连木桩上的乌龟也没打过。

又一只秃鹰从岸边飞起，点着沼泽，划开它自己的倒影，落在树干上，来回倒着爪子。塞拉斯记起，拉里·奥特曾经说过，被秃鹰占领并作为栖息地的大树必死无疑。塞拉斯闻到了死亡的味道。他深吸了口气，继续向前。大树枝遮挡着去路，他低头躲过一根矮藤，提防着草丛里的蛇。“长着棉花嘴的莫卡辛鞋”[①]，母亲总是这样形容蛇。

① Cottonmouth-moccasins，北美印第安人穿的一种无后跟软皮平底鞋。

“残忍的老东西，”她说，“身体像黑人的手臂一样黝黑健硕，但嘴巴却像黑人兄弟采的棉花一样惨白狠毒。”

塞拉斯摘下帽子。远处的水域被成群的秃鹰和苍蝇围拢着，几片格子布散落在里面。感觉到上方有阴影笼罩，塞拉斯抬起头，看到几只秃鹰在盘旋。它们在同样的高度穿梭飞行，翅膀和尾巴上的羽毛被阳光镶了金边。塞拉斯突然感觉口干舌燥。

看来，这群早起的秃鹰已经忙活了一阵子。天气燥热，尸体腐烂得很厉害，根本无法辨认受害人的样貌。塞拉斯无奈地摇摇头，拿出对讲机呼叫。

后来，塞拉斯对法兰西说，他认得那格子布。

几天前，塞拉斯接到任务。一位垃圾车驾驶员打电话报警说，自己在路边发现一辆老式雪佛兰英帕拉车着火，冒出浓烟。于是，塞拉斯开车到邓普路附近，去查看棉花地后的那片隐蔽区域。

从被烧焦的个性车牌上，塞拉斯认出了车的主人——M&M，是莫顿·莫里赛特的代号。高中时代，塞拉斯是棒球队的三垒手，他是二垒手。毕业以后，M&M在工厂里做了几年，后来弄伤了腰。现在，他以工伤残疾为名休养，据说暗地里在贩卖大麻。此人既聪明又谨慎，从不吸毒，所以警察没有证据上门调查。当然，警方一直关注他的动向。法兰西和缉毒警密切关注县里所有嫌疑人的行动，可是，除非发生暴力事件或者收到投诉和指控，他们通常不便追究。M&M从20世纪90年代起就开始贩卖大麻，常来光顾的有黑人也有白人。

到达现场后，塞拉斯立刻向法兰西汇报汽车着火的情况。塞拉斯只负责处理一般性暴力事件，稍微严重些的情况，他都要向上级报告。法兰西很快赶到现场，接手此案。二十四小时内，他就找到一位重要目击证人。老妇人说曾经见过一个人坐在M&M车里，此人的相貌特征与当地一位臭名昭著的瘾君子极为吻合。法兰西和县里的缉毒警一直在监视这个名叫查尔斯·迪肯的人，这次正好可以申请到搜查证。不过，警方暂时无法找到查尔斯和M&M。塞拉斯回到自己的岗位继续巡逻，管理非法穿越者，开具交通罚单，指挥交通，清除路障。与此同时，法兰西搜查了M&M家，断定那里是谋杀案的作案现场，而受害人很有可能就是M&M本人。尽管现场被凶手清洗得很干净，警察们还是发现了几处血迹，还有留在墙边的点22手枪子弹。子弹被磨损得很厉害，接近报废。可惜，他们没有找到那把枪。另外，除了卷烟纸之外，他们什么毒品也没找到。几天之后，警方在Dentonville河边的一棵树旁发现了M&M的格子帽。不过，卢瑟福家的女孩失踪后，迪肯被视为主要嫌疑人，人们渐渐淡忘了M&M。

塞拉斯坐在尸体上风处的树桩上。就算隔着一段距离，他仍能看清沼泽地里M&M肿胀的脸——有枕头那么宽，肤色比他活着的时候还要深。身体已经被秃鹰蚕食得不成样子，皮肤撕裂处，泛着丑陋的肉色。眼睛和舌头凸出，内脏涌出体外，在水面流淌。

塞拉斯闻到一股烟味，正要回头，突然感觉到有人拍他肩膀。

“见鬼。”他吓了一跳，差点从木桩上摔下来。

法兰西站在他身后，拿着侦查工具，发出吓人的嘘声。

“你的把戏一点都不好笑，头儿。”

法兰西大笑，露出小而尖利的牙齿。他高高瘦瘦，头发是红色短寸，留着胡子；眼睛是淡绿色的，下巴尖尖的，还有一双会动的招风耳。法兰西今年快六十岁了，是越战退伍老兵，代号“多”，曾做过狩猎监督官。他戴着一副墨镜，身穿蓝色牛仔裤和迷彩T恤衫。T恤正面画着一只粗壮的大手，手里握着格洛克9毫米手枪，枪口迎面瞄准过来，下面配有文字：“你有权保持沉默，永远沉默。”法兰西腰间的手枪和图案上的枪是绝配。

法兰西问塞拉斯：“是M&M？”

塞拉斯指着水中的尸体，说：“被秃鹰和鲶鱼蚕食后的部分。”

“你要过去看看吗？”

“不不不。”

“嗯，好。”

这正合法兰西的心意，因为他查案的时候不喜欢被人打扰。他弯腰看着塞拉斯的脸，得意地笑道：“你到那边的水里去呕吐吧，鲶鱼们会抢着吃。”

塞拉斯不理会法兰西，抬头看着树枝缝隙中的天，还有盘旋的秃鹰。他想起了上学的时候，每次课间自己买一大块糖，M&M总会来要一小块。要不是学校供应午餐，M&M和他的红眼睛妹妹早就饿死了。

法兰西坐下，嘴里叼着根骆驼牌香烟。他脱掉靴子，放在树桩上，穿起一双防水长靴，整了整背带。

“小心短吻鳄。”塞拉斯说。

法兰西捻灭烟蒂，装进衬衫口袋，戴上一副乳胶手套。

“我会回来的。”他像个渔夫，毫不犹豫地走向沼泽，艰难地迈着步子。每走一步，双腿就深陷一点，他身后的足迹被沼泽吞噬，不见踪影。

塞拉斯听到乌鸦在上空盘旋，嘎嘎地叫着，说着乌鸦语。

尸体附近，水及腰深，法兰西低头查看，丝毫不受恶臭气味和残忍场景的影响。他掏出数码相机，四处走动，从不同角度拍照。然后，静静地站着观察。法兰西曾在Game & Fish工作，然后进入治安官办公室，一路升到现在的职位。现任治安官将于明年退休，有传言说，法兰西要竞选治安官的职位。

过了一会儿，他从沼泽地出来，坐在树桩上，脱掉背带裤和长靴，活动着腿脚。

“那边有多深啊？”塞拉斯问。

法兰西边穿靴子边咕哝着说：“够深的，才会有人放心弃尸。遗憾啊，下了这么多雨，尸体又浮上来了。”

“你说那格子帽是从这里浮起然后漂到Dentonville的吗？”

“往上游漂？”

“看来凶手想掩人耳目。”

“我敢打赌，这个凶手绝非等闲角色。”

“那可以排除迪肯的嫌疑了。”

“也许吧。”

法兰西穿好靴子，掏出一根烟，又在岸边拍了几张照片。

一会儿，林中鸟儿四散飞开，急救小分队和验尸官从树林中狼狈现身，一路被树枝打着，一路咒骂着。急救队员中的安吉，是个漂亮的浅肤色女孩。几个月前，她开始和塞拉斯交往，现在两人关系越来越亲密。安吉身材娇小，双脚有些内八字，嘴巴周围有细小的皱纹，总是在动，好像在喝隐形奶昔。他最喜欢她的嘴巴。因为患有鼻炎，安吉会习惯性地抽鼻子，塞拉斯觉得这动作很可爱。

救护队的司机叫泰伯·约翰逊，是个上了岁数的白人，没事儿就喜欢摇头。现在，他正嚼着口香糖，抽着鼻子。

安吉站到塞拉斯身后，靠在他背上。塞拉斯斜倚着安吉，脑海中全是前晚的画面——她伏在他身上，大腿轻轻晃动，脸埋在他颈窝里，在他耳畔呼吸。这会儿，安吉的手在他后背摸索着。塞拉斯感觉到，她身上的味道和床单上的味道一样。然后，他的下身突然有了反应。安吉偷笑着，看到他回头看着自己。

“你今晚过来吗？”安吉问他。

“我尽量。”

安吉放开手，验尸官走了过来。他是白人，很年轻，身材圆润，穿着粗布牛仔衬衫，额头上架着副眼镜。他在这个岗位上工作几年了，曾多次和安吉以及塞拉斯的同事们一起办案。起初，他匆忙赶到案发现场，顾不上穿工作服拿工具，就探头去看尸体，结果还是受不了现场的惨状，用手捂住眼睛。

“我宣布，他已经死亡。你们上吧。”验尸官说。

安吉说：“烦人，”抬头看着塞拉斯，“你就不能等我下班了再发现这些东西吗？”她吐了吐舌头，戴上塑胶手套和医用口罩，走向沼泽地。

负责报道警讯的记者和几位调查官从山坡上下来，塞拉斯趁机在周围走动，观察情况，期望能发现更多证物，比如水里漂浮的烟头或者蜘蛛网上挂着的线头。同时，也能够避开救护队员将尸体残片装进裹尸袋的悲惨画面。

几小时后，塞拉斯回到办公室，坐在桌旁沉思。高中毕业后，他和M&M就失去了联系。此时此刻，他多么希望自己一直和M&M保持联系，也许还能给予他力所能及的帮助。不过，依着M&M的性子，他是不会和警察有什么瓜葛的，最多也仅限于表面上的彬彬有礼，绝不会多说，更不可能交心。

塞拉斯坐在电脑前，清理自己的电子邮件。他没有删除那封题为“后续问题”的信，因为发件人是警讯记者山农·耐特。塞拉斯点开邮件，简单回复了一下。虽说自己是最先发现尸体的人，但法兰西才是记者要采访的重要人物，他的话也会被作为官方表达引述在报道中。

塞拉斯靠在椅背上。密西西比夏博镇议会会所是座只有一个房间的建筑，塞拉斯和镇议会书记员威瑟琳共享那间办公室。威瑟琳的办公桌在左手边的窗户旁，能看到外面的绿地。她理直气壮地抢占了风景优美的位置，理由是塞拉斯和镇长两人在室内办公时间之和也没有她的长。大部分时间里，他们都外出办公。塞拉斯并不在乎，他和威瑟琳相处得很好，不过有时会忘记把公用卫生间的马桶坐垫放下来。他们是夏博镇仅有的全职公务员，工资收入来自工厂缴纳的财政税款。莫里斯·谢菲尔德的办公桌在最里面，他是兼职镇长，主业是房地产经纪，公司就在镇议会对面，每天会来会所一两次。莫镇长总是松松垮垮地系着领带，光脚穿一双休闲鞋，手里拿着黑莓手机。他和塞拉斯都是志愿消防队员，两人在每月的办公例会和偶尔的救火任务中能碰面。

“你还好吗？”威瑟琳坐在办公椅上问塞拉斯。她为自己买了块小隔断，把办公桌隔起来。威瑟琳是白人，五十岁出头，离过几次婚。她的脸胖嘟嘟的，不失美丽，一双蓝色的大眼睛正从老花镜上方望着塞拉斯。早间的交通指挥任务并没有破坏她完美的红发造型。

“是的，夫人，我会好起来的。”塞拉斯答道。

“可怜的M&M。过去你们是不是一起打球？”

“嗯，我们是无敌的天作之合。”

“那之前你们有联系吗？”

“没有。”

她耸了耸肩，理解中微带着不满。可是，除了同事们和犯人们，塞拉斯还经常和谁联系呢？大概只有安吉。他还需要谁呢？

威瑟琳继续手中的工作，塞拉斯向窗外望去，眼神扫过桌角边的那本破旧的斯蒂芬·金的小说。窗外，一栋挨一栋的，是夏博镇其他建筑物：莫镇长的房产经纪公司、邮局、银行（俨然沦为木材厂信贷机构）、The Hub餐厅兼便利店，IGA杂货店和药店。福瑟姆的沃尔玛超市开张后，很多小店都已关门大吉。倒数第三栋建筑“夏博巴士”，是一辆由黄色老校车改建的酒吧。车尾部是吧台，室内室外都摆了桌椅。塞拉斯和安吉每周都要去喝几杯，避开木材厂工人下班后的高峰时段。几个月前，两人在“巴士”偶遇，火花四射，关了门躲到塞拉斯的吉普车里亲热，混乱中碰开了刹车，差点掉到溪谷里，幸亏塞拉斯及时拉住紧急制动阀。从大巴原来的车窗看出去，就是夏博最后两栋建筑，空荡荡的办公室，窗户上钉了木板。每天晚上，塞拉斯都要去巡逻一圈儿，看看是否有流浪汉或者吸毒者闹事。那里是夏博的边缘，下面就是长满野葛的溪谷。绿色的野葛蔓延成曲折的蛇形，生命力异常顽强。总有人往溪谷里扔垃圾，惹来很多浣熊和野猫。夜里，它们幽灵般地来了又走，搅得落叶在水面上散开。

在夏博，手机信号不稳定，时有时无。因为杰拉尔德县很潮湿，但与其交界的两县都很干燥，所以信号中转装置建得很高。夏博没有自动存取款机，人们只能去北部十一英里开外的福瑟姆使用自动存取款机。当地唯一的理发师也去世了，理发师的儿子将店里的东西全部搬走，现在理发店成了空地，长满了野花和野草。如果要做头发，要么自己动手，要么去福瑟姆。福瑟姆是县城中心，有沃尔玛，比夏博繁华得多。

因为地形关系，夏博所有的建筑都面向东方，组成看台的形状：镇议会对面，隔着一条马路和道边停着的有轨车及油罐车，就是庞大喧闹的卢瑟福木材厂。厂房挡住了后面的树林，排出的烟雾遮天蔽日。一排排的大车间，闪着红灯的大烟囱，登高梯、传送带、装卸设备和集材拖拉机组成的忙碌的运输线，轰轰隆隆地装卸着木材。木材被送进车间，加工成板材和柱材。工厂整日作业，每周六天，每天十六小时。工地上木块四散、火星飞溅、灰土飞扬。工人们每天两班倒，八小时一班，晚间另有六小时的维修班。工厂办公楼是一栋两层的木质建筑，在距离厂房一百码处，有会计、销售、秘书和管理人员共二十四名。公司给部分人员配了卡车，是四驱绿色福特F-250s。

塞拉斯没有这么好的车。他不是工厂雇员，所以只能开镇上给他的配车。那辆吉普是在一次拍卖会上买的，出厂三十多年的老车。空调不灵光，主油缸也漏油，本就是耗油大户，还很费制冷剂和制动液。里程表也坏了，永远停在“144007”。塞拉斯常抱怨，威瑟琳却说：“方向盘还好用，你就偷笑吧。上帝保佑你，32。”

一点钟左右，法兰西打来电话，说自己在停车场对面的The Hub，问塞拉斯要不要吃点什么。

“不用。”塞拉斯回答说。法兰西笑着挂了电话。

几分钟后，法兰西走进办公室，手里拿着一个油乎乎的褐色纸袋和一罐可乐。他坐在莫镇长椅子上，打开纸袋，开始吃牡蛎三明治。

“镇长大人呢？”

塞拉斯抬起头，说：“忙着买卖土地呢。”

“罗伊，我就不明白，你怎么能每天都吃同样的东西。”威瑟琳靠在她的小隔断上对法兰西说，隔断上挂满了孩子们的照片。

“唉，别无选择啊。我在县里抓人，餐馆工、洗碗工、服务员、油炸师傅、小老板，还有那些不靠谱的合伙人。The Hub的厨师玛拉会为那些出狱的人提供工作机会，即便是蓄意杀人犯也不例外。只要她给我提供食物，我就得吃。”

“那么琳达呢？”

法兰西边嚼边说：“她下班后除了看电视什么也不干。”

法兰西吃完，把纸袋揉成球，扔进塞拉斯办公桌旁的废纸篓。他喝光可乐，拿出骆驼烟，叼了一根。

“别抽烟。”威瑟琳喊道。

法兰西不理会，执意点了烟，看着一旁的威瑟琳坏笑。威瑟琳无奈地叹气，拼命按订书机以示抗议。

“跟你说，那天有人到诺曼·贝茨来找我。”法兰西对塞拉斯说。

塞拉斯看着他，问："谁？"

"《惊魂记》里的桥段。他是指拉里·奥特。"威瑟琳说。

法兰西吐着烟圈，说："这家伙总是跟失踪人口扯上关系，特别是失踪女孩儿，你知道吧。所以洗不清嫌疑。"

塞拉斯皱了皱眉，问："你觉得拉里和卢瑟福家的女孩有关系？"

"拉里？"

话一出口，塞拉斯有些后悔，解释道："我们曾经是同学，所以对他有一点了解。"

"他不打球吧？"威瑟琳问。

"不打，他就喜欢看书。"

"恐怖故事书吧，他家里有一大堆。"法兰西说。

"在他家发现什么被肢解的尸体了吗？"

"没有。我待会儿去他店里，吓唬吓唬他，看能不能套出点儿话。我今早去过，不过没开门。"

"几点？"塞拉斯问。

法兰西想了想，说："十点？或者十点一刻。"

"还关着门？"

法兰西点了点头。

塞拉斯靠在椅背上，双臂抱在胸前，皱着眉头，问："你以前见过他工作时间不开店吗？"

"那又怎么了，鬼知道他多长时间没生意了，开不开都一样。"

"嗯，话虽如此，但即便没生意，他也会开门的。从周一到周六，每天准时准点，连中午都不休息。"

“哟，看看现在谁成侦探了。”法兰西说，半躺在镇长椅子上。他伸了伸腿，用一只脚调了调另一只腿上挂着的枪套。“威瑟琳，你看没看过阿尔弗雷德·希区柯克拍的那部电影？”

“哪一部？”

“《群鸟》[①]。”

“很老的电影了。”

“今早的那些秃鹰和乌鸦让我想起了这部电影。小时候在汽车电影院看的。看完后，我弟弟说：‘你知道吗，我真想亲眼看看电影情节成真的景象。鸟全疯了，咱们找几个足球头盔、几把枪和一些子弹，到街上杀鸟救人。’”

塞拉斯根本没听法兰西讲故事。他脑中回想的，是自己刚回来没多久后收到的拉里·奥特的电话留言。

“威瑟琳小姐，”塞拉斯说，“你是在福瑟姆高中上学吧？那时候你认识拉里·奥特吗？”

“不太认识，就听说过有这么个人。他比我低好几级。”

法兰西对塞拉斯眨眨眼，问威瑟琳：“你有没有跟奥特约会过啊？”

“就一次，后来就再也没联系过。”

法兰西不屑地说：“但愿如此。”

塞拉斯驾车上了11号高速公路，一路向北。十分钟后，他才意识到，自己是要去拉里·奥特的汽修铺。午后时分，雨终于停了，路上

---

① The Birds，拍摄于1963年，是希区柯克执导的著名恐怖片。

到处都是水坑，一只被淋透了的不知什么品种的狗正在甩自己毛发上的水。这时候，塞拉斯本应在7号高速公路上巡逻，处罚超速驾驶者，完成自己本周的工作量，为镇财政增加收入。可是，他有心事。

两年前，拉里第一次给他打电话。塞拉斯平时不怎么用家里的座机，所以很多天以后，才发现电话留言灯在闪。

“你好？”当塞拉斯按下电话留言信箱键的时候，一个声音从话筒中传来：“你好？希望我没有拨错电话号码。我想找塞拉斯·琼斯。如果打错电话，我实在很抱歉。”

塞拉斯盯着电话出神。自从母亲去世后，就没人称呼他“塞拉斯”了，大家都叫他的绰号。

“是塞拉斯吗？”听筒里的留言在继续播放，“不知道你是否还记得我，我是拉里·奥特。很抱歉打扰你，我只想跟你聊聊。我的电话号码是633-2046。”塞拉斯听着，没有动，也没有记录。话筒中传来拉里清喉咙的声音：“我知道你回来了。谢谢你，塞拉斯，晚安。”

他没有给拉里回电话。如果拉里直接打他的办公电话，他也许会回复。

但是，拉里似乎并没有多想，几周后又拨了塞拉斯家的电话。那是一个周五晚上，八点半左右，塞拉斯约了女孩儿吃饭，正好回家换衣服。当时他还没和安吉在一起。电话铃响了，塞拉斯接起，说：“喂？”

“你好？是塞拉斯吗？”

“我是。”

“嘿。”

“你是哪位？”

“我是拉里·奥特。很抱歉打扰你。”

“哦，我正准备出门。有什么事吗？”塞拉斯心跳得厉害。

拉里犹豫了一下，说：“我只想跟你说，欢迎回到密西西比。”

“我赶着出去，先挂了。”塞拉斯说完，放下电话。然后，他呆坐在床边半小时，出了一身汗，衬衫被打湿粘在身上。塞拉斯一直在回想小时候和拉里在一起的情景，因为拉里说的一些话，他揍了拉里一顿。

半小时后，塞拉斯出门了。开车的时候，他觉得自己冷静了下来。中学毕业后，他就听说拉里遭到大家的排斥。但直到这次回来，他才完全弄清到底发生了什么。

他跟在一辆运木材的大卡车后面，减速慢行，车杆上的布条随风摇摆。车尾灯没问题，显示正常。他慢慢地开上对面的车道，踩油门加速，没想到车突然回火。什么破烂玩意儿！超车时他鸣笛示意，留下一股黑烟。卡车司机鸣汽笛回敬。

法兰西说得没错，拉里的店铺门可罗雀。父亲去世后，他接手汽修铺。本地人不会上门，大概也没有外地人去光顾。塞拉斯每次开车去福瑟姆都会路过拉里的汽修店，看到拉里独自守着那辆红色福特。尽管如此，拉里依旧每日准时开铺，等待路过的司机上门修车。行色匆匆的旅人，说不定需要修一下发动机或刹车系统。他们不了解拉里在本地的名声，也就不会有什么顾忌。汽修铺的修车台大门总是敞开的，就像张着大嘴的怪物。

拉里比从前高了，也瘦了。塞拉斯并没有近距离接触他，只是远远地望着他消瘦的脸，紧闭的双唇。以前，拉里总是张着嘴，给人一种憨傻的印象。其实他很聪明，懂得各种怪异的知识。有一次，拉里告诉塞拉斯，眼镜蛇王能长到十六英尺长，身体前半段直挺起来，有八九英尺高。想象一下，在你临死之前，有只长满鳞片的大怪物，摇摇晃晃地俯视着你。

塞拉斯开车路过沃尔玛，看到箭头路标指向福瑟姆商业区。再往前，道路变得狭窄，只容两辆车通过。店铺零散萧条，人行道坑坑洼洼，杂草丛生。建筑物贴着封条，门窗上都钉着木板。旧时的邮局旁边是服装店，因为久未迎客，基本变成了一家从不更新的乡村旧货店。塞拉斯右手边曾经是一家无线电用品商店，如今窗玻璃早已被砸得粉碎，天花板也几乎全部塌陷下来，变成了地板，墙体裂缝倒掉。这一带唯一坚持营业的是一家廉价汽车旅馆，过路人和墨西哥工人常来光顾。塞拉斯的目的地是外墙上印着淡绿色“汽修铺”字样的店。

正如法兰西所说，拉里的皮卡车不在店里，修车台也是关闭的。塞拉斯放缓车速，打了转向灯，拐到汽修铺一侧，在加油泵旁停下来，做出要加油的姿态。他以前从未来过。两个老旧的加油泵好像已经停工多年，仿佛两个约会的小机器人。一旁高挂着的白色金属条形读数器，显示着上次使用时的油价，普通汽油0.32美元，乙基汽油0.41美元。

塞拉斯将车熄火，听着它的滴答声，望着汽修铺外的方草地，那是拉里停车的地方。高中辍学后，除了在部队服役那段时间，拉里每天都把车停在那里。同一辆卡车，每天从同一个地点出发，行驶相同的路程，又回到原处。现在，除了枯草，什么都没有。

塞拉斯知道，店里有一个红色工具箱，一个千斤顶手柄，墙上挂着链式爬车器，天花板上垂下来一盏吊灯。以前路过的时候，塞拉斯曾看到拉里背靠推式路帚望着过往车辆发呆。塞拉斯目不斜视，一副要事在身的样子。有时候，拉里会把工具箱推到外面，一边擦工具，一边看车流。有时候，拉里会向路人招手打招呼。

没人回应拉里。本地人肯定不会回应。外地人要是正赶上刹车异响、轴承噪音、减震器失灵，也许会回应他。如果你一路担心车会抛锚，看到这家白色煤渣砖砌成的汽修铺，也许会减速停靠。然后你会发现这古旧怪异的建筑物外墙的绿色装饰喷漆已经开裂并掉落，墙面如洗衣粉般惨白。你会注意到汽油泵上的表数和价格，也许你觉得很幸运，因为没有其他顾客。这时，拉里会从店里走出来，身穿一件印有名字的T恤，从口袋里掏出一块布。拉里长着棕色的头发，棒球帽檐总是拉得很低。

你觉得自己真幸运。

可是，你不了解拉里的名声。高中的时候，拉里邻居家的女孩曾跟他一起去汽车电影院看电影。后来，再没人见到过那女孩。这在当地曾引起轩然大波。女孩的继父试图让警方逮捕拉里，可警方始终未曾找到女孩的尸体，拉里也没有认罪。

塞拉斯看了看表，又坐了一会儿。他也认识那个失踪的女孩，她叫辛迪·沃克。机缘巧合，是拉里让他们相识的。

塞拉斯抬头看了看马路。

拉里到底去哪里了？也许他宅在家，看斯蒂芬·金的书。也许，他决定给自己放一天假。也许，他终于决定放弃这衰败的生意。

但是，塞拉斯心里隐隐泛着不安。要是眼下失踪的女孩蒂娜·卢瑟福的亲戚朋友，对拉里心存芥蒂，去找他寻仇怎么办?

“看看你自己，32琼斯，”塞拉斯暗自鄙视自己，“这么久以来你都没理会那混账，现在怎么突然又关心起他来?”

“32?”塞拉斯的对讲机中传来声音。

“是我，威瑟琳夫人。”

“你现在去一趟14大街西口。有人在信箱里发现了一条响尾蛇。”

“什么东西?”

“响尾蛇，信箱里发现的。”

“它们举旗投降了?”

“哈哈！邮递员发现后报警的，这样一来它就成了联邦罪案事务，你明白吧。”

“你怎么知道?”

“32，你刚做了两年警察，你知道我在这儿干了多长时间吗?”她问。

“以前也发生过这种事?”

“别提了。我得给山农打电话。”

塞拉斯挂上对讲机。听到威瑟琳说要给警讯记者打电话，他很高兴。报纸上出现自己的名字，会为职业形象加分。这样，考核的时候，也许有机会加薪。总有一天，塞拉斯会凭借良好的公众形象成为黑人中的布福德·普瑟①。也许，十年后他也能竞选治安官一职。

---

① Buford Pusser，电影《威震八方》（Walking Tall）的原型，曾任美国田纳西州（Tennessee）Mcnairy郡的治安警长。

他发动了吉普车，琢磨着一会儿也许可以去拉里家看看。然后，他又想到了一个更好的主意，于是打开手机。

“32，”话筒里传来安吉的声音，“你不是又发现了什么腐尸吧？”

“但愿不要，”塞拉斯说，“你忙什么呢？”

没什么，她回答。正在5号路上处理一起交通事故，没有人员伤亡，不过有一头鹿被撞死了。大家正在分肉呢。泰博和“肇事”司机正在给鹿放血拔毛处理内脏，打算吃肉。“泰博问你想不想要一块里脊肉尝尝？”

“安吉，你认识拉里·奥特吗？”塞拉斯问。

话筒里传来她的声音，信号不太好。“你是说那个恐怖拉里？”

“嗯。我有种不祥的预感，你能帮个忙吗？”

“可以啊。亲爱的，跟我详细说说。”

“你有空的时候，去他家看看。就在夏博的那条小土路边，野营地公墓路外面。”

“我知道他家的地址。为什么要去？”

“你有空时去看看有没有什么异常，离你们现在的位置不远。”

“等等。”她说。

塞拉斯在高速路临时停车带停下，让一辆运送木材的卡车先行通过。卡车轰隆驶过，震得他的小车直晃。

“安吉？”

“好吧，我答应你。但是……”

“嗯？”

“作为补偿，你周日得陪我去教堂。”

“可以考虑。还有，帮我留着那块里脊肉。”

像今天这样，开着警灯警铃，他可以在十五分钟内从辖区的一端开到另一端，也就是从邓普路到鲶鱼场，然后就能到达14大街。塞拉斯觉得那儿简直就是“白人垃圾街”，一条红土斜坡，左边密集地排着八到十幢房屋和拖车房，右边是卢瑟福家的土地，每五十码就用栅栏隔开，防止乡下人去树林里打鹿和火鸡。保护野生动物是卢瑟福家工厂为自己树立的良好形象。开车在松树林里打猎，有时能打到笨拙的幼鹿、罕有的红狐狸和美洲山猫。这时候，你常常会忘记，这些树就是工厂的“庄稼”。

塞拉斯每周来此巡逻一两次，选择不同时段。他一直关注房子后面被栅半遮的一辆福特拖车房的动静。拖车房窗户上钉满了木板，门也锁着。塞拉斯怀疑它是一间毒品加工厂，但苦于无正当理由，不能进去检查。只有邻居投诉或者发生爆炸事件，才能申请到搜查证。

每次巡逻，塞拉斯都会看到14大街的风土人情。白人皱着眉头，坐在自家门廊的椅子上若有所思；文身瘦女人抱着孩子，一头金发被染成了白色；身着居家便服的老妇人抽着烟，神情拘谨；家家户户院子里散落着垃圾，晾衣绳上挂着床单、透明内裤和女长袜。有家院子里停着一辆老旧的雪佛兰Vega，无篷，发动机汽缸旁长出杂草，车窗玻璃已碎，后备箱敞开——有一次塞拉斯看到一只狗坐在里面，吐着舌头。还有一次，他看到一只山羊踩在绳子上，废弃的汽车零件插在草丛中，鱼饵从电线上滴下来……用旧露营车棚做的鸡舍，母鸡和小鸡们在草丛中乱跑，儿童小水池里有鸭子戏水，孩子们在蒿草丛中骑四轮车玩。他搞不懂白人和他们的四轮车——貌似每家每户都有一辆。

家家户户还养狗。

每家都能生半打，没什么好品种，大部分都是Heinz 57s。只要他开车从山脚下拐弯，那群无人牵领的杂种狗就狂吠着追赶他的车，直到他开进树林中。

现在，那群疯狗又来了，分成两路围追他的车。三四只叫声低沉的大黑狗，几只中等体型的狗和几只小狗。塞拉斯看到前方路边的阴凉处停着一辆崭新的邮政吉普车，喷绘精致，亮着闪灯。他认识这车的司机，是一个叫奥丽维亚的女人。他们在“夏博巴士”相遇，约会过几次。奥丽维亚是单身妈妈，有两个儿子。塞拉斯对小孩没什么兴趣，奥丽维亚对不喜欢小孩的男人也没什么兴趣。有一次约会的时候，他们说起“白人垃圾街”。塞拉斯说这名字是他取的，奥丽维亚说那是她投递路程中的倒霉路段。她从不下车给养狗的白人送包裹，只是鸣笛叫他们出来取。她知道那些白人讨厌她的做法，但她不理。如果他们不出来取包裹，她就在邮箱上贴条，提示他们到邮局去取。不过，话说回来，塞拉斯你为什么不喜欢孩子呢？

奥丽维亚这会儿下了车，正和四个白人妇女聊天，其中一人抱着个婴儿。山农还没到。旁边的院子里，野草齐膝高，站着三个小男孩。两个小平头，一个胭脂鱼头；一个手里拿着玩具枪，另一个拿着塑料弓箭。

塞拉斯将车停在路边，熄了火。疯狗都凑到他的车门前，一只小狗跳得很高，几次蹿到了窗玻璃的位置。

“下去。”塞拉斯挥着泰瑟枪喊道。其实他从不用这玩意儿，也从不用手枪。

“塞拉斯，”一个女人叫道，“你们把那些疯狗赶走。”

拿玩具枪的男孩，光着上身，灰头土脸，到吉普车前踢走了那些狗，给塞拉斯腾出开门的空间。留胭脂鱼头的男孩也走过来，帮忙赶狗。

“嘿，32。”奥丽维亚说。

“嘿，你好。”塞拉斯拿着相机走过去。女人们上下打量塞拉斯，他不停摆弄自己的帽檐。

“嘿，很高兴你能来。”一个年轻女子说。她大约二十二三岁，穿着运动内衣、圆领背心和牛仔裤，赤脚，很迷人。小臂上有文身，背心上方脖子处可见文身，牛仔裤腿处亦文有绿藤，让人看了不禁要想，这藤条是从何处蔓延出来的。“我叫伊莉娜·莫特。”

“嘿，臭特太太，我是32琼斯。”

阳光下的她歪了歪脑袋，很可爱地眯起眼，说：“叫我伊莉娜。”

“就是她的信箱。”奥丽维亚说。

“她的‘蛇迷俱乐部月刊’提前到了。”另一个年轻女子说。这女人有鼻环，画着黑色眼线。

“嗯，可我订的是铜斑蛇。”伊莉娜说。

奥丽维亚指了指，信箱歪歪斜斜地挂在木杆上，地址已经退色并剥落。“我开车送信，打开信箱，发现里面像马蜂窝般嗡嗡作响。我开了个小缝，听到里面有东西抽打信箱的门，于是赶紧关上了。”

塞拉斯盯着信箱，伸手敲了敲标志牌，听到里面嗡嗡的响声，像个小发动机。“能给我拿把铁锹吗？”

“爱德华·利斯，”胖女人冲旁边院子里的小男孩们喊道，“快去拿铁锹，听到了没有？”

小男孩一溜烟跑进屋里，那群狗在后面跟着，边跑边摇尾巴。

“你上次开信箱是什么时候？”塞拉斯问伊莉娜。

“昨天傍晚，天刚黑，我打开信箱把电话账单放了进去。”

“你知不知道是谁干的？”塞拉斯问。

女人们皱着眉头，面面相觑，抱孩子的女人将孩子换到另一只腿上。

“前夫？愤怒的男友？”塞拉斯提醒道。

“见鬼，警官，我们三个离婚女人住在这里。就咱们三个，按照警官的逻辑，玛莎你说能有几个嫌疑人？”

“哦，上帝，那还真得好好筛选一番。”

“愤怒男，嫉妒男，还有最大的一拨……”

“疯狂男，”玛莎说，“还有三者皆具男。”

小男孩拿着铁锹跑过来，递向塞拉斯。

“谢谢你，小家伙。”塞拉斯说着，瞟了瞟马路，他琢磨是不是要等山农来。“女士们都靠后站。”

“你不用重复提醒我们。”玛莎说。

塞拉斯把照相机递给奥丽维亚，自己站在一边，用铁锹打开信箱门。嗡嗡声开始变大，有细砂流出。疯狗又开始狂吠。

“小心点儿。”奥丽维亚说。

塞拉斯走近信箱，往里张望，却不敢靠得太近。女人们在他身后，也都伸长了脖子去看。蛇盘在信箱里，三角形的头贴着箱底，愤怒的小眼睛眯着，芯子伸来伸去。

“看，”伊莉娜说，“它在我的电话账单上撒尿了。”

“真恶心。”一个小男孩边说边赶狗。

“菱形斑纹。”塞拉斯说。奥丽维亚把相机递给他，他拍了几张照片，又把相机交给奥丽维亚。塞拉斯深吸了口气，将铁锹举到信箱前。蛇探头冲着铁锹撞过来。伊莉娜尖叫着抓住塞拉斯的胳膊，塞拉斯跳了起来。

“真见鬼，”他说，“对不起。”

塞拉斯看了看孩子们，又举起铁锹，伊莉娜仍旧抓着他的胳膊。蛇又俯身冲过来，他将蛇颈抵在信箱内壁，猛地拽出来，甩在地上。蛇立刻盘成一坨，胀起来又瘪下去，尾巴迅速晃动，不断发出响声。

那群狗跑了过来。“你们都小心一点，把狗赶回去。”他说。

“用枪打死它。”一个小男孩边说边赶狗。

“那倒没必要。”塞拉斯将铁锹放在蛇头部，蛇立刻绕上锹柄。他将蛇头按在地下，用脚踩住铁锹，使劲用力。锹头不断地锯着蛇头，直到它断掉，只连着一层皮。蛇身扭动翻滚，响声不断。

“死了吗？”小男孩问。

“嗯，但你们还是小心为好。”那一瞬间，塞拉斯仿佛听到拉里的声音在说：“蛇头还是能致命的，那些尖牙就像毒针一样。”

“我能留着这蛇吗？”胭脂鱼头小男孩问。

塞拉斯看了看几个女人。

“我看行。下个月就是他生日了。”胖女人对塞拉斯眨眼，示意他这只是哄孩子的玩笑话。塞拉斯低头，继续用铁锹将蛇头彻底砍下，踢得远远的。男孩捡起来，闻了闻，一溜烟地跑开了。其他孩子也都跟着跑开了，那群狗也跑了。

塞拉斯用铁锹把蛇身铲起。蛇身大约两英尺长，很重，轻微蠕动着。他把蛇弄到马路对面，丢进铁丝网外的树林里。奥丽维亚走了，丢下湿漉漉的信封。塞拉斯留下，待了一会儿，问口供做笔录，琢磨着山农也许稍后就到，强忍住不和伊莉娜调情。不知怎的，他开始讲起自己刚从芝加哥来到密西西比时，曾试图开着破吉普车撞死一条黄色条纹棉口蛇的故事。

“芝加哥。”伊莉娜说。

“嘘，让他讲完。”玛莎说。

“你别想着撞完蛇就走人，”塞拉斯说着，扶了扶帽子，“那只会激怒它。你必须回去，用车轮碾它，彻底将它杀死。”他当时就是这么打算的，所以在马路中间刹车，倒回去，想轧死它。当他用驾驶员位置的轮胎轧蛇的时候，蛇咬了轮胎，他猛踩离合器。可是，蛇不但没死，反而起身，钻进了轮窝。塞拉斯边开车边打开车门张望，盼着蛇能从车底掉出来。“可是它没有。”他说。

“真糟糕，然后呢？”伊莉娜问。

“它死在摇板里了。之后两个月，车上总有股刺鼻的臭味，那可是夏天最热的日子。现在，开车的时候，我总觉得偶尔还能闻到那味道。”塞拉斯说。

女人们笑了起来。

“很适合你的职业。”伊莉娜说。

他低头看了看表，脸上的笑容退去。他必须赶紧回到夏博，才能赶上五点半换班。他不能再迟到了，否则威瑟琳夫人的头发又要遭殃了。

“女士们，如果发现其他情况，给我打电话。”他说着，下意识地摸了摸帽檐，递给伊莉娜一张他自费印制的名片。

“好的，我们会的。”伊莉娜说。

十五分钟后，他站在铁路轨道旁的路口，身穿橙黄色背心，戴着墨镜。他满头大汗，帽子都湿透了，制服也粘在身上，被汗浸湿的部位颜色更深。在他左边，工厂轰隆隆地生产，电锯发出刺耳的声音，好像有人烈火焚身。他吹响哨子，举起双手，示意双向车道行驶的车都停下，然后走到人行道旁，招呼工厂院子里排队等待的皮卡车通过。灰头土脸的工人们戴着安全帽在车里吹着空调抽着烟，一些人去“夏博巴士”喝酒，塞拉斯也很想去。

手机响起。站岗的时候，塞拉斯不应该接电话，他继续指挥卡车通过。高速公路上等候的司机们用怨恨的眼神看着他，好像他是自愿来这里给他们找麻烦，这就是他生活的全部目的。他离开喜欢的大学棒球队，加入海军，退役后进入图珀洛的警察学院，花了十年时间在密西西比大学看着那群学生，让他们不要胡乱聚会，指导足球比赛，严查酒后驾车。这一切，都是为了做好准备，来找司机们的晦气。他以为，这份工作会不同。“警察”，互联网招聘信息上说，“戴头盔的警察”。他查了“警察”和“头盔”两个词，都是他喜欢的。警察的职业，工作时间灵活，还配有车辆。

汽笛声此起彼伏，塞拉斯用力挥手，卡车司机缓慢地从铁轨上驶过。更糟糕的是——北边传来火车汽笛声——两点半从默里迪恩出发的货运火车冒着黑烟从拐角处驶来，已经晚点四十五分钟。火车渐渐减速，到站停下，等待装载木材。塞拉斯吹着哨子，站在迎面开来的卡车前，举手示意它停下。那是一辆很大的福特F-250，司机碰巧是工厂的工头。他猛踩了刹车，然后摇下车窗。

“狗屁，32！你就不能让我过去，我赶着去钓鱼。”他嚷嚷道。

火车渐渐驶来，塞拉斯咬着哨子，站在车厢的阴影里。

“真他妈的。”工头骂道，俯身靠在方向盘上。

塞拉斯不理会他，摘下帽子，开始扇风，哨子垂在胸前。手机再次响起。“烦人。”他掏出手机。如果莫镇长因此而解雇他，那就随他便吧。

“32？”是安吉打来的。

“嗯？”

电话信号不稳定。“32，”她说，“我们在拉里·奥特家。”

“嗯。”

“我的天哪。”她说。

第三章　友情的开端

他摘下手套，捡起一根Y形树枝，将它插在落叶下面寒冷的护根上，在每个树杈上挂一只手套。

CROOKED LETTER, CROOKED LETTER

他第一眼便注意到，他们都没穿大衣。那是1979年3月的一个清晨，正好是周一，父亲开车送拉里上学。一路上，福特皮卡尾部都拖着蓝色的烟雾。春假开始了，又结束了。然后，突然来了一股极冷的寒流，冰冻了土地，连母亲养的鸡都懒得出笼。车窗外的冬青树连成一片模糊的绿，他坐在父亲车里，沉迷于手中的书。拉里读八年级，对斯蒂芬·金的书非常着迷。父亲刹车时，他正在看《午夜行凶》。

在弯道处的商店旁，站着高瘦的黑人妇女和她儿子。男孩和拉里差不多大，拉里曾在学校里见过他，是新来的。他很奇怪，商店都还没开门，他们一清早大老远跑来做什么。天寒地冻，男孩却只穿着很薄的破牛仔裤和一件白衬衫，母亲穿一条蓝色裙子，被风吹得紧贴在身上。她头上裹着一块布，嘴里呼出的气成了一缕缕白雾，就像从纸盒里抽出的纸巾。

父亲开着车，并没有停下。拉里回头，看到男孩和他母亲都在向车里张望。

拉里回过头说："爸爸？"

"嗯，亲爱的儿子。"父亲答道，踩了刹车。他将车倒回，探身打开拉里一侧的车门。拉里母亲在车座上铺了旧军用毯。母子二人在一阵冷风中上车，关了车门后，冷空气还久久不散。他们四人在车里挤作一团，拉里的两边分别坐着父亲和那男孩。拉里觉得很不自在，因为自己和父亲从未有过肢体接触，既没握过手，也没挨过打。那一瞬间，四人坐在车里，好像躲过一场大灾，松了口气，异常安静。拉里能听到那男孩牙齿打战的声音。

然后，父亲说："拉里，加点儿温度，让他们暖和暖和。"

拉里将空调拨到"高温"挡，不一会儿，身旁的男孩就不哆嗦了。

"爱丽丝，"父亲说，"给他们介绍一下对方。"

"拉里，这是塞拉斯。塞拉斯，这是拉里。"那女人的口气，好像早就认识拉里。

拉里摘掉小牛皮手套，与塞拉斯褐色细长的手匆匆一握。尽管如此，拉里还是感受到了他皮肤冰凉的温度。如果借给塞拉斯一只手套，他们都会有一只温暖的手。拉里想这么做，但是要如何开口呢?

塞拉斯和母亲身上都冒着烟囱的味道，拉里猜到他们的住处。父亲拥有五百多英亩土地，大部分在夏博镇的东南角。从土路边半英里处向田里张望，就能看到一个绿树环绕的旧式小木屋，仿佛土地上鼓起的一个包。里面几乎没有家具，泥土地面，不通电，也没有自来水，只能生炉子取暖。但是，他们什么时候搬进去的呢?谁安排他们搬进去的呢?

父亲和那个叫爱丽丝的女人正在谈论天气多么寒冷。

"差点儿把我那破罐子都冻掉了。"父亲说。

"呃。"她说。

“你没有经历过类似的冷天？”

“没有，先生。”

“在芝加哥也没有？”

她没回答，车里一片尴尬的静默。父亲打开收音机，天气预报员说寒冷的天气还要持续几天，大家最好整夜开着自来水龙头防冻。

拉里偷看了一眼身旁的男孩，然后继续看书。他很害怕这些黑人孩子。十一岁那年的秋天，拉里开始上七年级。县里的学校重新划分区域，他从福瑟姆的公立学校被迫转到夏博的学校，学校里80%（包括教师和一个副校长）的人都是黑人。学生基本上都是工厂工人、伐木工人和木材运输司机的孩子。拉里不擅长的事情——排球、美式足球、滚球和躲避球——黑人孩子们都擅长。那些孩子经常玩球，技巧娴熟，犹如魔术师，满脸兴奋，跑来跑去。他们不读书，也不能理解拉里对读书的热情。现在，拉里望向塞拉斯，看见他双唇紧闭，余光扫过自己的书页。

“你上几年级？”拉里问。

塞拉斯看着母亲。

“告诉他吧。”母亲说。

“八年级。”塞拉斯说。

“我也是。”

到了福瑟姆，父亲停车，让他们去上学。爱丽丝先下车，随后是塞拉斯。拉里突然意识到，黑人坐在白人车里是多么不正常、不恰当的事。拉里慢慢挪到门边，准备下车时，看了父亲一眼。父亲面朝马路。塞拉斯已经跑得无影无踪——也许和拉里一样，他也发现了这情形是多么匪夷所思——拉里下车后从爱丽丝身边走过，爱丽丝冲他微笑。拉里这才发现，她是多么可爱。

“再见。”她说。

“再见。”他嘟囔着，抓起书包走了。他回头张望了一次，看到父亲在对爱丽丝说话，而她却一直摇头。

午饭时，拉里在餐厅里那群霸占了正中间两张桌子的黑人男孩中寻找塞拉斯的身影，但没找到。他必须很小心，如果被发现，那群孩子会找他麻烦，打他一顿。像往常一样，他端着餐盘和牛奶坐在离一群白人男孩不远的桌子旁。他们偶尔也会邀请拉里同坐，不过今天没有。

母亲下午来接他放学，像往常一样问他今天过得如何。母亲听说了早晨两位黑人乘客的事，有些惊讶，还问了他们等车的具体位置。

“他们没穿大衣，冻得瑟瑟发抖。”拉里说。

“他们住在哪里？”母亲问。

拉里意识到，自己可能说得太多了。于是，他回答：“不知道。”然后他和母亲回家，一路沉默。

第二天清早同一时间，爱丽丝和塞拉斯依旧在相同的地方等候。父亲停车，车门打开时，冷风混杂着柴火的味道一同扑进来，他们沉默地坐进车里。拉里打开《午夜行凶》，故意引起塞拉斯的注意。拉里正读到最精彩的部分，那女孩变成吸血鬼回来了，在本的窗外飘着。

接下来是周三和周四，他们清早依旧来等车。母亲下午接拉里的时候，总要问早上的事情。那黑人妇女对父亲友好吗？父亲对她什么态度？父亲是像平常一样刻板严厉，还是？

“你为什么这么关心此事？”拉里问。

母亲没有回答。

“嗯？妈妈？”

“我才不关心，我只是想知道你每天的生活过得如何。”母亲说。

“我猜，他们住在东南角田地的那个小破屋里。”拉里试探着说，担心伤害到母亲。

“是吗？”母亲回答。

晚饭的时候，拉里敢确定，家里出了什么事。母亲让拉里喂鸡，可他明明早已喂过。父亲每日祷告，今天却差点忘了。大家围坐在桌旁吃饭的时候，父母都一言不发，互不搭理，只顾着递土豆泥和肉饼。吃完后，母亲起身准备收盘子，她说明早要亲自开车去送拉里上学。

父亲看了拉里一眼，问道：“为什么，伊娜？”

“哦，今早汽油工来过了，我跟他没法沟通。你得告诉他并让他明白，他需要每周来一次，是每周。另外——”母亲将盘子端到水池里，然后回到桌旁坐下，“我还要去贝德索尔那儿退货。”

父亲点点头，又看了拉里一眼。然后起身，打开冰箱拿出一瓶百威啤酒，用随身带的小刀打开，坐在椅子上看电视。

“卡尔？”母亲将一盘派放在桌上，动作有些重。

“我吃饱了，你们多吃点。”父亲说。

饭后，拉里帮母亲擦盘子。他明白，自己背叛了与父亲之间的某种默契和信任。第二天早上，他坐着母亲的别克车去上学，路过弯道时，看见爱丽丝和塞拉斯在老地方等候，冻得发抖。母亲减速，他看到塞拉斯推开爱丽丝。爱丽丝戴着头巾，满脸疲惫却依旧美丽，双唇紧闭，肤色如咖啡般深暗。看到拉里的母亲时，她瞪大双眼，神色恐慌。

“宝贝，把车窗摇下来。”拉里的母亲说。

拉里看着爱丽丝，摇下车窗。

“嘿，爱丽丝。”拉里的母亲说。

“伊娜女士。”爱丽丝叫道。她站得笔直，塞拉斯退到后面，别过脸去。

拉里的母亲探身拿过后座上的纸袋，从里面拎出两件冬衣，都是从拉里家的衣柜里翻出来的旧衣服。一件是自己曾经穿过的，准备给爱丽丝；另一件是拉里曾经穿过的，准备给塞拉斯。“这些你们穿着应该合身。”伊娜说着，把衣服送到车窗外。拉里伸手帮忙，将汽车空调的温暖、家里衣柜的温暖、贴身的温暖通过双手传递到寒风中站着的黑人手中。

爱丽丝接过大衣，并没有穿。塞拉斯盯着拉里和伊娜，退后了几步。

“你不介意用别人的东西，对吧？”伊娜对爱丽丝说。伊娜的双眼发出冷酷的光芒。

然后她踩了油门，车开动了。拉里在反光镜中看到爱丽丝和塞拉斯的身影，渐行渐远。

过了一会儿，母亲摸着拉里的膝盖说：“拉里。”

拉里抬头，“妈妈？”

“把车窗摇起来吧，太冷了。”伊娜说。

从那以后，塞拉斯和爱丽丝再也没有出现在路口。现在，父亲还是每天送拉里上学，本就无话的两人更是沉默不语，在那条漫长的土路和柏油路上，车里只有空调在脚边呼呼吹暖风的声音和收音机里农业新闻的声音。

拉里知道，父亲喜欢很多人，就是不喜欢自己。很小的时候，拉里就得了口吃的毛病，接着是体弱多病的童年，哮喘、花粉症、过敏、流鼻血、闹肚子……还总是砸碎玻璃。稍稍长大后，他的身材越来越像母亲的兄弟，他死去的舅舅——驼背缩肩、走路摇晃。父亲不愿意将舅舅的照片挂在自家墙上。一个叫科林的舅舅曾在拉里五六岁的时候来家里做客。第一天晚饭的时候，科林舅舅告诉大家自己是素食者。父亲听了大吃一惊，拉里看到父亲的反应，认定那个自己不懂的词，必定带有可怕的含义。“不吃牛排？”父亲问道。“不吃。”“猪肉呢？”“从来不吃。”父亲摇了摇头，“那鸡肉总要吃点的吧？”“基本不吃。”舅舅笑着说道，拿起一块玉米饼，“我偶尔会吃一块鱼，罗非鱼或者青花鱼。”父亲此时已经放下刀叉，盯着母亲，好像她是这一切违背自然的罪行的幕后主使。

后来，在去教堂的路上，拉里发现科林舅舅系着安全带。这是他第一次见到有人这么做。舅舅也不吃教会的撒盐饼干和葡萄汁。系安全带比起不吃肉，更让父亲恼火。虽然父亲没说过什么，但拉里知道，父亲认为系安全带是懦夫的表现。拉里极擅长阅读父亲否定的表情，如果看不惯某些人或事，他会侧目、叹气、闭上双眼，摇摇头。

“你和舅舅真像。”在舅舅离开前的晚上，拉里的母亲坐在饭桌旁，看着自己的兄弟和儿子说道。

拉里看到父亲正在切鹿肉。

“你就是我的化身。”科林说。

父亲抬起头，问：“你说什么？”

科林舅舅极力解释，这句话不具有任何侮辱性，但是父亲听不下去，起身离开了。

“狗屁。”他骂道，瞥了拉里一眼。

父亲身材高大，长着金色鬈发和绿色眼睛，肤色很深。拉里却不像父亲，而是继承了母亲家族的橄榄色皮肤，褐色直发，褐色眼睛和长睫毛。女人们的长睫毛是非常迷人的，可拉里和科林舅舅的长睫毛削弱了他们的男子气概。系安全带吃罗非鱼的娘娘腔。

而且，拉里还对工具和机械一窍不通，是个理工白痴。他从来记不住怎样拧螺栓和螺母，分不清电池的正负极。拉里小时候，父亲曾以此为由不让他去店里，说怕他弄伤自己或弄坏螺母。所以，那些年的周六，拉里总是待在家里。

直到拉里过完十二岁生日，在母亲的极力劝说下，父亲才答应给拉里一个机会。在一个温暖的周六，拉里满心忐忑地跟着父亲去了汽修铺。他完成了父亲分配的所有工作——打扫、清洁，还主动帮忙做其他事情。拉里喜欢店里浓重的金属味。那些机油和尘土的混合物粘在地上，必须得用长柄刀才能抠掉。他喜欢用店里的红色棉布将工具擦净——重重的钢扳手和改锥，各种各样的老虎钳、鲤鱼钳、圆头锤、1/4英寸和1/2英寸的棘齿和螺母套装，还有他最喜欢的摇动器，然后放进油乎乎的抽屉里，摆成一排。他喜欢用千斤顶将车抬起，再用杠杆将车放下，听液压装置的嘶嘶声。他喜欢将链式爬车器放在地板上滑来滑去，就像玩大滑板一样。他还喜欢店里的吊灯，喜欢戈乔洗手液……

不过，拉里最喜欢的还是饮料机。可口可乐公司的卡车会定期送来七八箱红色、黄色的饮料，同时将空箱运走。装满雪碧，Mr. Pibb，Tab，Orange Neh[①]和可口可乐的新瓶子，高高低低地摆在那里，拉里负责将它们放进饮料机。他十分享受这个过程，打开红色大机器和奇怪的圆桶，方形的锁就会弹出来。扭一下，大红嘴吱地张开，仿佛来到天堂，长长的金属盘上冻满了冰，斜挂在出水的位置。扑面而来的是凉爽的气息和香甜的味道。零钱箱里装满了各种各样的硬币。拉里将饮料从箱子里拿出来，码放在货架上，注意顺序和位置，轻拿轻放，小心翼翼。

一天的大部分时间里，拉里都尽量避开大家的视线，只是自顾自地干活。他们家的近邻塞西尔·沃克和其他几个人没事儿就凑到店里，听父亲讲故事。拉里觉得很新鲜，因为父亲在家从来都不苟言笑。傍晚时分，工厂里的工人陆续下班，开着卡车来到店里。有的车拉杆出了问题，有的发动机锁坏了，有的人只是来听卡尔讲故事。男人们三三两两地聚在一起，看着卡尔将汽化缸放在一块干净的布上。

塞西尔喝了口酒，说："卡尔，你说的那个黑人疯子是怎么回事？"

卡尔笑笑，挑了一把小改锥，开始讲老查普曼和小汽车的故事。卡尔拧开汽化缸的小螺丝，说老查普曼在默里迪恩买了一辆二手迷你小车，开回邓普路。路过奥特汽修铺时，小车篷锁失灵，车篷突然打

① Mr. Pibb，Tab，Orange Neh均为可口可乐旗下饮料品牌。

开。卡尔用小改锥指了指，说："就在那个位置。那是一辆黑色敞篷小跑车。老查普曼留着个非洲式发型，有桃子篮那么大。"

"现在，他把头发放下来了，说喜欢风吹过头发的感觉。当时，那鸟窝头救了他一命。想象一下，小破敞篷车在高速公路上以每小时五十五英里的速度行驶，车篷突然打开。"卡尔将零件放进一个筛盘，再将筛盘放进墨黑的汽化缸清洁剂中。"敞篷飞起，撞到风挡玻璃的边缘，然后弯曲，撞了老查普曼的脑袋。哪！小车跑偏了，幸亏附近没有其他车。算老查普曼好运，最后好歹刹车停住了。"

卡尔把零件从清洁剂中拿出来，放在布上晾干。如果零件不小心掉了，或者弹簧卡在阀门里，他就停下看看。有时他也会走开，去拿小螺母或老虎钳，自言自语地跟改锥说："你怎么就卡住了呢？"然后他干脆笑笑，不慌不忙地解决了问题，再接着讲故事。

"——老查普曼把小车停在这边，浑身是土，跌跌撞撞地走过来，扶着脑袋嚷道：'快给我叫个救护车！'流着鼻血还不忘骂骂咧咧，'黑疯子！我花两百大元买了这辆车。'我关上车篷，扣好，载他回家。他一路上猫着腰，就担心那车篷。我问他需不需要摩托车头盔什么的，他说自己的头戴不上。"

众人哄堂大笑。塞西尔已经喝醉，嘴里叼着烟，耳后还别着一根，笑得最起劲。他说："卡尔，接着讲，说说你问他名字的那段儿。"

卡尔俯身靠近汽化缸，说："嗯。我对他说'Devoid，真是个给力的名字。你知道这名字的含义吗？'他说，'知道，我查过字典，是贫瘠、空荡的意思。就是一块荒地。'他说中学时代自己的外号叫'无'。"

“还有呢？”塞西尔摇头晃脑地说，“给大伙儿讲讲那只狗的故事，卡尔。”卡尔接着塞西尔的话讲起下一个故事：一群人在田野里的墓地旁，参加米尔顿·沃什的葬礼。有人大唱赞歌，说他是一位高尚的绅士。这简直是睁着两眼说瞎话，彻头彻尾的谎言。突然，大伙儿身后传来一阵枪声。乒！然后，众人听到狗叫，看到一只中枪的狗从树林里跑出来。我差点儿笑出声来。那狗跑到我们中间，从墓碑前蹿过，跑到马路上去了。我探身说道：“同志们，等我去了，你们得给我弄个三只狗的赞颂仪式。”

众人又一阵爆笑，依旧是塞西尔笑得最厉害。他们大多戴棒球帽，穿白色T恤，都穿着钢头靴子；喝可乐或啤酒，嚼烟叶，随地吐痰，用脏兮兮的手抹嘴。几辆皮卡车堵在汽修铺门口，两个大电风扇将屋里的热空气搅合起来，香烟烟雾在天花板缭绕盘旋，好似鸟巢的幽灵。有人和塞西尔同喝一瓶酒，卡尔也在喝酒。拉里躲在角落里，听着父亲的故事，思绪飘飞到幸福的远方。随后，父亲铺开一块干净的布，将修好的汽化缸重新放到车上，用粗壮有力的大手，小心翼翼地拧好螺丝，接好输油管，如外科医生做心脏手术般仔细。卡车司机坐回驾驶室，发动汽车，开着车门，一条腿在外面晃着，等卡尔做最后的检查。卡尔将空气净化器放在汽化缸上方，拧紧蝶形螺母，低头检查输油管是否畅通，闻闻汽油的味道是否正常。最后，他起身站直，双手抱在胸前，心满意足地点点头，身后的一群人也赞许地跟着点头。拉里在饮料机后面，听到塞西尔说：“卡尔，给大家讲讲老黑人给树桩讲经布道的事儿……”

现在，拉里和父亲开车行驶在密西西比的公路上，去往学校。他担心父亲永远不会将汽修铺交给自己打理。父亲在体育馆附近停车，他下了车，对父亲说："谢谢您送我上学，爸爸。"

"祝你一天愉快。"父亲心不在焉地说着，没有看他。

接下来的几周里，拉里穿过操场去卫生间的时候，总能看到塞拉斯在上课。午饭时间，在餐厅里，塞拉斯和一群黑人男孩坐在一起，有说有笑。拉里觉得，塞拉斯好像背叛了自己。塞拉斯难道不是自己的"小跟班"吗？他看到塞拉斯在篱笆墙边树林旁的场地上玩棒球，赤手空拳地接球，脚上穿着明显不合脚的大鞋。

二月底的一个周日午后，母亲去教堂做志愿服务，父亲去店里工作。即便是周日，父亲也要工作。每次从教堂做完礼拜回来，父亲就换上工作服，嘟囔着抱怨他和母亲又花了多少钱，自己除了拼命工作别无选择。拉里独自坐在家门口的路边，裤兜里装着一把军刀，手拿一杆马林点22步枪，是父亲以前用过的。自十岁起，拉里就拿着步枪在树林里穿行。有时候，他心不在焉地举枪瞄准小鸟或者小松鼠，并不真想打死他们。一旦不小心打中，他就会愣在那儿看着地上的小动物出神，心中万分纠结，一半是打中的骄傲，一半是伤害的自责。今天，他不准备打猎，把步枪扛在肩头。他穿着迷彩服、迷彩裤和皮靴，戴着迷彩帽。在冻土地上走过，并没有留下什么脚印。通常，他都是沿着土路往东，走向沃克家的方向。塞西尔·沃克和妻子，还有十五岁的继女辛迪住在一起。拉里惦记着想见辛迪一面。夏天，拉里总是穿过树林，来塞西尔家附近徘徊。他远远地看着辛迪在门廊甲板上铺一条毛巾，穿着比基尼晒太阳。她先是仰卧，戴着大墨镜，跷着二郎腿，然后翻身俯卧，手指时不时地整理一下肩带。拉里看着，心中仿佛有万千蝴蝶在翩翩起舞。天气转凉后，她会到外面来抽烟，拖着个电话听筒，小声地打电话。拉里听不见她在说什么，他只跟她说过几句话。有时候，塞西尔会出来管她，让她挂掉电话，把烟熄了。拉里会不自觉地幻想着辛迪跑来向自己求救的场景。有时候，辛迪在阳光下躺着抽烟，拉里远远地望着，希望她能发现自己躲在树林里看她。

但是，今天不是这样。

今天，他一路向西，穿过篱笆墙，走进树林。在寒夜里，你偶尔会听到类似枪声的动静。直到有一次，拉里看到一棵树拦腰折断，才意识到，寒冷的天气会使树木断裂。老树、小树都难逃此劫。在某个极冷的晚上，一棵树突然从中心爆裂，上半段摇摇晃晃跌落下来，在地上划出一道裂痕，就像一个被绞死的人，随后树叶便渐渐枯萎。

拉里边走边琢磨，不知塞拉斯和母亲是否还住在小木屋里。他向南走去，制造出些许响动，小心翼翼地顺着岩石的窄道下坡，沿着下面的石路，走向森林深处。

有一个黑人朋友也不错，这是拉里以前从没想过的事情。自从重新划分学区后，拉里身边就总是有黑人同学。在生活中，黑人还是被区别对待，不能和白人去同一间教堂。可黑人的孩子和白人的孩子却可以上同一所学校。有时候，拉里想，为什么大人们想让黑人和白人的孩子们互相认识和接触，但自己却拒绝这么做。他想起两年前，自己第一天来到夏博中学时，在大礼堂里遇到一个白人男孩，男孩对他说："欢迎来到丛林地带。"

其他的白人男孩在操场偶遇拉里或与拉里独处时，也会和他说话。拉里每次走过大堂都脚步匆匆，从不和任何人有眼神接触。他要么捧一本书，要么拿一块手绢。他认为这样最安全，因为新来的孩子总是受排斥。那群白人男孩总是拉帮结派地聚在一起，嘲笑拉里。有时候，他们也让拉里入伙一起玩。虽然自己是受欺负的小萝卜头，但拉里心中也暗暗感激他们的接纳。黑人男孩们总是对他怀有敌意，走路的时候撞他，假装不小心地故意把他的书从课桌上推到地下，在他去卫生间的时候伸腿将他绊倒。

六年级期末时，拉里和两个白人男孩一起荡秋千。他们一个叫肯，一个叫大卫，父亲都在工厂工作。两人每天吃学校的免费午餐，拉里知道，他们家境都不如自己。秋千荡得很高，拉里在空中蹬蹬腿脚。他们的教室建在一座小山上，是一幢二层小楼，有两层救生通道，黑人老师们在楼道里扎堆儿抽烟聊天。

旁边有一群瘦瘦的黑人女孩，留着非洲式发型，穿着短裙，站在一起喝小可乐，吃乐事薯片。她们根本没注意男生们在做什么，只是自顾自地聊天，时不时高声爆笑。肯常捏着嗓子学着她们的声音说："你们这群疯子！"

大卫悄悄说："那些黑鬼女孩唧唧喳喳地像一群猴子。"

"你才是黑鬼。"肯反驳道，拉里笑了。

"你妈是黑鬼。"大卫回敬道。这是当年流行的骂人语汇。

"你爸才是。"肯骂道。

"你妹。"

"你弟。"两人你来我往，直到把家里的七大姑八大姨远近亲戚都说了个遍。

肯厌烦了这样的对话，使劲向前荡秋千，用脚尖指着那群黑人女孩说："看她们的猴子嘴。"这是他们给杰姬·西蒙丝起的外号，杰姬是个小小的黑人女孩，长着大嘴唇和大牙齿。"她太黑了，晚上你都看不见她，除非她冲你笑。"

拉里笑着说道："杰姬·猿人。"

"什么？"肯问。

"如果晚上看到她那些大牙，你还以为自己在汽车电影院看电影呢。"大卫说话略带口音。

秋千荡来荡去，风声飕飕作响，三个人不知怎么说起21号高速公路上的汽车电影院。肯说自己在那儿看过一部叫《幻觉》的电影。拉里在杂志里读到过关于这部电影的报道，讲述的是两个小男孩闯入一间殡仪馆的故事。肯说电影里有一个带刀刃的钢球，不停地飞来飞去，如果刺中脑袋，就会血流如注。

"你什么时候去的？"拉里问肯。肯说哥哥有时会带着女朋友，叫上自己和大卫一起去。哥哥让他和大卫坐在前排，自己和女朋友坐在后排亲热。肯和大卫说起他们看过的其他电影，有一部叫《活死人黎明》。拉里听说过，讲的是僵尸将人活活杀死然后吃掉的故事，他也很想去看。还有一部叫做《动物屋》，《周末夜现场》的约翰·贝鲁西爬到梯子上偷看某个宿舍的女生们在打枕头仗，然后脱掉自己的衣服……

"看到她们露乳房了吗？"拉里问。

"当然了，还有私处。"肯说。

“我们经常去，这周五晚上我们还要去呢，是不是，肯？”大卫荡着秋千。

“一定要去。”

拉里转过头，看着身后高高荡起的大卫，问：“能带我去吗？”

大卫和肯一前一后荡着秋千，仿佛两条奔跑的大腿，谁也无法看到对方的眼睛。

“我哥哥不会带你去的。”肯说。大卫笑了，好像这本就是个愚蠢的问题。

“有个办法，也许能让你去。”大卫说。拉里注意到，大卫正在和肯交换眼神，打着坏主意，但他还是忍不住接着发问。

“什么办法？”

“你得加入我们的俱乐部。”

“怎么加入？”

片刻的沉默，只有秋千荡来荡去。

“当面叫杰姬‘猴子嘴’。”大卫说。

教室铃声响起，老师们都熄了烟。

“看我的。”大卫说着，使劲一蹬，秋千被荡得很高。在他飞起的时候，手中抓着的链子松了，他在座位上被弹起。秋千荡了回来，链子又猛地断裂，再下一次飞起向前的时候，他被甩到地上——衬衫扬起，双臂张开，双脚摆动——乒地摔在那群黑人女孩旁边。

她们正在谈论着什么有趣的事情，被从天而降扬起一阵土的大卫吓了一跳，尖叫起来。

“小子，你疯了吗？”一个女孩说着，拍掉自己背后的土，差点儿笑出声来。

“脖子摔断了吧？”另外一个女孩说。

教学楼里的老师们都停下脚步，看着他。

拉里刚回过神来，就看到肯荡了起来，晃着秋千，从空中跳下。落地的时候，女孩们赶紧闪开，他翻了个跟头，起身亮相，说：“嗒嗒。”

“这群白小子疯了。”一个女孩尖叫道，她们都躲到一边。顿时，所有人的目光都落在拉里身上。拉里在秋千上拼命蹬腿，准备落地。他在想，如果自己能做一个比大卫和肯都漂亮的落地动作，他们也许会带自己去汽车电影院。他幻想着父亲问话的时候，他自豪地回答和朋友们一起开车去汽车电影院的欢乐场景。

拉里荡起秋千，蹬腿。女孩们在等待，肯和大卫在关注。他想象着，如果自己能在他们中间落地，吓得他们四散逃窜，该是多么厉害。他想象着，一会儿走进教室时，大卫和肯会向大家描述拉里飞得极高，然后像导弹一样落在黑人女孩们中间的画面。

几个老师已经上楼走进教室，拉里决定下一次就落地。他向后荡起，寻求一定高度。黑人女孩们转身离开，拉里向前荡去。然后，第二声铃响，一位老师挥了挥手，示意大家都回去上课，操场上开始变得空荡。

拉里最终落地时，只有肯看到了，大卫早就放弃，不再关注。

他大声喊着“猴子嘴”，然后用错误的脚着地，半跑半颠，扬起一阵尘土。他差点儿喘不过气来，翻了几个滚，睁开眼看到蓝天绿树。一会儿，一张脸出现在拉里眼前，是杰姬。现在，拉里才意识到操场上是多么安静，大家都回教室上课了，他的叫声传得很远。肯和大卫停下脚步，回头张望。

“你叫我什么？”杰姬问。

拉里喘不过气，说不出话。

“说话，白小子。”

拉里张开嘴。

但是，她却转身离开了。女孩们在一旁簇拥着安慰她，同时纷纷向拉里投以愤怒的眼神。肯和大卫慌忙逃走，丢下拉里。拉里呼吸困难，摸了摸胳膊肘，眼泪在眼眶中打转，为自己刚才所说的话感到后悔。拉里看到，在走廊的一头，黑人女教师泰丽老师走出来接女孩们回去，肯和拉里也跟着进了教室。

“你知道那个白人男孩叫杰姬什么吗？”有人说。

泰丽老师在杰姬面前蹲下来，说了几句话，让她和另外几个女孩先进教室。她走过来的时候，拉里正蹲在地上，视线被她的双腿所遮挡。

“那个小女孩要面对世界上那么多苦难，你为什么还要侮辱她？”泰丽老师问。

拉里不敢抬头，只是说：“对不起。”

“你不需要跟我道歉，你要跟杰姬道歉。”

“是，老师。”

“我要把你父亲叫来，可那又有什么用呢？”她说着，走开了。

拉里回到教室。班上只有拉里、肯和大卫三个白人男孩以及两个白人女孩，其余全是黑人，八个男孩和九个女孩。史密斯老师也是黑人。她摇了摇头，示意拉里回座位，然后继续讲她的世界史课程。

没过多久，史密斯老师让他们自己阅读，离开了教室。拉里始终不敢抬头，一直盯着桌上的《闪灵》[①]。突然，不知从何处飞来一本历史书，砸中了拉里的头。书从他肩膀滑落到地上，拉里条件反射地躲了一下，觉得自己的耳朵好像被切掉了。他低着头，趴在书桌上。黑人孩子们窃笑起来。

“白小子。”一个叫卡洛琳的女孩叫道。她是杰姬的朋友，长得很壮，肤色较浅，非常凶。

拉里没有理会她。

“白小子！把那本书拿给我。”

拉里的头被砸得很疼，仍旧不抬头看她。

“白小子，叫你呢！”她说。那一刻，拉里感觉到众人的目光都聚焦在自己身上的灼热。他听到肯和大卫在教室另一端大笑起来，那两个白人女孩也跟着笑。然后，其他人也都笑了。拉里趴在桌子上，闻着自己酸楚的呼吸和书页的味道，感觉到不断有书飞过来砸中自己。他知道，有人在窗边放哨。史密斯老师就在门外抽烟，和其他老师聊天。

“猴子嘴。”猴子嘴，猴子嘴，猴子嘴。然后是，黑鬼，黑鬼，黑鬼，黑鬼。

桌子腿蹭着地板，发出刺耳的响声。有人给了拉里后脑勺一巴掌，说：“小子，你要是再不说话，我就揍你一顿。”

“揍他，卡洛琳。”一个黑人男孩叫道。

---

① The shining，斯蒂芬·金的代表作之一，首次出版于1977年。

黑鬼，黑鬼，黑鬼，黑鬼。

她抓起拉里的头皮，揪着头发，使劲地捏。拉里的头被拽起来，没有了双臂的遮挡，周围的嘲笑声显得那么刺耳。拉里希望白人男孩们能仰慕自己的行为，为自己出头，可到头来他们只是嘲笑他。白人女孩也跟着起哄。拉里知道，他们不会帮自己，也不会带自己去汽车电影院。

卡洛琳又狠狠地扭着拉里的头皮，拉里想推开她的胳膊，但是被她抓住了头发动弹不得。拉里告诉自己，不要哭。卡洛琳将拉里的头狠狠地撞向桌子，引来哄堂大笑。然后，她又撞了一次。

拉里斜着眼，瞥到卡洛琳的表情。他从未如此生气过。他从不知道自己有那么大能量，也不知道自己有那么大权利，来将这种悲愤化为力量。卡洛琳用另外一只手抓住拉里的胳膊，使劲扭。拉里从椅子上摔下来，书掉在旁边。

卡洛琳扭着拉里的胳膊，用脚踩他的脖子，然后使劲推。

“卡洛琳，老师来了。”有人小声说。

瞬间，他被松绑，一双双黑手伸到他周围捡起课本。他刚刚起身坐好，老师就走进教室，嚼着口香糖问道：“你们吵什么？”

老师环视教室，大家都老老实实坐在自己的座位上，认真读着手里的历史书。当史密斯老师看到拉里时，她停下了。

“天哪，孩子，你应该梳梳头发了。你为什么全身都是红的？”

全班顿时哄笑起来，拉里又把头埋进胳膊里。

一年后的今天，拉里扛着步枪走在树林里，回想起那段往事，仍感到羞愧难当。当晚，父亲用鞭子打他——因为他从秋千上跳下来的时候，弄破了衣服。“那衣服是我辛辛苦苦挣钱买的！”第二天，他走到杰姬面前，嘟囔着向她道歉说对不起，她却转身走开了。

他朝塞拉斯和母亲居住的小屋走去，渐渐到了树林尽头。来到田野的边缘处，拉里向冰冻的田地里张望，看到小屋的烟囱冒着黑烟。

他在一块树桩后蹲下来，荆棘正好遮挡了他的脸，屋里的人看不见他。他认识那栋小屋，以前去过。推开拴着毛皮铰链的门，屋里满是灰尘，阴暗处漏进几缕阳光，清晰地照在腐朽的木板上。屋里没什么东西，一张木桌，几张猎人们用过的单人床，一个洗脸盆。角落处有个炉子，炉门敞开着，管道直通向屋顶的烟囱，顶端处是被熏得发黑的铝管。还有一个沾满灰尘的木箱，打开一看，里面只有死蟑螂和老鼠屎。

拉里远远地看着小屋，心里想也许塞拉斯正借着炉火做作业？小屋没有自来水，必须去田地另一端的小溪打水。拉里琢磨着也许该离小屋更近些，而最近的是六点钟方向。拉里在十二点钟方向，离六点钟方向还有一百码。四周全是空荡的田地，只有一棵白橡树直立冲天。还是晚上来比较保险，他想。他们肯定没养狗，否则早就该听到叫声了。今晚再来，他要走到屋前，趴在窗户上张望。

“嘿。”一个声音在拉里背后响起。

他拿着枪，回过头。塞拉斯站在他身后，抱着一堆柴火。

那一瞬间，塞拉斯迅速扔掉柴火，举手做投降状。他身穿拉里母亲给他的旧衣服，头戴拉里的旧棉帽。

塞拉斯张嘴说道：“你要杀我吗？”

拉里放下步枪，说：“不会不会，你吓了我一跳，鬼鬼祟祟的。”

“我没有鬼鬼祟祟。”塞拉斯放下手。

“对不起。”拉里说。他把枪放在树下，犹豫了一阵，然后上前跟塞拉斯握手。拉里的父亲常常这么做。塞拉斯也犹豫了一下，迎上去握住拉里戴着手套的手，因为树林中没有其他人。

他们互相注视了对方一会儿。然后，蹲在地上捡柴火。拉里把木柴堆在塞拉斯怀里。塞拉斯说了声谢谢，然后离开。就要走出树林时，他停下脚步，回头看着拉里。

“你来这儿干什么？”

“这是我父亲的土地，”拉里指着放在树边的枪，说，“我来打猎。”

“打到什么了？”

拉里摇了摇头。

“我根本没听到枪声。”

“我在打鹿。”拉里说。

“如果我有枪，就用来打松鼠，然后拿回家给妈妈做菜。”

拉里伸手去拿自己的枪。

“下次我能借你的枪用用吗？你父亲肯定有很多把枪吧？”塞拉斯问。

拉里的父亲确实有很多把枪。拉里之所以选择这把，是因为与那些12、20甚至口径更大的枪相比，它的后坐力不大，噪音也相对较小。

“你们现在怎么去城里？”拉里问。

“妈妈有车。”

“从哪里弄的？”

“不知道。你爸爸的车是从哪里弄的？”

“买的呗。”

他们站在原地。塞拉斯朝小木屋的方向张望了一下，然后扔下柴火，指着拉里的枪说：“让我试试吧。”

拉里看了看小木屋，问：“你妈妈不会听到吗？”

“她正干活呢。”

“我以为你妈妈是上早班的。”

“是的，她还在福瑟姆的餐厅里上晚班。来吧。”塞拉斯说着，向前一步，从拉里手中拿过枪。拉里并没有阻拦。“怎么装子弹？”塞拉斯问。

“已经装好了，你上膛然后开枪。”

“怎么开枪？”

“你从没开过枪？”

“我从没摸过枪。”塞拉斯说。他端着枪的前托和后托，就像举着个没有重量的哑铃。

拉里抬手，比画了一下该如何瞄准。“你平时习惯用哪只手？”

“怎么了？”

“左手还是右手？我用右手。”

“左手。”

“所以咱俩的姿势正好相反。看到那个小锤子了吗？向后拉。”

塞拉斯照做了，拉里看他把枪举到自己的右腮边。“把脸放在木托上。”拉里说。

“好凉啊。”塞拉斯说。

“现在，闭上左眼，用右眼瞄准。看到那个小环了吗？用它瞄准你想射击的目标。”

塞拉斯瞄向小屋附近的某样东西，扣动扳机，枪声在树林里回荡。

“噪音不大。”塞拉斯说。他放下枪，望着自己打过的地方。

“这就是我喜欢它的原因。”

“我能再打一枪吗？”

“没问题。”

“你有多少发子弹？”

“这种枪用的是22点子弹。”

“能打22次？”

拉里笑了，说：“不，22是枪的口径。可以装长子弹或者短子弹，我今天带了长的。”

“有多少发呢？”

“足够你打的。”

塞拉斯举起枪，看着枪管，扣动扳机。枪没响。

“得用那个杠杆。”拉里边说边比画。

塞拉斯拉了杠杆，打过的空弹壳弹了出来。

“看到子弹是怎么上膛的了吧？现在可以再打了，小心。”

塞拉斯小心翼翼地举着枪，弯腰去捡弹壳。

“烫手。”拉里说。塞拉斯捡起弹壳，握在手心里。

“这个有什么用？”

拉里耸了耸肩，说：“没用，扔了吧。”

塞拉斯闻了闻弹壳，说：“味道不错。”

“火药的味道。”

“火药的味道。”

他们注视着对方。

然后，塞拉斯再次举枪，抡起枪杆指向田野和小屋，划了一圈回到拉里面前，枪口对着拉里。拉里看着那规则的O型和塞拉斯的眼睛，浑身僵住了。

“现在我们扯平了。”塞拉斯说。

然后他又举起枪，继续转圈，最后瞄准一棵松树，开了一枪。他抬起杠杆，抓住空弹壳，放进手心里空空作响。然后，塞拉斯把弹壳放进衣兜。拉里心中不禁涌起一阵悲伤——这样一个视空弹壳为宝物的小孩。

“拿去用吧，这枪。”拉里不假思索地脱口而出。

塞拉斯笑了，露出整齐洁白的牙齿：“真的可以吗？”

这是拉里第一次看到塞拉斯的笑容。“过些日子你再还给我，怎么样？说话算数？”

“我就用它打几只松鼠，”塞拉斯说，“你还有子弹吗？”

拉里打开衣兜，掏出两个小白盒，递给塞拉斯。塞拉斯小心翼翼地接过，放进自己的口袋。拉里教塞拉斯如何装子弹，如何瞄准和射击。这些都是父亲曾教给拉里的。当他给塞拉斯讲完如何清洁步枪的时候，树林尽头的天边泛起了红晕，小木屋的烟囱也不再冒烟。

“噢，天哪，”塞拉斯说着，一只手抓起柴火，一只手拿着枪，“炉火灭了的话，我妈会杀了我的。”

他抱着参差不齐的柴火朝夕阳奔去，直到无法看清步枪与柴火后，拉里才转身走回树林。夜幕开始降临。拉里很享受夜色，也享受这空气。他摘下手套，捡起一根Y形树枝，将它插在落叶下面寒冷的护根上，在每个枝杈上挂一只手套。

第四章　迟到的留言

“请回电话，多晚都没关系。”拉里在电话里说。可是，现在真的太晚了吧，一切都来不及了。

“情况很糟糕。”安吉描述着拉里的状况。他们到达后，发现拉里正躺在血泊中，胸部中弹，手里拿着一把枪。

塞拉斯听到救护车的警报声，问：“他能挺过来吗？”

“现在还不知道。”安吉气喘吁吁地说。

“现场还有其他人吗？有打斗过的痕迹吗？”

“我们没发现其他人，现场也没有打斗的痕迹。我们把他的手枪放在地板上了。”

塞拉斯开着车。光滑的柏油路起起伏伏，在山坡上蜿蜒。

“还有其他情况吗？”他问。

“我们忙着救人，暂时没发现什么。”

“好的，亲爱的。谢谢你们帮忙。”

“你来医院吗？”安吉问。塞拉斯知道，如果自己去医院，安吉会留下来等他，陪他喝咖啡。

“不去了，我得去奥特的汽修铺看看。”

“晚上去‘夏博巴士’吗？我等你。”

“可能去不了了。”

“讨厌，我就知道！”

塞拉斯笑笑说：“我真的不知道自己什么时候才能忙完。”

之后，塞拉斯打了法兰西在福瑟姆的办公电话。

“你不是跟我开玩笑吧。”法兰西边吃边问。

“绝对没有。拉里胸部中枪。”

“真是屋漏偏逢连夜雨。救护队怎么知道该去拉里家？”法兰西有几分恼火。

塞拉斯减速，让前面的木材卡车先过，那长长的树枝上还挂着几个松果。“我让他们去的。”

电话里一阵沉默。“你让他们去的。”

“对。”

“然后呢？”

塞拉斯犹豫了一下，斟酌着措辞，说：“就是一种直觉。”

“直觉？你是神棍吗？”

塞拉斯说出了一连串的可疑事情。

“他妈的，32。你上午跟着一堆秃鹫去找浮尸，下午凭着直觉去寻杀人犯。你想谋我的位？”

塞拉斯打了灯，超过那辆木材车，并向对方招手示意。“我是想加薪。但是，奥特身上也许不只‘谋杀未遂’那么简单。”

“好吧，也许我们很幸运，他一会儿就‘遂’了。”

“警长，你在吃生蚝三明治吗？”

“虾肉的。自作聪明！”

“妈的，我在电话里都能闻到那东西的味道。”

“我去医院看看，你直接去拉里家，我争取早点赶到和你会合。不要碰任何东西。”

塞拉斯答应着，挂掉电话。他很庆幸，自己不用去医院看拉里。

天渐渐黑下来，塞拉斯打开车灯。路过一栋衰败的破房子时，看到老黑人正坐在自家门廊的摇椅上抽烟。塞拉斯冲他挥手，他也冲塞拉斯挥手。

虽然拉里的汽修铺在福瑟姆外围，可他家住在阿莫斯的社区，属于塞拉斯管辖的范围。从大城市来的人们会觉得夏博是个很小的小镇。但是和阿莫斯比起来，夏博简直就是个大都会。过去，阿莫斯仅有一家商店，后来也倒闭了。现在，阿莫斯只有一条像样的马路和几条土路。下水道和小沟渠裸露在外面，房屋外表凋敝不堪，污迹斑斑，好像理发不小心理出个黑痣。从默里迪恩开来的火车以前在此停站，现在只是鸣几声汽笛，继续前进。过去十几年里，阿莫斯的人口不断减少，现在仍留下居住的，多是邓普路边的黑人。塞拉斯的母亲曾住在此地的一辆拖车房里，后来拖车房被银行收回了。塞拉斯的母亲去世后，阿莫斯的人口减少到八十六人。

塞拉斯又想起了M&M。看来，只剩八十五人了。

来到一座小桥边，他减速慢行，看到了“欢迎来到阿莫斯”的标志牌。又前行了一段儿，塞拉斯左转，来到“拉里·奥特”路。自从“9·11”事件发生后，为了防止可能到来的恐怖袭击，每一条路，包括乡间土路，都被命名，或以数字编组。不过，因为附近的年轻人总是喜欢偷走路牌，所以常看不到标志。

塞拉斯刹车，打灯，转向。车灯扫过拉里家门口破败的邮箱，照射在前方黑暗的路上。那条路，塞拉斯二十年来未曾走过。再往前1/4英里，就是沃克家的老房子，辛迪·沃克失踪前曾经居住的地方。现在，杂草环绕着那栋歪歪斜斜的木屋，屋顶塌陷下来，窗户上钉着木板，门廊坏了，水泥板也被偷走了。

汽车轮胎在土路上打滑，左摇右摆。塞拉斯减速，努力归位。他四处张望，寻找着其他车辆的痕迹，发现了救护车和卡车的轮胎印迹，交汇后又分开。那卡车肯定是拉里的。在犯罪现场调查的时候，土路简直就是上天的恩赐。塞拉斯跟着法兰西查过几起案子，入室盗窃、暴力攻击，还有一年前的杀人案。他看着法兰西用黑色磁性粉末收集脚印，用蒸馏水和棉球采集血样。真实的工作情景与影视剧里用镊子从受害人口中取蛾子的画面完全不同。查案取证需要仔细认真地寻找蛛丝马迹，有时候也许会在水池里发现一根头发，或者在破布里发现一片手指甲。

晴朗的夜空下，塞拉斯来到拉里房前。田野里的树梢上，挂着月半弯。他戴上橡胶手套，下了车，打开手电筒。地上全是土，有很多鞋印。

拉里的车停在路边，车门紧闭。塞拉斯多么希望天没黑，那样自己就能看清楚。而现在，一不留神就会破坏犯罪现场。等到明早再查，应该也来得及。当然，越早侦查越容易发现有利证据，特别是指纹。不过，塞拉斯没有专业侦查工具，况且侦查也并非他的分内工作。这份每小时十四美元的高薪工作是属于法兰西的。

塞拉斯看了看拉里的车，驾驶员一侧的车窗开着。他用手背贴了贴车篷，冰凉的。雨已经落进车里，但塞拉斯没有摇起车窗，因为他知道应该保持犯罪现场的原样。

塞拉斯转身，庆幸雨已经停了。他关了手电筒，站在原地呼吸夜里的空气，听着远处的风声和蛐蛐声。然后，他进了门。

拉里家的房子是栋小木屋，刷了白漆。地基高出一块，门廊年久失修，后窗上装着纱网。塞拉斯刮掉靴子上的泥，拾级而上。看到门廊上的摇椅，塞拉斯脑海中浮现出拉里每晚坐在这里的情景。门廊的另一端，空空荡荡。

塞拉斯拉开纱门，伸腿抵住，转身用两个手指拧开前门的把手。这是绝佳的指纹“收集器”。门没锁，他用手指尖顶开门，拿手电筒往里照了照，看到满地的血迹和血淋淋的手枪。

他进门，找到开关，打开电灯。屋里的一切顿时显像，每个角落都干干净净。一台老旧的电视，墙边放着一把折叠躺椅，左手边是厨房。他蹲在手枪边，看着，没有动。好像是一把点22。

塞拉斯起身，深吸了口气，闻到消毒水的味道中混杂着一股霉味。从前，他来过一次。现在，他仍记得当时的情形。他关上门，小心翼翼地避开血迹，走进黑暗的大厅深处。打开电灯，他看到三个卧室，一个卫生间，还有后门。他顺着墙边走，想起第一间是拉里的房间。再往前，是以前存放枪支的橱柜，现在堆满了信件和书籍。

塞拉斯走进拉里的房间，开了灯，映入眼帘的是整洁的床铺和墙上的隔板。书架上摆满了拉里小时候喜欢看的书——精装斯蒂芬·金作品集、简装《泰山》、《野蛮人柯南》、哈兰·埃里森作品、路易斯·拉摩的书……很多都是塞拉斯没听说过的。房间的角落里堆着发黄的信件，那是成百上千封商品目录和促销信息，还有几摞“本月图书俱乐部”、“两日图书俱乐部”、“高质量简装书俱乐部”的推荐目录以及几打电视导览。打开衣柜，里面的西装和衬衫摆得整整齐齐，一端是拉里少年时代穿的，另一端是拉里成年后穿的。地上摞着一堆制服，T恤衫上印有“拉里”的字样。

塞拉斯来到卫生间，打开镜柜，看到架子上放着一罐拜耳阿司匹林和一支牙膏，没有牙线，也没有任何处方药。

洗手盆清洁光亮，没有一点水渍。塞拉斯的家就没有这么干净。卫生间里有一瓶蓝色消毒液，浴帘半掩着的浴盆干干净净，下水口有些锈迹，留有几根头发。架子上摆着一瓶洗发水，还有一小块肥皂。

塞拉斯在房间里转了一圈，看了看抽屉和床底，没有发现任何可疑迹象。他没关灯，出了后门。那是一片很大的“后院”，黑暗中，塞拉斯静听鸟鸣虫叫。手电筒的光亮照出更多脚印，塞拉斯发现有一块地完好无痕。

塞拉斯走过去。

就是它了——仓房。

他倚着门，回想起多年前自己来拉里家的情景。没有大人，没有老师，没有其他的男生女生，也不分黑人白人，只有他和拉里。他们先是进屋，看到摆满了步枪和手枪的橱柜；然后走出后门，来到“后院”的仓房。他们爬上拖拉机，捉蜥蜴——拉里叫它们“变色龙”，还不忘补充说：“很多人也把它们叫做‘蜥蜴’。”拉里在仓房的小黑屋里找到一个鱼缸，用来装蜥蜴。屋椽上有一条蛇，塞拉斯说是棉口莫卡辛蛇，拉里说是无毒蛇。拉里抓起蛇的尾巴，一把扯下来。蛇抽了拉里一下，吐出芯子。拉里捏着蛇的颈部，将它拿起。那是一条很大的灰蛇，身上有墨绿色的椭圆形花纹，比拉里和塞拉斯都高。塞拉斯避之不及。蛇身上有块凸起，好像吞了个软球下肚。拉里说它一定是吃了老鼠或别的什么东西，因为仓房里有大老鼠。在塞拉斯的提议下，他们把蛇放进广口大罐子里，摆在鱼缸旁。然后，塞拉斯说：“这里好像爬虫屋。”“是两栖动物馆。”拉里纠正道。

塞拉斯深吸一口气，回想起新剪青草的香味。他用手电筒照了照院子，看见了割草机。他顺着亮光走到仓房前，打开门进去。塞拉斯想起下午处理过的信箱大蛇，有点担心，不知天黑后蛇是否会盘在屋里。手电筒的光亮将拖拉机的影子投到墙上，他照了照地面，没有木板，只有尘土。一只老鼠在脚边窜过。墙上挂着个链锯，左边有扇门，从里面传出微微的响动。

塞拉斯心跳加速。门上没有闩，用一块2×4英寸的木板插着。他右手拿着手电筒，左手掏出腰间的点45手枪，慢慢走到门边。瞄准后，他用手电筒将木板推掉。门开了，响动戛然而止。

他探头进去，一只母鸡在手电筒的光亮下飞蹿起来。塞拉斯吓了一跳，叫出声来，手枪走火，惊得所有的鸡都跳了起来。

“真讨厌。”塞拉斯笑自己虚惊一场。

母鸡们在一旁唧唧咕咕应和着。

塞拉斯坐在拉里家的门廊上，听晚风低吟。安吉打来电话，说她和泰博正在去“巴士”的路上，问他要不要一起去？塞拉斯说，晚些如果有时间，他会去。

稍倾，法兰西开着他的烈马越野车颠簸而来，车前大灯晃得塞拉斯睁不开眼。法兰西把车停在塞拉斯车旁。他下了车，拿出一个塑料袋，走到车尾打开后备箱，拿出侦查工具。他始终注意着脚下的路，最后走到塞拉斯身旁。法兰西叼着烟，放下东西。

“他怎么样了？”

“还没死。”法兰西说着，用鼻子呼出烟雾。他拿着一个装有钥匙、钱包、手机的袋子，摇了摇头，不无感慨地说：“失了很多血。”

“哦。”

法兰西指着院子水泥甬道上的运动鞋印，鞋印上沾有血迹，是离开的轨迹，一步比一步浅。

“那是安吉的脚印。”

塞拉斯戴上帽子，用手电筒照着院子。他知道，作案人总是设法将指纹抹去，毁掉沾有血迹的衣服，藏好作案武器。但是，他们往往会忽略世界上最简单、最基本的证据——脚印，或者轮胎印记。

塞拉斯站在楼梯上。法兰西蹲在甬道的一头，打着手电筒，检查地下的痕迹和车辙。他晃了晃手电筒说：“抬起脚，我看看你的鞋底。”

塞拉斯照做。

“嗯，这是你的脚印。”

法兰西从衬衫兜里掏出一串厚厚的橡皮圈，说：“把这些套在鞋上。”他看着塞拉斯将橡皮圈套在鞋上最厚实的部位。法兰西自己也穿上了橡皮圈。这样，执法人员的橡皮圈印就能被区分出来，在现场发现的所有其他脚印都要被调查。

“对不起，头儿。”塞拉斯说。

法兰西把烟灰磕在掌心，然后吹进风中。“待会儿我让你做脚印铸模的时候，有你受的。”

法兰西没有熄烟，直接拎起侦查工具箱进了屋，塞拉斯跟在后面。他从厨房饭桌下拉出一把椅子，将工具箱和塑料袋放在上面，然后戴上手套。

在客厅里，他们仔细检查地板，在地毯上发现了安吉的鞋印。血迹已干，变成糖浆的颜色，屋里散发着一阵难闻的味道。法兰西抓着枪筒，捡起手枪——手枪上有血迹——打开弹膛，仔细检查。“点22，发射过一次，”他说，“手枪编号已经磨损得几乎看不清了。”他把枪放回原处，起身。“拉里的父亲死后，治安官罗利收回了他们的枪支持有许可证，他现在无权持枪。”

“收回？怎么收回的？”

“没收了呗。”

他们走到枪械柜前，看到下面摆着的一排排旧杂志。法兰西打开底层的抽屉，发现里面有很多信件。“也许奥特能当个出色的邮递员。”

“那些枪呢？都到哪里去了？”塞拉斯问。

“大概被县里拍卖了吧。”

“那这把手枪是从哪里来的？”

“也许是他自己的。当铺里或者枪展上买的？型号很旧，也许是辗转多手才到他手上。我可以查查它的交易记录，但估计查不到什么有价值的信息。”

法兰西掏出相机。

“子弹是直接射进拉里胸膛的。”法兰西边说边翻看相机里的照片，塞拉斯也凑过来看。画面上出现拉里惨白的面孔，罩着氧气面罩。法兰西浏览了一遍照片，塞拉斯看到拉里穿着制服躺在手术台上，胸前满是血迹。医生们剪开了拉里的衬衫，也为他输了液。法兰西还拍了拉里伤口的近照。

“我估计，这是自杀行为。”法兰西说。

又看了几张照片，画面里穿手术服戴口罩的医生护士忙碌着。拉里的裤子也被剪开，露出白花花的大腿。钥匙、钱包、手机、纸币散乱在一旁。法兰西也拍了拉里驾照的特写。

“也许是瘾君子干的？”塞拉斯问。

“有可能，但他的钱包还在身上。看见烧伤了吗？衬衫上、皮肤上的。这说明开枪距离很近，大概也就几英寸。”法兰西指着相片说。

法兰西走到电视机旁。电视柜是老式的红木柜，上面有个把手可以扭动。他看了看电视机面板。

“我觉得，我们的受害人肯定是密西西比唯一没有电视遥控器和有线电视的人。”法兰西走到床边，用手捏了捏一直连到窗外的电视天线。“没有电话留言机，也没有电脑。”

“这说明什么？”

“说明他很不寻常，是一个有着20世纪60年代特质的人。你去过他的汽修铺吗？完全是不值钱的老古董。直接用手转轮子，没有助力工具，只有个千斤顶。你再到人家科恩的店里看看，汽动力棘齿、空气压缩机、电脑，等等，一应俱全。发动机指示灯不完、电动门窗失灵、喷油嘴堵塞什么的，换掉电脑芯片，问题迎刃而解。如今修车就是这么简单，全部数字化。”

“反正店里也没生意，拉里·奥特没必要升级换代。”

两人站在那儿，看着。

塞拉斯说：“也许这里装不了有线电视。”

“他可以装个天线大锅。”

“大概他不看电视，只看书。”

“看书。”

他们望向房间的另一端。

“头儿，也许你说得对。”塞拉斯说着，走到书架前，拿起之前没留意的书。那是一本有线电视宣传册，里面是各种收费频道和节目列表。

法兰西走过来，用戴着手套的手摸了摸架子上的书，说：“净爱看些恐怖的东西。卧室里还有一大堆这类书，别的屋里也有，除了他父母的房间。我敢打赌，他家的书肯定比县里所有公共藏书和私人藏书的总和还要多，甚至超过图书馆。”

塞拉斯依旧站在书架前，法兰西回到大厅里。他记得这本叫做《神秘火焰》①的书，以前拉里捧着它，给自己讲过书里的情节。他仿佛又看到自己和拉里在树林里，背着步枪，拉里对自己说，书中的女孩只凭想象，就能生火。

塞拉斯在拉里父母的卧室里找到了法兰西，法兰西正在检查抽屉。他站在放满女士服装的抽屉前，说：“除了前屋，这房子跟我上

① Firestarter，斯蒂芬·金2003年作品。

周来的时候没什么两样。我猜，自从他母亲去了敬老院后，拉里就没动过这屋里的东西了。”

“这很正常。”

“我没说这不正常。我继母去世后，她的女儿就不让任何人进母亲的房间。有时候，她一个人坐在母亲屋里，唱Boz Scaggs[①]的歌。别跟我扯正常不正常的事。”

法兰西去了厨房，打开冰箱。

“这里有些东西。”他说。

塞拉斯看了看，在一堆鸡蛋和快餐食品中间，放着一箱蓝带啤酒，中间少了一罐。

“拉里从不喝酒，他父亲就是因为醉酒驾驶而出车祸死的。”

“也许他现在开始喝了。”

“也许吧。”

法兰西走到饭桌旁，仔细检查桌面。他从工具箱里拿出一块毛巾，平铺在桌子上，然后在一个小黑皮包里翻找东西。这个包会让塞拉斯联想起旧时乡村医生的药包，要比它小一些。塞拉斯早就渴望能配有一个查案工具箱，也曾向镇议会提出申请要个简单的套装，但未获准。

法兰西在相机上倒带，吞云吐雾。“你还记得怎么铸模吗？”

“嗯。”

“我箱子里有包裹，还有硬化剂。前后都要印。”

① 生于1944年，美国歌手，作曲家。

塞拉斯拿着泥土硬化剂的喷雾罐，三个木框，还有三个预装的铸模包走到外面。这些包其实是水包，和糖粉包差不多大，里面装着一小袋水泥。他把东西放在门廊上，借着手电的光，仔细观察自己的车还有法兰西的车的辙印。之前的雨已经把其他车的痕迹都冲掉了。地上还有几个脚印，有的完整，有的不完整。他自动忽略掉自己的脚印和安吉的脚印，在甬道前发现了一个陌生的脚印。他用木框框住脚印，到门廊上拿起水包，用力按压，找到水泥袋的位置，用拇指捏碎，然后轻轻揉搓，直到水泥和水充分混合。塞拉斯在土上喷了硬化剂，打开水袋，仔细地将混合物洒在脚印上。然后，他又发现了几组脚印，也把它们复制下来。

塞拉斯回到屋时，法兰西已把手枪装进证物袋，开始收集指纹。

“过来，给它们贴上标签。”

接下来的一小时里，他们整理了收集到的指纹。法兰西觉得这些指纹基本都是拉里的。然后，法兰西开始用蒸馏水和棉球取血迹样本。但是，除了起居室地上的一大片血迹和手枪上的血迹，没有发现其他血迹。最后，他们下楼，出了后门，看着仓房。夜色渐浓，田野里一片鸟鸣虫吟蛙唱。

“查过仓房了吗？”法兰西用烟头指了指。

“嗯，被一群母鸡偷袭了。”

法兰西不屑地哼了一声。

仓房里，一群鸡咕咕叫着。法兰西打着手电筒，摸索着走在满是灰尘的角落，寻找可疑的土块、木片、血迹、毛发，等等。

“好像没什么情况。”法兰西说着，走进饲料间，打开鸡群休息的笼子，照了照。

他们又查了一会儿，出去到院子里取下重重的水泥鞋印模型，放进法兰西车里。法兰西用黄胶带把车后备箱封成X型，两人在仓房的阴影中站着。法兰西吐出的烟雾悬在空中，弥漫成一片，就像晾衣绳上挂着的床单。塞拉斯似乎听到了猫头鹰的叫声，他想起拉里曾经说过，猫头鹰的幼仔叫“owlets”。

法兰西说：“明天我去牛津，跟治安官谈谈，再走访几个卢瑟福家女孩的朋友，包括她男友。也许还会见一两位教授。”他扔掉烟头，用脚踩灭，然后捡起。“明早你站完交通岗，再回来看看。白天看得清楚，也许能找到更多脚印。在周围转转，我记得奥特家好像有三百英亩土地呢。”

“你觉得这案子和卢瑟福家的案子有关吗？”

“不排除这个可能性。你不是一直想做些真正的破案工作嘛，机会来了。”

他们封上拉里家的后门，然后绕到前面。在门廊上，塞拉斯伸手进去关掉屋里的灯，法兰西将门封好，锁上。他把拉里的钥匙和手机扔给塞拉斯，说：“等你查完了再把这些拿回来，如果有发现，随时告诉我。”

“好的。”

“等拉里醒过来以后，我们一起去跟他谈谈。”

法兰西把包挂在车后面，说：“给你留两个模具，也许明天用得着。”

“好的。需要通知山农吗？”

“不用，她很快就会知道了。”法兰西伸了伸腰，说：“我要回家了。”

塞拉斯回到自己的房子里，将拉里的东西和自己的枪套都放在厨房餐桌上，摘下手铐、手电，等等，一身轻松。他打开冰箱，拿出一罐百威啤酒，从架子上取下一只杯子。那一打啤酒已经快被他喝完了。塞拉斯在海军服役期间曾去过几个国家，喝过当地的啤酒。在英国，啤酒需要加热再饮用；在比利时，每种啤酒都配有特制的杯子；在巴西，饭桌上摆着巨大一瓶啤酒，全桌人用小杯分着喝。退役后，他仍有喝啤酒的习惯，但只在私下里喝。在“夏博巴士”，他直接用瓶子喝啤酒，因为大家觉得公用玻璃杯不卫生。他拎着杯子和酒瓶走进起居室，将它们放在咖啡桌上。塞拉斯坐下，脱掉靴子，给双脚一个喘息的机会。他买不起洗衣机，也买不起烘干机。所以，周末的时候，他会把衣服拿去安吉家洗。

他打开啤酒，倒了一杯，一饮而尽。然后，他把瓶中剩下的酒都倒进杯子里，空瓶放在桌上，抬头望着对面桌上自己和拉里的钥匙发呆。他喝完啤酒，起身去冰箱里拿出最后一罐，边走边脱掉衬衫。进了卧室，他坐在自己凌乱的床上，看着床头柜上的白色T恤衫。

时钟显示晚上十一点。塞拉斯想，也许该给安吉打个电话，告诉她自己很疲惫，不去“夏博巴士”了。他倒了杯酒喝下，将酒杯和酒瓶放在地板上。仰面躺下，抓过T恤，看着自己的电话留言机，指示灯在闪烁。他伸手按下播放键。

“塞拉斯？”

他坐起身来。

留言机中传来拉里·奥特的声音："很抱歉打扰你，我知道你很忙，但是请你一定要找时间给我回电话。晚一点也没关系。现在是周一中午，我在店里。"塞拉斯盯着脚上的破地毯。地毯是房子里原先就有的物件，他住进来后就一直想把地毯扔掉。塞拉斯衣柜里放着两套制服，制服后面藏着那支点22步枪。

拉里一字一句地说着自己店里的电话号码，如同念出拆弹密码般小心谨慎。最后，他说："请回电话，多晚都没关系。我有重要的事要告诉你，但不便在电话里说。谢谢！"

"请回电话，多晚都没关系。"

唉，现在真的太晚了吧，拉里。一切都来不及了。

第五章　母亲的祈祷

主啊，请您发发慈悲，助拉里一臂之力，让他明天好好表现，不要口吃；让他今晚呼吸顺畅，睡个好觉；为他找一个特别的朋友，让他不再孤单。

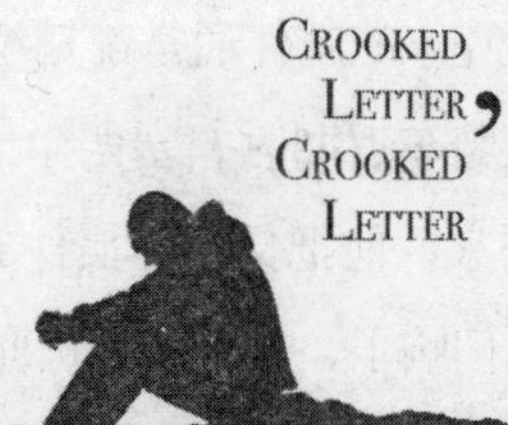

在母亲敲门前，拉里就醒了。这是一个周六的清晨，暑假第一天。接下来，将是三个月的假期。他迅速穿上睡前准备好的衣服——一件旧T恤，一条膝盖处破洞的蓝色牛仔裤——都是适合在外折腾的好装扮。他把刀放进背包，系好鞋带，下楼偷偷出了门，没遇见任何人。他跳上门廊前的自行车，骑出了院子。拉里在树林中穿过，躲着水坑和蛇。他经过沃克家，看见塞西尔在门廊上喝咖啡，抽烟。拉里和塞西尔打了招呼，继续前行，来到沃克家和自己家的信箱前，打开信箱门，掏出信件和宣传单。他瞟了一眼，里面有塞西尔的信。拉里时常会收到信件，都是他订购的漫画书和杂志。辛迪·沃克从没收到过信，沃克家的邮件通常都是垃圾广告。

拉里骑车返回时，塞西尔已经走了。拉里把传单放在他们的门廊上。回到家，他把父亲的信件放在饭桌上，坐回自己的位子。过了一会儿，后门响了，母亲用围裙兜着鸡蛋进了厨房。

“你吓了我一跳。”她说。

“对不起。”

她把鸡蛋放在操作台上，看到了信件。“你的漫画书来了吗？”

“没有，妈妈。”

“也许周一会来吧。”

天气很热，母亲赤着脚。她划了一根火柴，点燃炉灶，冒出一股燃气的味道。家里的燃气存在后院的金属大罐子里，每周都有服务车来添加一次。

“你昨晚呼吸怎么样？”母亲将鸡蛋洗净。

“很好。”

“那就好，”母亲打开抽屉，又点燃了一个炉灶，“你想吃煎蛋吗？”

“是的，妈妈。”

里屋传来一声响动，拉里和母亲对视了一下。电视机响了，传来播报员的声音，卡尔将音量调大。卡尔每天都要在早饭时看电视读信件。

一会儿，卡尔来到厨房，他的绿色短袖工作服别在蓝色牛仔裤里。每周一到周五，卡尔都会穿整套的绿色工作服。他总嘟囔着抱怨周六都要工作，可拉里知道他其实不喜欢待在家里。换作其他时间，拉里会非常期待父亲能带自己去店里。

但是今天，拉里不想。

“早上好，爸爸。”拉里在广告间隙问候道。只有卡尔能看到电视。

父亲正在拆信，回了一句：“好。”

母亲端着陶瓷咖啡壶来到父亲身边，为他倒满咖啡。

“谢谢。”卡尔加了很多糖。

母亲犹豫片刻，说："亲爱的？"

父亲喝了口咖啡，注意到拉里和母亲都在看着他。这是周六早上惯常的一幕，两人一起望着卡尔，无声地问他是否可以带拉里去店里。

父亲低下头边看信边说："伊娜，今天会很忙，要修两个传动装置和一个汽化器。他也帮不上什么忙，只会碍事。"拉里听后，松了口气。

厨房里，煎锅在炉子上嗞嗞作响。

"好的，爸爸。"拉里说。

"下周吧。"母亲说。很久以前，卡尔就让拉里和母亲明白了，"不"就是"不"，没有讨价还价的余地。

稍后，母亲把煎蛋端到拉里面前。拉里加了盐，狼吞虎咽地吃掉煎蛋和熏肉。然后，他才发现父亲一直盯着自己的盘子。拉里问："我吃完了，能先走吗？"

"你得跟妈妈说点儿什么吧？"

"非常好吃。"

"去吧。"

他下楼回自己的房间，听到父亲喊着："嘿，小子。"

他赶忙回来，答应着："到，爸爸。"

"你今天在外面待着，剪草。"

言外之意，就是别一整天都闷在家里读书。

"是的，爸爸。"

他下楼去，捡起装满啤酒罐的垃圾袋，拿出去放在父亲卡车上。卡尔会把它带到店里，扔掉。

拉里把割草机从仓房里拖出来时，父亲恰好开着红色福特车经过。他摇下车窗对拉里说：“别用它割木头，我刚磨了刀刃。”

“是的，爸爸。”

卡尔开车走了，拉里在后面挥了挥手，然后转身看着自家的三百亩田地。房子在中间，仓房在树林边。完成这割草的工程，至少要半天时间。

“真糟糕。”拉里小声嘀咕着。

还是先干完吧，他想。这样，下午就可以自由了。拉里为割草机加了油，拉着走在路边，轧过小草、小石块和小木棍。他心中满是喜悦　　八年级终于结束了。从明年起，他就要去福瑟姆上九年级了。那是县里唯一的高级中学。

拉里一边割草，一边琢磨着爱丽丝的车一定是父亲给的。不过，拉里也知道，不能走漏任何风声。上次，他跟母亲提起爱丽丝母子的事情，就已经辜负了卡尔的信任。他应该明白，男人不与身边的女人们（包括妻子和母亲在内）讨论自己的私事。

自从拉里把点22给了塞拉斯，他自己就开始使用94型号的点33，因为它与点22最相似。拉里的母亲根本看不出两支枪的区别，但父亲一眼就能看出。

刚过去的春天里，只要有时间，拉里就背着枪奔向树林里的小屋。塞拉斯从屋里迎出来，也拿着枪。拉里知道，塞拉斯一直在等自己。无论他走得快还是慢，总会第一时间看见塞拉斯灿烂的笑脸。

日子一天天过，天气渐渐变暖，塞拉斯脱掉了拉里的旧棉衣和旧手套。拉里发现，塞拉斯身上的衣服比从前好多了，都是爱丽丝从

TG&Y[①]买回来的。爱丽丝打两份工，晚上在福瑟姆餐馆做服务员，白天在便利店咖啡厅干活。拉里和塞拉斯一起，玩枪、“狗吃屎[②]”、抓人、打仗、牛仔和印第安人、爬树等游戏。塞拉斯骑着拉里的自行车，做前轮离地、侧滑等特技，拉里在后面跟着，拿木棍寻找晾在马路上的蛇。有一次，拉里找到一条黑色猪鼻蛇，用小棍将它的头戳在地上，抓起脖子，看着蛇缠上自己的手腕，吐着芯子。每当拉里把蛇塞进枕套中时，塞拉斯总是躲得远远的。

四月里，他们在小屋另一侧的小河里钓鱼。拉里家仓房的墙上，挂着父亲的钓竿鱼线，还有一个大钓具盒。只要拉里小心使用，还是能够得到父亲许可的。

他们提着渔具走在路上，塞拉斯问拉里今年会不会参加棒球比赛。拉里说不去，他从没参加过，也从没考虑过要参加。

“为什么？”

“我打得不好。”

在小河最宽阔处，拉里教塞拉斯如果将鱼饵挂在钩上，扔进水里，等鱼上钩，然后清洗处理。当然，还有如何使用人造鱼饵、橡胶虫子、小诱饵鱼、银勺子和栓勾。不过这些东西都是用来捉岩鲈鱼的，这一带的河里很少有，也很难捉到。所以，大部分时间里，他们只用软塞和垂勾，就能钓上河底的灰色大鲶鱼。拉里让塞拉斯把第一次钓上来的几磅鱼拿回家，但塞拉斯不肯。

---

① 美国连锁商店。

② 一种游戏，参加者从各个不同的桩上投掷小刀，使刀片插入土地。原先，输家得用牙将插在地上的桩头咬起，因此得名。

“为什么呢？”拉里坐在河边，看着钓钩和桶里活蹦乱跳的鱼。塞拉斯很兴奋，盯着那些原始的脸和大嘴巴，满脸惊讶。

“为什么不拿回家呢？”拉里又问。

“因为妈妈不让我跟你一起玩。”

“为什么？”

塞拉斯耸了耸肩膀，鲶鱼咕咕叫着，塞拉斯将它扔回水里。“这是怎么回事？”

拉里笑了笑，说：“那是它们在说话。”

塞拉斯又把它拉上来。

“小心那长鱼鳍，会扎到你。”拉里说。

塞拉斯凑近鲶鱼，说：“鱼先生，你说什么呢？”

“因为我是白人吗？”拉里问。

“什么？”

“你妈妈不让你跟我一起玩，是因为我是白人吗？”

“我不知道。”

“她没跟你说？”

“她只是说‘离那小子远点儿’，还让我答应她不跟你玩。”

“为什么？”

“我说了，我不知道。”

拉里很疑惑。肯定是因为自己的肤色，不然还能有什么原因呢？他知道父亲肯定会反对，他不会告诉父亲塞拉斯是自己的朋友。可是对塞拉斯来说应该不同吧？一个黑人妇女难道不为自己的儿子有个白人朋友而感到高兴吗？父亲给过他们衣服和一辆车。他曾以为，黑人对白人的愤恨是因为白人对待黑人的态度。你们不仁，我们不义。但是如果白人愿意跟黑人交朋友，送他们礼物，甚至给他们落脚的地方，黑人难道不应该心怀感激吗？

“你跟妈妈提过那把枪吗？”

“当然没有，我把它藏起来了。”

“为什么？”

“妈妈知道后肯定会逼我把枪还给你。”

“我确实得把枪拿回去了，爸爸肯定在找这把枪。喏，我用这个跟你交换。”拉里把刀递给塞拉斯。

“用刀换抢？”

“求求你了……”

“给我讲个故事吧。”

塞拉斯想听斯蒂芬·金的故事。拉里曾把书借给塞拉斯看，可塞拉斯说自己不喜欢读书，做作业就已经够烦的了。而且，小屋里也没有电灯，只有油灯、蜡烛和手电筒。不过，塞拉斯喜欢听拉里讲那些故事。现在，拉里在给塞拉斯讲一个叫做“卡车”的故事，是关于一种神秘超自然力量在某个州际公路出口控制了所有卡车，一群正在吃晚饭的人被那些恐怖的杀人车包围了。故事的最后，卡车鸣笛，有幸存者听出，笛声原来是莫尔斯电码。

塞拉斯正往鱼竿上挂鱼饵虫子。他问：“莫尔斯电码是什么？”

拉里解释说莫尔斯电码是由点和短线组成的密码，并且继续讲述卡车鸣笛传达的莫尔斯电码意思是想找人为它们加油。结尾时，人们只好轮流给汽车加油。故事的主人公抬头看着天空中飞过的两架飞机，说："上帝保佑，飞机上坐着人。"

塞拉斯一直仰望天空。

拉里赶在午饭前剪完草。母亲做了炖肉和蛋黄酱三明治，还有椒盐饼。拉里边吃边看漫画书，喝完一罐可乐，向母亲道了谢。然后，他从柜子里拿出点33、两盒子弹，还有斯蒂芬·金的《夜班》，走出大门，喊道："我出去了。"纱门在身后关上，拉里感觉到母亲也跟着出了门，看着他。像往常一样，拉里朝辛迪家的方向走去，甩掉母亲注视的目光。他背着枪，穿过田野，走进树林。然后，他又折回，往东走。

塞拉斯开始参加学校棒球队训练，拉里担心再没机会和塞拉斯一起玩了。他曾邀请塞拉斯到自己家，他们在仓房里玩。塞拉斯也帮忙割草，可拉里知道他不会再来了。拉里琢磨着，也许可以带塞拉斯到树林里玩，去看看辛迪的房子。辛迪是拉里的秘密，也许是时候与塞拉斯分享了。

半小时后，拉里蹲在树林边，卸下枪。远远的，他看见塞拉斯站在小屋后的土堆上。塞拉斯朝拉里的方向望过来，拉里赶紧低下头。后来，他意识到，塞拉斯只是在练习棒球动作。塞拉斯双手举在胸前，踢腿，然后朝向六十英尺外的树林里快速投球。拉里看着棒球撞到树桩上，暗自赞叹塞拉斯的球技。塞拉斯俯身在草丛中捡起球，假装要向拉里的方向投来。动作娴熟流畅，就像电视里播放的亚特兰大勇士队比赛一样。

塞拉斯的母亲不在附近，一定是上班去了。小屋四周的田地在冬季干枯灰白，现在已经焕发生机。周围一片新绿，蝴蝶在秋麒麟草上翩翩起舞，圆蜘蛛趴在网上，好似眼睛的瞳孔。

塞拉斯在土堆上，查了查一垒和二垒的位置，又开始练习投球。拉里坐在树下，清理袜子和裤子上的虱子。他先听到球落地的动静，接着是塞拉斯自言自语的声音。然后，拉里打开书，翻到他最喜欢的故事《绞肉机》，读了起来。

拉里抬头，看见塞拉斯正站在面前，气喘吁吁地问："你在偷看我？"

拉里合上书，发现塞拉斯身后跟着一只猫。他想，也许是猫闻到气味走了过来，塞拉斯才发现自己的。

"没有，我只是来看看你，结果发现你忙着投球。"拉里耸了耸肩膀，站起来，看着脚边的枪。

塞拉斯手里拿着球，看着拉里。拉里在想，这球会不会是塞拉斯从学校偷来的呢？

塞拉斯回头看了看自己的土堆和树林，说："我敢打赌，我能投到每小时七八十英里。"

"嗯，从这里看，球确实飞得很快。"

"你在看什么书？"

拉里把书举起来，封面上印着一只手，手掌和手指上都长着眼睛。手上缠着纱布，像木乃伊。

塞拉斯问："恐怖吗？"

拉里给他讲《绞肉机》的故事情节，详细说了几个侦探去走访一个女孩的片段。那女孩的手指被洗衣机切断了。侦探们大胆分析，认为一连串事件导致被叫做“绞肉机”的洗衣机被魔鬼附体。拉里告诉塞拉斯，唯一的疑点，是处女之血。最后，警察终于悟到这一点，问了那女孩：“你是处女吗？”“我一直为将来的丈夫守身如玉。”她说。但是，一切都太迟了，“绞肉机”开始对所有人痛下杀手。

塞拉斯皱了皱眉头，问：“什么是处女？”

“就是还没有发生过性行为的人。”

“性行为？你是说没有‘做过爱’的人？”

“嗯。”

“再给我讲一个吧。”塞拉斯说。他们开始聊天，拉里背着枪，塞拉斯把玩着球。

拉里讲起“耶路撒冷园林”，并且告诉塞拉斯，那就是小说《撒冷镇》的背景地。

“咱们第一次见面的时候我读的就是这个故事。父亲和我在路上接你和妈妈的那次，你还记得吧？”

“我不记得那本书了。”

拉里耸了耸肩。

“咱们去哪儿呢？”塞拉斯问，“我不想去你们家。”

他们来到离拉里家仓房1/4英里处的树林，绕了一圈儿，然后向沃克家的方向走去。

“我带你去看一个人。”拉里说。

“谁？”

“去了你就知道了。”

“女孩儿吗？”

“一个非常漂亮的女孩。”

“是谁啊？”

“就是咱们的近邻。她的继父塞西尔是个很有趣的人，总是做些疯狂的事情。”拉里说。

“怎么疯狂？”

拉里停下脚步，开始给身后的塞拉斯讲“新年前夜”的故事。今年前，新年时沃克一家到他们家做客，父亲买了些烟花爆竹。母亲们在屋里聊天、做饭，拉里、辛迪、卡尔和塞西尔在外面放烟花。那是拉里最快乐的记忆之一。父亲们都喝醉了，五彩缤纷的烟花在空中不断绽放。连平时一向冷漠的辛迪也开怀大笑。塞西尔稀里糊涂地拿起几只爆竹，点着，还没来得及扔出去就炸开了。大家一阵哄笑，他悻悻地甩着被烧伤炸黑的双手。塞西尔的口袋里装着一小捆爆竹，他一根根地抽出，点燃，扔出去。卡尔并不亲自燃放，只是坐在门廊上抽烟喝酒，看着他们。

塞西尔又点了一根，让导线燃着。那年辛迪十四岁，扎着小辫子，穿蓝色牛仔裤和羊毛衫，蹲在离塞西尔不远的地方，身旁放着一罐可乐。她手里拿着香烟，准备自己点爆竹。

“嘿，辛。”塞西尔叫着，将点着的爆竹扔了过去。

辛迪吓得尖叫着跳起来，爆竹从她身边飞过，在田野里炸响。

“塞西尔，你太坏了。”辛迪说着，看到塞西尔又点了一根扔过来。

“跳舞！”塞西尔叫道，就像一个要杀人的歹徒。

“再这样下去孩子要被你弄得非瞎即聋。”卡尔说。

拉里退了几步，站在塞西尔身后，看着他点燃另一根爆竹，向辛迪扔过去。

这次，爆竹真的砸中了她。辛迪匆忙逃开，躲进暗处。爆竹在身后炸响，她大叫一声，卡尔和拉里赶忙过去看她是否受伤。塞西尔回头看了一眼房子，慌张地扔掉火柴，辛迪大哭起来。母亲们闻声，从屋里出来一探究竟，发现爆竹在辛迪身后的草丛中炸响。

可是，塞西尔扔掉的火柴落进了自己装爆竹的口袋。他醉醺醺地东张西望，问道："哎呀，有什么东西着火了。"

"你的大衣，塞西尔。"拉里示意让他看。

塞西尔低头看自己的口袋，一根爆竹飞了出来，在空中炸响。他大惊失色，抬起手臂，又一根爆竹飞了出来。紧接着，塞西尔的大衣着火了，噼里啪啦地响。他乱跑乱叫，不停拍打大衣，更多的爆竹飞了出来。拉里听到父亲的笑声，辛迪的笑声，妈妈们的笑声，自己也笑了。塞西尔脱下外衣，爆竹纷纷掉落。他拼命地用脚将其踩灭，希莉亚双手捂着嘴笑。时至今日，拉里讲起这段往事，还是情不自禁地笑了起来。

但是，塞拉斯没有笑。

拉里以前在汽修铺听过父亲讲这个故事，在场的人都哄堂大笑。塞西尔笑得最厉害，还不住地点头承认自己不仅烧坏了那件大衣，还得罪了那老女人。塞拉斯依旧没有笑。

"我认为他不但很疯，还很坏，"塞拉斯说，"我可不想去看这种人。"

拉里卷起袖管，说："走吧。"

他们来到沃克家附近的树林里，拉里将手放在嘴边做安静状，然后跪在地上，慢慢爬行。塞拉斯照做。他们爬了一段下坡，就快要看到房子的时候，拉里平躺了下来。塞拉斯犹豫着，好像不想弄脏自己的衣服，但也还是躺在拉里身旁。他们一起张望。五十码外，就是沃克家的房子。脏兮兮的，旁边还有很多乱七八糟的附属物。两间屋中间，是一个简陋的甲板，辛迪常在那里晒太阳。

今天，甲板上的是塞西尔，还有卡尔。

“那是你父亲，他在这里做什么？”塞拉斯问。

拉里不知道。

卡尔抽着烟，用在汽修铺说话的那种随意口吻，和塞西尔聊着。塞西尔曾在工厂里做锯木工，后来弄伤了背，得到了一笔工伤抚恤费。现在，他用这些钱买烟酒。

“咱们走吧。”拉里小声说道，开始往回爬。

“等等，我们好不容易来的，说不定那女孩儿一会儿就会出来。”塞拉斯说。

他们缩在地上，等待。拉里听着他们说话，然后干杯，好像喝醉了。最后，辛迪终于从屋里出来了。

拉里顿时僵住，一动不动。

他们看着辛迪走到门廊上，身上裹着一小块浴巾，头上包着头巾，跟塞西尔争论着。辛迪一手比画着，一手捂住胸前的毛巾。

她高声说道：“妈妈说了，我可以去！”

拉里知道，辛迪的母亲在东福瑟姆的领带厂上晚班。

“她叫什么名字？我在学校见过她。”塞拉斯小声说。

“辛迪。”

辛迪越来越生气，说话声音越来越大。

塞西尔凑过来，捅了捅卡尔，伸手拽辛迪的浴巾。辛迪想打掉塞西尔的手，但他不仅没有松手，还使劲拽着。卡尔笑了，起身靠在栏杆上。他能清楚地看到辛迪的乳沟，和大半个乳房。

“塞西尔，放手！我要告诉妈妈。”辛迪大叫着。

塞西尔嘟囔着，紧抓不放。他朝卡尔眨了眨眼，卡尔挠着脸颊，喝下一大口啤酒。辛迪拼命打塞西尔，浴巾掉到胸部以下，大腿上方。

塞拉斯起身，拍掉膝盖上的泥土，走到院子里。拉里这才发现，塞拉斯走开了。那一瞬间，他觉得塞拉斯好像长高了。

拉里按兵不动，看着塞拉斯走到两个白人醉鬼面前。两人看着他，一时语塞。

“放开她！”他说。

塞西尔松手，辛迪抓紧浴巾，看着眼前的黑人男孩，一语不发。然后，她转身回屋。门关上了。

塞西尔突然惊醒，问：“你是谁，小子？”

塞拉斯已经走开了，绕过房屋，上了马路。

“等等，小子！”卡尔叫道。他拿着啤酒走下台阶，绕过房子，但塞拉斯早就跑远了。

拉里开始在树丛中爬行，像一条蛇。到了山脚，他深吸一口气，正准备起身拿枪回家，忽然看到卡尔在上方的树林里。卡尔四处张望，也许是想观察一下树林里是否还藏有其他的黑人男孩。拉里静静地躺着，庆幸自己穿了迷彩服。卡尔拉开裤链，伸手进去。拉里赶紧别过脸去，然后听到父亲小便的声音。后来，父亲又站了一会儿。

“嘿，卡尔！”

是塞西尔的声音。

“那边还有黑人土著吗？别被矛刺伤了。”

拉里再睁开眼时，父亲已经走了。

拉里找到塞拉斯时，他正在练习棒球。

“谢谢你为她出头。”拉里说。

塞拉斯举手，将球投进树林。他没有跑垒，只等球落在草丛里。“你总是暗中监视别人。”他说。

“我没有。”

“你约会过她吗？”

拉里没有回答。

“你刚才也没打算要帮她。”

“我想帮。”

塞拉斯看着他，捡起球，往木屋的方向走去。拉里跟在后面。树林里很凉爽，树叶和枯枝在他们脚下吱吱作响。来到空地处，塞拉斯突然快跑，转身，将球扔向拉里。拉里伸手去接，却又闭上双眼。球落在他身后，不见了。

“糟糕。”塞拉斯说着，匆忙跑过来，到处找球。

拉里从后门进屋，准备到枪械柜里将点33放进它的绿色绒布套里。拉里隐隐感觉到有些不对劲。

卡尔从厨房里出来，看着他。

“过来。”他说。

拉里鼓起勇气走到父亲面前，卡尔抓住他的衣袖，将他拖到客厅，一把夺过他手中的枪。

“我的马林枪呢？”

拉里低头盯着自己的手。

“去给我拿来。”卡尔说。

拉里一动不动地站在原地。

“小子！”

“我没有拿，爸爸。”

“你没拿？”

“是的，爸爸，我真的没拿。”

拉里的母亲走进客厅，叫道：“卡尔。”

卡尔举手示意她住嘴，看着自己的儿子，问：“我的步枪呢，小子？”

拉里揉搓着双手，说：“我借给朋友了。”

“朋友？我怎么不知道你还有朋友。”

“卡尔……”

“伊娜·让，这小子偷偷将我的枪转包给了外人，我想知道到底给谁了，行吗？！”

拉里不说话。

“我的问题不会重复第三次！”

“给那个上次在路上搭车的男孩了。”

“什么男孩？”

“塞拉斯。”

“塞拉斯？那个黑人小子？”

“卡尔。”

卡尔凑到拉里面前，拉里能闻到父亲身上的烟酒味。那一瞬间，他知道了，父亲肯定看到他藏在山脚下。“等一下不行吗？！你的意思是说，你把我的枪借给了你的黑人朋友？”

“卡尔，别说了。”

卡尔看到妻子用手指着自己。

“卡尔·奥特，我让你别说了。”

父亲松开拉里的衣袖，说：“也许你是对的。要不周日从教堂回来后，请他们过来吃晚饭怎么样？”

“你……你太……”伊娜说。

“明天，明天你起床的第一件事就是赶紧滚去把我的步枪拿回来。听见了吗，小子？！”卡尔冲拉里说。

“卡尔，注意你的用语。”

“伊娜·让，现在不是批评我的时候。”

“那什么时候能批评你？你打算让他们在那儿住多久，卡尔？”

“闭上你的臭嘴。”

“你的做法真的不合适。”

拉里躲到父亲椅子后面的墙角里。

“合适。”父亲说。

“如果他们不走，那我和拉里今晚就走。”母亲说。

那一瞬间，父亲几乎要笑出声来。然后，他摇了摇头，对母亲说："别试探我。"

"卡尔。"她低声说。

父亲指了指拉里，说："等你从墙角里滚出来——"

"卡尔。"

"就去把我的枪拿回来！我才不管你们今晚到底走不走。"他恨恨地说。

父亲猛地拉开纱门，走到门廊上。纱门在他身后慢慢关上。

"卡尔，"母亲隔着纱门喊，"你要去哪儿？"

拉里躲在椅子后面，根本听不见父亲的回答。

当晚，母亲如往常一样来到拉里的房间，坐在他床上。拉里面朝墙壁，没有转身。母亲把手放在拉里肩头，拉里闻到了那股熟悉的洗洁精的味道。

"拉里？"

"妈妈。"

"枪呢？"

拉里没有回答。

"儿子？"

拉里患上哮喘病的时候，母亲熬夜陪他。夜里，他喘得厉害，母亲为他擦药膏，他们一起祈祷病魔早日离去。听见公鸡打鸣时，拉里知道漫长的黑夜即将过去。一年级的时候，拉里告诉母亲，自己递给雪莱·索尔特一张纸条，向她求婚。纸条上画着"同意"和"不同意”两个选项，雪莱勾了“不同意”。“她真傻。你长得多么俊秀，如果我不是你妈妈，我会追求你的。”母亲边说，边轻拍拉里的胸膛。二年级的时候，拉里开始口吃，他告诉母亲学校里的孩子都嘲笑自己，母亲祈祷拉里早日好起来。可是，口吃和哮喘不仅没好，反而都加重了。三年级的时候，老师要求大声朗诵课文。拉里很害怕上课，因为自己一结巴，就要遭到其他男生的嘲笑。老师认为拉里故意为之，还批评他。母亲坐在床边时，拉里说：“明天又轮到我朗读课文了。”母亲便开始祈祷：“主啊，请您发发慈悲，助拉里一臂之力，让他明天好好表现，不要口吃；让他今晚呼吸顺畅，睡个好觉；为他找一个特别的朋友，让他不再孤单。”最终，母亲的祈祷终于奏效了，但来得很迟。“都是上帝的旨意，上帝自有安排。”母亲说。拉里四年级的时候，一夜之间，突然不口吃了，后来也几乎没有再犯。他的哮喘也慢慢好转，在六年级前的那个夏天快要结束的时候，基本上痊愈了。然后，塞拉斯出现了。“一个朋友”，拉里不能告诉母亲，目前塞拉斯就是那个“朋友”。否则，母亲又会冷酷地板着脸将他们赶出小屋，就像那个寒冷的冬日清晨给他们送去旧衣一样无情。现在，母亲的祷告变为：“主啊，感谢你的慈悲，感谢你治好了拉里的口吃和哮喘。请为他找一个特别的朋友，让他不再孤单。”

既然已经拥有，还要继续祈祷，这样做对吗？拉里开始担心遭到报应，口吃和哮喘的毛病有一天会复发。

“儿子？”

拉里还是面朝墙壁，母亲抽回放在他肩上的手。

“拉里，爸爸的枪呢？你可以告诉我。是在辛迪家吗？是你给辛迪的，还是卖给了她？或者是塞西尔？”母亲的声音里希望混杂着绝望。“你每天都去塞西尔家吗？我不想让你跟塞西尔混在一起，他……”母亲顿了顿，“他是个很麻烦的人。你没有去他家吧？”

拉里没有回答。

母亲又坐了一会儿。他闻着自己房间的味道。

“拉里？”

最后，母亲叹了口气，拍了拍拉里的肩膀。“主啊，感谢你的慈悲，感谢你治好了拉里的口吃和哮喘。请为他找一个特别的朋友，让他不再孤单。”母亲哽咽着祈祷，然后离开了。

拉里早上醒来，满口苦涩，他昨晚睡觉前没刷牙。母亲在厨房做早餐，好像什么事都不曾发生。拉里朝窗外望了望，发现父亲的卡车不在楼下，他怀疑父亲晚上是不是睡在塞西尔家了。

他没吃早饭就溜出家门，包里背着一本书，往塞拉斯家走去。他躲在树后，看到塞拉斯母亲的车停在木屋前。拉里等着，直到爱丽丝穿着制服，戴着发网，从屋里出来。一只猫在车棚上晒着太阳睡觉，爱丽丝将它拎起，它伸了伸懒腰。她将猫赶走，上了车。那是一辆锈迹斑斑，缺少轮毂罩的旧雪佛兰Nova。她发动了几次，终于点燃。她倒车，猫蹲在土路上看着。

一会儿，塞拉斯从屋里出来，蹦跳着走下门廊，开始练习投球。这次，塞拉斯不知从哪儿弄来一副手套。拉里从树林里出来，朝塞拉斯走去。

“嘿。”拉里说。

“嘿。”

拉里四处张望了一下，摊开手掌，说：“我给你带了这个。”

是那本《夜班》。

“我知道你不喜欢读书，但这里面全是短篇，每个故事只有几页。也许你可以试着读读。”

塞拉斯接过书，看了看。

“我得把点22拿回去。”拉里说。

“为什么？”

“我必须得拿回去，塞拉斯，请把它还给我。”

“告诉我为什么，你家里有那么多枪，我只有这一把。”

“我跟你说了，我想把它要回去。”

“不行，我们需要它。”

“那是我爸爸的枪。”

“那是我爸爸的枪。”塞拉斯学着拉里的口气，讥讽他。

拉里牛仔裤右手边的后兜里装着刀，他伸手摸了摸，知道自己根本不会用这把刀。现在装着它，都觉得是累赘。

“你……”塞拉斯说着，突然停住。拉里顺着他的目光看过去。

是卡尔，拿着一瓶波旁威士忌，向他们走来。“见鬼，我一直跟着你呢，小子。就在你后面，你根本没发现我。我不止一次地跟踪过你，喝醉了也跟，小子。”他嚷嚷着，步子有些摇晃。“你对周围的一切视而不见，就知道看那些狗屁书。要是在过去，你早死了——不是死在印第安人手里，就是死在外国人的手榴弹里。你倒挺轻松，当个温驯的小绵羊，看动画片，玩洋娃娃，看乱七八糟的书。你不会开螺栓，不会给电池充电。现在，你竟然不敢从小偷手中把自己父亲的枪拿回来！”

卡尔冲着塞拉斯说：“你不是这样的吧，小子？”

塞拉斯将双臂抱在胸前，右手戴着棒球手套，毫不理会卡尔。

“说话，小子！”

“不。”

“你应该说：‘不是的，先生。’”

塞拉斯重复道：“不是的，先生。”

“为什么不是？”

塞拉斯抬起头，盯着卡尔，说：“因为我没偷东西！”

“如果你没偷，别在意我刚才的话。”卡尔喝了一大口威士忌，盖上瓶盖，用手抹了抹嘴。“如果你没偷，我收回刚才的话。”

他看了看拉里，又看了看塞拉斯，说：“我们中间出现了种族分歧。”

他又问塞拉斯：“小子，你几岁？”

“十四。”

“快告诉我你父亲是谁，别让我问第二遍。”卡尔说。

“他死了。”

“死了！啊，那太糟糕了。他连一把枪都没留给你？这可是做父亲的天职啊，一定要给儿子一把枪。”

“告诉你们。”卡尔走到大树旁，用手撑着树干，踢走塞拉斯的棒球，坐在树下，盘起腿。

“看来，你们两个都想要这把枪。你们还记得《圣经》中所罗门王的故事吗？他是全世界最睿智的人。有一天，两个女人抱着一个孩子走到所罗门王面前，都争着说孩子是自己的。你们知道所罗门王怎么说？他说，把那个小浑球切成两半，一人一半。”卡尔比画着，把婴儿切成两半，一半给拉里，一半给塞拉斯。“一个女人说，‘好办法，就这么做。’另一个女人说，‘千万别伤害孩子，孩子可以给她。’喏，谜底解开啦。我的意思是，你们俩争这把枪，将我置于所罗门王的境地，我必须得把那孩子切成两半。”

“这枪归我。”塞拉斯说。

“小子，别着急啊，让我想想。”卡尔说着，又拔掉瓶盖。“我需要灵光一现，然后就能想到办法。等等……”他咳嗽了一声，用手背擦了擦嘴，说：“我知道了。你们俩打一仗，男人对男人，黑人对白人。谁赢了，枪就归谁。”

塞拉斯抱着胳膊，转过身去。他想跑掉，但卡尔说如果他不肯打，他就把这件事告诉爱丽丝。他想象着，妈妈满身疲惫地做完两份工作回家时，卡尔·奥特在醉醺醺地等她的情景。

“打啊。”卡尔说。

两人都没说话。

“拉里虽然比你大，但比你女气，所以我觉得你们俩在同一水平线上，很公平。”

塞拉斯说：“你不能逼我。”

“是吗，谁说我不能？”

“不能。”

“不能，‘先生’。如果你不打的话，我就抽你们。”卡尔把皮带解下来，拿在手里晃了晃。皮带像条蛇，不停抽动着。

卡尔背着手走过来，塞拉斯推了拉里一下，没太用力。卡尔走到一边，像斗鸡场上的驯化员，半蹲着看。拉里没有还手，塞拉斯又推了一下，卡尔大叫道：“打啊！”塞拉斯又推了一下，拉里漫不经心地抱住塞拉斯的腰。塞拉斯抬腿顶住拉里的腹部，拉里放手，倒地。拉里疼得就要喘不过气，强忍住，不哭。

“起来。”卡尔说。

他翻了个身。

“他被打败了。”塞拉斯说。

“小样儿，赶紧爬起来。”卡尔拿着皮带走过来，敲了敲拉里的屁股。

拉里满脸羞愧，看着自己沾满尘土的双手，几乎感觉不到被抽打的疼痛。塞拉斯退后几步，屈膝，做好准备。拉里起身，他横跨一步，将拉里绊倒。两人倒地，开始扭打。两人灰头土脸，破衣烂衫，不时发出哼哼的声音。拉里听到卡尔在上面说，规则是他们可以咬对方，可以用膝盖攻击下身。肾脏、眼睛，等等，能打就打，要用最肮脏卑鄙的招数。卡尔一直在喝酒，看着塞拉斯将拉里按在地上。几秒钟后，尘埃落定。

“放开，放开我。”拉里嘟囔着说道。

“小子，看起来你为自己赢得了一把枪。”卡尔说。

“让我我我我我我站站站起来。”拉里大声说，声音中满是焦虑。

塞拉斯紧抓不放。

“听听，听听，听听那口吃的小婴儿。”卡尔说。

“放手，塞塞塞塞拉斯，请请请放手！”拉里说。

塞拉斯继续抓着。

“你，你这个黑黑鬼。”拉里脱口而出。

塞拉斯松手，起身。

拉里站起来，抹掉脸上的灰尘，吐了口吐沫。泪水从他的脸颊流下来，打湿了衬衫。拉里看着塞拉斯，感觉他好像变了。他眼中的愤怒和学校里那些黑人男孩以及卡洛琳的一样。拉里万分愧疚，但他也知道一切都晚了。

塞拉斯主动走过来，准备打他。拉里紧闭双眼，等着塞拉斯。他只感觉到一阵眩晕，鼻子里有一股热流，满眼金星。拉里睁开眼时，看到自己朝向另外一个方向，双腿无法站直。他大口呼吸，尝到血的腥味。他为自己的话而备感愧疚。看到那本书被扔在地上，拉里心中满是遗憾。听到身后有动静，他转过头看，一切都变了。

卡尔扔掉酒瓶，开始倒下。他抱住塞拉斯，想寻求平衡，两人一起在草丛中翻滚下山。塞拉斯挣扎着要站起来，几乎大哭着喊道：“奥特先生，请放开我。”卡尔对塞拉斯耳语了几句，塞拉斯推开他，起身向远处的树林跑去。拉里躺在草丛中，和父亲一起。这时，他感到无比孤独。

第六章　照片里的秘密

他愣在原地，一头冷汗，觉得冥冥中好像有人在监视自己。但是，谁又会在意一张照片呢？母亲早就知晓了所有的秘密。

周三清早，塞拉斯坐在The Hub里，吃着第二块香肠饼。前一天晚上，他给安吉打电话，说自己不能去“巴士”了，约她今天一起吃午饭。他睡得不好，做了噩梦，还梦到拉里。好在醒来时，已经记不起梦的内容。他坐在床上，看着被揉成团的床单，觉得和梦一样纠结。在去The Hub的路上，他给医院打过电话。护士说拉里从手术室出来了，已经被转到重症监护室。拉里总算熬过了手术，但还没醒。

塞拉斯看着窗外工厂的大烟囱，庆幸自己不用面对拉里。长久以来，他都借那句结结巴巴的“黑鬼”为由拒拉里于千里之外。无论是在学校上学，还是在军队服役，每次休假回家，塞拉斯从不问起拉里的情况。有时候，塞拉斯和M&M还有兄弟们一起喝酒、抽大麻，会听到有人提起拉里的名字。但是，他们口中的拉里是“恐怖拉里”，大家都想去揍他一顿。这些时候，塞拉斯就会转换话题，不谈拉里。当然，他早听说卡尔·奥特去世的消息，可关自己屁事呢。

“还想加点儿饼吗？亲爱的。”玛拉问道。她穿着沾了油渍的白色T恤，戴着发网。玛拉今年六十多岁，大腹便便。塞拉斯上学那会儿，她就在餐厅当厨师。她的手很粗糙，说话也粗声粗气。玛拉的生

第六章　照片里的秘密

他愣在原地，一头冷汗，觉得冥冥中好像有人在监视自己。但是，谁又会在意一张照片呢？母亲早就知晓了所有的秘密。

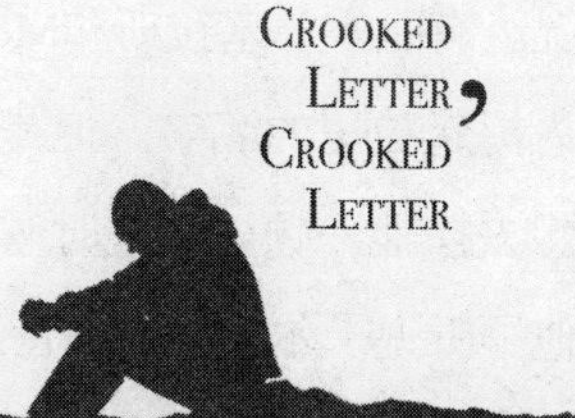

周三清早，塞拉斯坐在The Hub里，吃着第二块香肠饼。前一天晚上，他给安吉打电话，说自己不能去“巴士”了，约她今天一起吃午饭。他睡得不好，做了噩梦，还梦到拉里。好在醒来时，已经记不起梦的内容。他坐在床上，看着被揉成团的床单，觉得和梦一样纠结。在去The Hub的路上，他给医院打过电话。护士说拉里从手术室出来了，已经被转到重症监护室。拉里总算熬过了手术，但还没醒。

塞拉斯看着窗外工厂的大烟囱，庆幸自己不用面对拉里。长久以来，他都借那句结结巴巴的“黑鬼”为由拒拉里于千里之外。无论是在学校上学，还是在军队服役，每次休假回家，塞拉斯从不问起拉里的情况。有时候，塞拉斯和M&M还有兄弟们一起喝酒、抽大麻，会听到有人提起拉里的名字。但是，他们口中的拉里是“恐怖拉里”，大家都想去揍他一顿。这些时候，塞拉斯就会转换话题，不谈拉里。当然，他早听说卡尔·奥特去世的消息，可关自己屁事呢。

“还想加点儿饼吗？亲爱的。”玛拉问道。她穿着沾了油渍的白色T恤，戴着发网。玛拉今年六十多岁，大腹便便。塞拉斯上学那会儿，她就在餐厅当厨师。她的手很粗糙，说话也粗声粗气。玛拉的生活经历有些传奇，和罗伊·法兰西差不多，可法兰西不会做香肠饼。

“不用了，谢谢你，玛拉女士。”他说着，调整了坐姿，因为被腰间的手铐抵得难受。他从桌上的铝盒里抽了张纸巾，擦了擦嘴，喝了口百事可乐。他喜欢吃这里的食物，特别是热狗，能勾起他对芝加哥的回忆。玛拉用的是波兰熏肠，烤焦后，放入很多番茄酱、芥末酱、泡菜酱和洋葱丝，再涂上一层辣酱，每次吃完，嘴唇都有火辣辣的感觉。

塞拉斯起身，将笔记本放进裤兜，从椅子上拿起帽子，沿着一排摆满渔具和化妆品的架子，走到收银台。在他面前，是满墙的香烟、打火机、廉价雪茄、阿司匹林、BC powder[①]和急救药片。

“我给你装几个热狗带走。”玛拉嘴里叼着香烟，冒出的烟雾升到烤棚上方。

“感激不尽。”塞拉斯说着，将帽子换到另一只手上。

玛拉来到收银台前，递给塞拉斯一个油乎乎的袋子。

“谢谢，玛拉女士。”他说着，也不假装客套着要付钱。玛拉转身拿东西时，他趁机往小费罐子里放了五块钱。

“我看见你的小动作了啊。”玛拉递给塞拉斯四袋番茄酱，还有一些盐和胡椒。她把烟头在烟灰缸里捻灭，说：“我听说有人开枪打了拉里·奥特。”

“嗯，我一会儿要过去看看。”

“他还好吗？”

---

① 一种止痛药。

“在重症监护室呢。”

“天哪，噢，天哪天哪，”她一脸悲伤，“先是蒂娜·卢瑟福，然后是M&M，现在又是拉里。”她弹了一下舌头，说：“人说事不过三，看来我们能过一阵太平日子了。”

“也许吧。”

她随手从身后拿过一包万宝路香烟，剥开玻璃纸，说：“32，你知道吗，我一直为拉里感到遗憾和惋惜。”

“是吗？”

“嗯。全县人都认定他是绑架犯、强奸犯、杀人犯，或者三罪并犯，但我还记得他以前来店里买漫画书的情景。那时候我们还出售漫画书，他总是很有礼貌，很腼腆，都不敢跟人对视。”

“你最近见过他吗？”

她摇了摇头，抽出一根香烟，点着。“几年前，我招了个女孩在这儿做登记工作。案子发生时，我没听说过。直到有一天，那女孩满脸骄傲地告诉我，她跟拉里说‘这个家庭和谐的地区不欢迎你’。后来，我辞了她。”

塞拉斯点点头，戴上帽子。

“你今天能见到罗伊吗？”玛拉问。

“不知道。”他打开袋子，将调料包扔进去，感受到扑面的热气。

“你见到他的时候，跟他说我这里来了一批新鲜鲶鱼。”

“我会的，谢谢你。”他举起袋子，对她说，“还有这个。”

“不客气，亲爱的。”她边说边抽烟。

他在汽修铺的油罐旁停车，手里摇晃着拉里的那串钥匙下了车。汽修铺看起来还是老样子，花白的水泥板有些破损，裂缝中冒出来些草芽。他转过身，四周一片安静，高速公路对面的汽车旅馆门前停着一辆儿童自行车。是拉里带来了晦气吗？福瑟姆向东发展了，可又为什么呢？塞拉斯将钥匙扔向空中，又接住。然后，他回到车里，热狗的味道扑鼻而来。他开车绕过油罐，停在那块“福特”形状的枯草上——那是拉里每天停车的地方。塞拉斯注意到，草地上没有一滴油迹。拉里的车肯定是全县保养最好的，因为它拥有拉里这位出色的私人医生，全天候为它服务。拉里驾驶的时候，会注意车的每一个细节，听传送带、发动机是否有异响。

塞拉斯挑出钥匙，打开拉里办公室的门，看到一缕阳光从窗户照射进来。他摸索着进屋，开灯。屋里充满了油剂和陈年灰土的味道，有些刺鼻。办公室很小，右手边有张桌子，墙上挂着日历，下面摆了几把椅子，一个古老的可乐机和若干空瓶子，还有几个书架。

塞拉斯想起，拉里爱读书。到处都是书，卷角的、叠放的，有小说也有汽车修理方面的。房间的一侧有扇门，通向前厅。塞拉斯推开门，在墙边摸索了一气，打开电灯开关，一间大屋便出现在眼前。天花板的木椽裸露着，屋里放着很多汽车保险杠，还有各种管线。墙上挂满了工具和传送带。架子上摆着的全是充电电池。有一张金属工作台，背面装了导油管。一个角落里放着五十五加仑的鼓，另一个角落里放着红色大工具箱和大扳手。他走过去，拉开顶层的抽屉，阻力很小，油滑顺手。

塞拉斯拉动链条，打开修车台的门。他望着外面的高速公路，想起了一段往事。几年前，塞拉斯听说母亲去世的消息，匆忙从牛津[①]开车回来。去福瑟姆的时候，他正好路过这里，看到拉里站在这个窗边。塞拉斯目视前方，故意忽视拉里。他觉得拉里能够看到自己，而且这么多年一直在等着自己回来。这让塞拉斯很烦恼，他迅速地处理了母亲的后事，想尽快离开南密西西比。母亲生前已为自己的后事做足了准备，在县里的墓地买到一块位置，还为葬礼付了钱。塞拉斯要做的，就是签几份文件，收拾一下母亲的遗物，其中包括拉里的那把枪。塞拉斯把枪装进背包，和其他东西一起带走。在出城的路上，塞拉斯又路过奥特汽修铺，拉里依旧站在原地，塞拉斯依旧目视前方。

塞拉斯站在拉里家门口，沐浴着阳光。他抬头，仰望拉里头顶那片天空，环视附近的树林，还有拉里的房子。现在，他呼吸着拉里曾经呼吸过的空气。

塞拉斯低头，瞥见地上的石块和泥土里有东西在闪光。他向后推了推帽檐，摘掉太阳镜，蹲下仔细查看。是玻璃。他没有伸手去动，只是把头凑近地面，近距离观察。地上散发着阵阵热气，小玻璃块方方正正，很厚。他想，不是风挡玻璃，就是窗玻璃。碎片不是很多，这边几块，那边几块，好像有人打扫过。塞拉斯四脚朝天地躺在地上，视线向远处发散。

---

① 密西西比地名。

他从车里拿出几个证物袋，用镊子夹了几块碎片放进去。

塞拉斯耐心地检查，不放过任何蛛丝马迹。他又绕着房子转了一圈，还把院子仔仔细细地看了一遍，结果还是没有什么新发现，连个烟蒂都没有。

对讲机里传来法兰西的声音，问塞拉斯有何新发现，塞拉斯说没有。

“你去看过奥特了吗？”

“没有。”塞拉斯说，他感觉到法兰西有些犹豫。

“他还没醒呢。等他醒过来，我去看看。”

“但愿他还能醒过来。”法兰西说完，收了线。

远处传来马达声。塞拉斯已经学会分辨小型链锯和四轮车的声音，他听得出这是一辆四轮车。他经过仓房，走到田地的另一端。墙边整齐地堆放着柴火，全部被劈成小块，仓房木椽为它们遮蔽了风雨。在树林边，他看到一些残枝。拉里平时会砍树做柴火，但塞拉斯知道，他只砍那些已死或将死的树，绝不砍健康生长的树。塞拉斯转身向仓房走去，感觉到脚下的土很松软，便低头看了看。

四轮车的印迹。塞拉斯蹲下，仔细查看车辙。那边，是上坡的痕迹；那边，是走路的痕迹；还有那边，那边，那边……能够看出，在规律的时段中，轮胎走成完美的圆形，也许四轮车轧到一个钉子。他想起自己还有法兰西的铸模工具。

大干一小时后，塞拉斯汗流浃背地站在门廊上，吃着玛拉的热狗，等待水泥模具凝固。突然，他发现草丛中有东西。站在这里刚好能看见，其他角度都是视线盲区。

那是一个大麻烟蒂，湿漉漉、脏兮兮的。也许没什么用处，但也不能放过。

塞拉斯用镊子夹起烟蒂放进证物袋，觉得自己一上午没白干。他知道，拉里·奥特根本不抽大麻，肯定有其他人来过。他把两个证物袋放在一起，然后又绕着房子兜了一圈，路过鸡舍时，所有的鸡都冲他跑过来。

“你们都饿了吧？”塞拉斯说。那群鸡唧唧咕咕地叫着，仿佛在说：“快给我们吃的。”

他看到鸡笼下面装着轮子。塞拉斯绕着鸡笼前后左右地转了一圈，抬脚踢了踢，想不明白拉里为什么要在鸡笼下装轮子。他抬头向田野里望去，看到远处有几块褐色的秃地，每块都是鸡笼大小。他想象着拉里将鸡笼推到地里，鸡在里面轰跳着、走着的画面。他走到离仓房最远的秃地，看到野花和青草已被碾平，混入泥土，四周满是粪便和羽毛。塞拉斯知道，这一定是鸡笼最近停歇的地方。从仓房回来，他看到第二块空地上有几根小树枝架起的潜望镜。另外一块空地上，青草长势较好，雨和露水已经冲淡了粪便。塞拉斯的身影在阳光下被拉得很长，看着四周的青草、鼠尾草和秋麒麟草，他知道，五六天之内，青草会重新生长出来，鸡笼的痕迹就会被抹掉。

回到仓房外，他猫腰从黄胶带封条下钻进去，看着自己曾经坐过的拖拉机发愣。

听到鸡群的动静，他顺着墙边走过去。墙上挂满了大镰刀还有各种塞拉斯不认识的工具，其中有一个大弹簧缠在金属条上，和卢瑟福家族鸡笼墙上的挂饰一样。他把头钻进鸡笼，鸡都跑了出来。旁边有两袋饲料，一袋是灰色谷粒，一袋是玉米粒。塞拉斯分不清该如何喂食，犹豫片刻，觉得多喂些总比不喂好，于是各倒了四分之一。鸡蜂拥而上，开始吃食。塞拉斯想到从前和拉里将抓到的甲虫和蟑螂喂给鸡吃的情景。

塞拉斯往饲料间看了一眼，发现里面有旧链锯和渔具。渔具挂在墙上，渔具箱放在地下的角落里，落满了蜘蛛网。他蹲下，开箱，看到里面的钓钩和鱼饵，全部干干净净，熟悉依旧。拿在手里，感觉比记忆中的小了许多。他记得自己曾和拉里一起钓鱼，一起聊天。拉里满脑子都是关于蛇、鲶鱼、猫头鹰和割草机的故事，渴望与人分享。

塞拉斯回到屋里，打开空调。他戴上手套，站在书架前，看着那些熟悉的书名和故事，都是拉里曾经给自己讲过的。塞拉斯走进厨房，打开冰箱，闻到一阵酸味。那是帕布斯特啤酒坏掉的味道。冰箱里有几瓶可乐，还有从Piggly Wiggly[①]便利店买来的食物。他拿出一罐可乐，用耶稣画像的冰箱贴兼启瓶器打开，边喝边翻查橱柜抽屉。叉子、勺子、刀具，摆放得整整齐齐。他踩着椅子，看了看上面的橱柜，大部分也成为信件柜，堆满了目录、宣传册和报纸。塞拉斯拿出一沓，吹掉上面的浮灰，看了看日期——1988年6月11日。又拿出一沓，是20世纪80年代早期的。还有一沓，是恐怖故事的，*Eerie and Ceepy*和一个叫做《异性》的电影。他记起曾和拉里一起读过这些书。塞拉斯下来，把椅子推到旁边，查看另一个橱柜。挪开一沓沓书信，瞅瞅里面是否有情况。下面的橱柜里也装满了信件，只有一个装着清

① 美国食品杂货连锁店，总部设于南卡罗来纳州。

洁用具。

塞拉斯回到大厅，看着枪械柜，叹了口气。然后，他继续从成堆的信件、目录、读书俱乐部宣传册和《户外生活》、*Field&Stream*[①]等杂志中寻找蛛丝马迹。这些邮件的收信人，都是卡尔·奥特。

塞拉斯看得脖子有些僵硬，抬头活动一下头颈，注意到了阁楼上的小门。

他从厨房拿来一把椅子，踩上去打开小门。拿好手电筒，他试探着钻进那一片闷热的黑暗中，发现自己身陷书的海洋。他打了个喷嚏，看到天花板上垂着根灯线。他拉开电灯，脱掉上衣。

在阁楼的箱子里，他发现了很多年代久远的地租文件和税务文件，还有些老旧褶皱的信件。塞拉斯翻了翻，慨叹物是人非，斗转星移，关于过去，只留下这些记载。他仔细翻看了文件。卡尔·奥特曾拥有五百多英亩田地。根据资料显示，在过去二十年间，拉里分期分批地把土地出售给卢瑟福木材公司，只留下自家房子周围的五十多英亩。这是很自然的事情。拉里店里没有生意，所以没有收入，而卢瑟福家族是个买卖土地的大地主。

塞拉斯想找些律师费用单据，但没找到。一小时后，他站起来，伸了伸腰，看到角落里有个文件柜。他跨过那几个箱子，走到文件柜前，发现柜门没锁。顶端抽屉嘎吱一声被打开，里面码放着马尼拉纸文件袋，贴有标签以分门别类。其中一个文件袋里放着五张搜查证，是法兰西上门搜查时用的；另一个文件袋里装着伊娜·奥特所在的养

① 美国著名户外运动杂志。

老院开具的收据；还有一个文件袋里装着煤气费、电费、收入所得税费等单据。他把标有“通信记录”的文件袋拿出来，放在一旁。

底层抽屉里只有一个鞋盒，装满了旧照片。他拿起文件袋同鞋盒，出了小门，踩着椅子下来，回到厨房，把它们全部放在餐桌上。他汗流浃背，衣服全部湿漉漉地贴在身上，只好回到起居室，站在空调下吹风。他脱掉手套，晾了晾手，然后回到厨房。

他在餐桌旁坐下，打开“通讯记录”文件袋，认真阅读。没有长途电话，没有1-900之类的召妓电话，只有一些本地通话记录。但是，有一些话费账单，是属于一部手机的。手机的主人是法兰西。手机的通讯记录上只有一个联系号码，有时一个月通话一次，有时几个月都不曾通话。塞拉斯抄下了联系号码。他把文件单据收好，合上文件袋，放回桌上。起居室地上的血渍，早已变黑。

接着，塞拉斯打开鞋盒，翻开里面的旧照片。大部分都是用宝丽来相机拍的，并没有按时间顺序摆放，只是散乱地堆在里面。卧室里有几本相册，所以这些照片很可能是废弃或者多余的。他一张一张地仔细浏览，有少年时代的拉里画画、读书、钓鱼的照片，但很少有卡尔和伊娜的身影。他猜到，照片肯定都是伊娜拍的。拉里持枪摆姿势；在圣诞树下打开玩具大兵礼物；身穿万圣节服装；手里拿着一只蟾蜍；忙着割草。幼儿时期的拉里在浴缸里洗澡；骑自行车；哭鼻子。塞拉斯看着时光在手中倒流。最底下的照片是婴儿时期的拉里坐在一位妇女怀里，照片只拍到了妇女胸部以下的半身，和那双黑色的手。塞拉斯想，一定是家里的保姆。妇女还出现在另外几张照片里——给拉里洗澡的黑色手臂，哄拉里睡觉的黑色手臂。可她总是充当照片的背景，就像桌椅板凳般不起眼。

终于，在一张照片里，塞拉斯发现了她的庐山真面目。他不敢相信自己的眼睛——那女人，是自己的母亲。

塞拉斯十三岁那年，母亲的男朋友因为使用武器伤人而被捕。他和他们在芝加哥南部的乔利埃特共同居住了七年。那天，警察持枪和防暴盾破门而入。塞拉斯惊呆了，看着母亲的男友奥利弗冲出来从后门逃跑。

他们住的小区不算太差，在芝加哥，特别是南部地区，实属罕有。那是一个黑人小区，路边种着布拉福德梨，绿树成荫，有长椅和电话亭。每家每户都有后院，养狗。很多人家有游泳池，有一户居然在游泳池里养了只鸭子。不过，这和塞拉斯最喜欢的电视节目“美好时代”里的情节不同，电视上的埃文斯家住在公寓里。他从没见过公寓式的建筑，他觉得那大概是火星才会有的东西。他也从来没有见过白人，直到后来和母亲去了南方。

母亲的男朋友奥利弗开货车送货。他经常在外不回家，就算回来也不理塞拉斯。

警察抓到奥利弗，将他带回客厅，铐上手铐。奥利弗破口大骂。塞拉斯和母亲坐在沙发上，母亲一直在哭，塞拉斯却不为他感到难过。塞拉斯从母亲的经历中学到两件事：第一，爱丽丝·琼斯在男人们心中魅力十足；第二，男人们最不喜欢找的女人，就是带孩子的女人。当时，塞拉斯并不知道，两天前的晚上奥利弗曾参与斗殴事件，有人中枪死了。警察确定奥利弗为嫌疑人，后来很快找到了作案的手枪。塞拉斯只知道，奥利弗总是跟自己说，如果没有母亲，塞拉斯早就流浪街头了。

一个警察开口了，说道：“浑蛋，缓刑察看期犯事儿，等着进去吧。”警察在橱柜里找到手枪，爱丽丝一脸惊讶，说明她并不知情。奥利弗恼羞成怒。两名警察抓着奥利弗的腿将他拖走，并对塞拉斯的母亲说：“去请律师。”爱丽丝捂着嘴巴，却难掩万般惊讶和无限悲伤。

接下来的两天里，爱丽丝抵押了房屋，借出保释金。奥利弗被释放后，刚走出法院，就对爱丽丝说：“把家里的东西卖掉，离开吧。他们还没找到另外一个证据，如果找到，我还是会被入罪量刑。”他当街吻了爱丽丝，摸了她的胸部，说：“再见。”塞拉斯一直站在旁边。

他就这样走了。

爱丽丝卖了家里的东西，赚回些现金。等到治安官们拿着搜查证来调查的时候，奥利弗已经逃到墨西哥，塞拉斯和母亲也离开了。

在汽车上，塞拉斯靠着母亲的肩膀坐着。他们随着汽车的颠簸而摇晃。“我们要去哪儿，妈妈？”

“去南方。”她说。

“为什么？”

“因为我有朋友在那里。”

“我爸爸吗？”

“嘘，不是。”

“那是谁？”

她用胳膊肘捅了捅塞拉斯，说：“不要问那么多问题，看你的杂志吧。”

塞拉斯打开《体育画报》，可他无心阅读，又抬头看着车窗外的风景。他很高兴能够离开芝加哥。奥利弗每次和塞拉斯说话，不是差他去街角的商店买烟，就是让他出去别妨碍自己和爱丽丝的好事。塞拉斯只好走到自家门廊前，看着形形色色的邻居们——长着大粗胳膊的肥女人，一边抽烟一边玩多米诺骨牌的老男人，还有栏杆上拴着的狗。母亲在一家衬衫厂做缝纫工，奥利弗是送货的。后来再回想，塞拉斯觉得那段日子也不算太糟糕，因为他能总吃上热饭，有自己的房间，能看他最喜欢的J. J. [①]和美好时代。每当奥利弗模仿起菲利普·威尔森[②]，爱丽丝也会开怀大笑。塞拉斯的学校也不错，他有自己的朋友。两条街外有一块空地，孩子们常一起玩棒球。九岁时，塞拉斯拥有了第一副棒球手套；去年，手套变小了，塞拉斯又买了新的。

如今，他们来到南方。大巴每停一站，他都要下车，活动一下胳膊腿脚。每站的风景都不同，一会儿是汽车修理店，一会儿是加油站，一会儿是伊利诺伊的某个角落。伊利诺伊一马平川，在车上看着，就像静物照片。竖井和奇怪的高房子被包围在树丛中，大片大片的谷物和玉米枯死在雪地里，能看到断掉的茎秆。

然后，不知怎么，在密苏里州和堪萨斯州穿行的时候，塞拉斯睡着了。醒来时，他们已经到了很远的地方。他从未离家这么远。下一站，孟菲斯。晨光中，母亲提着两个行李箱，和塞拉斯一起走在喧闹

---

① 乐队名称。

② Flip Wilson（1933—1998），美国喜剧演员。在20世纪70年代早期开创并主持系列电视节目*The Flip Wilson Show*，这个颇受欢迎的系列节目为他赢得了一次“金球奖”和两次“艾美奖”的荣誉。1972年1月的《时代》杂志用他作为封面人物，并称他为“电视界的第一个黑人巨星。”资料来源：维基百科。

的比尔大街上。母亲找到地址所在地，却发现房子被贴了封条。他们愣在原地，看人来人往，不知该如何是好。

“我们去哪儿，妈妈？”他问。回车站，母亲说。离得不远，我们可以走路去。母亲好像认得路。

拖着沉重的行李，他们走起来很吃力。母亲在街角找到一间当铺，柜台后一个扎着领结的白人接待了他们。那男人一边调情，一边打开行李箱，拿出盘子和瓷器。每个物件都用内衣或棉布包裹仔细，都是母亲这些年来收集的。塞拉斯走到一边，看着架子上摆放的东西，都是人们在身无分文时被迫放弃或出卖的。渔具、步枪、手枪、破自行车、电视机和录像机。他看到母亲在摇头，因为对方出价太低。

那天晚些时候，他们在密西西比州的杰克逊下车。大块头的白人司机师傅帮爱丽丝把行李箱拖到路边。杰克逊的市中心远不及芝加哥和孟菲斯热闹，没有喧闹的警笛声和汽车鸣笛声。晚上十点，除了几个在暗处喝酒的酒鬼外，街上没有什么人。远处的天空下，有两三栋高楼；寒冷的河面上，显出一座桥的剪影。司机师傅站在路边，一月的寒风吹过，他仍旧满头大汗。他摘下帽子，又戴上。

“你们现在去哪儿？”他问。

“找一间汽车旅馆吧。”她说。

他看了看爱丽丝手中的行李箱，那是奥利弗留下的大箱子。

“附近没有汽车旅馆，”司机说，“只有高级酒店。Edison Walthall酒店，离这里半英里。”

“高级？你的意思是黑人不能去住？”她问。

司机整理了一下制服徽章，说：“不，我是说那里的房间都很昂贵。我肯定是住不起。”

爱丽丝茫然地看了看马路。

“跟你说，我马上就可以下班了，我得先把车停到那边。稍等一会儿，我送你们一程。”他说。

“不用了，太麻烦了。”塞拉斯听到母亲说。

“不麻烦。别走啊，我这就回来。”他上车前又转身说：“你们进去等吧。虽然有规定不允许晚间进入，但我这就跟旺达打个招呼。”

“我们没事儿。”母亲说。

司机半信半疑地上了车。

外面天寒地冻，塞拉斯和母亲在等待。

“我们跟他走吗？”塞拉斯问。

母亲看着空荡的马路。对面是一家洗衣店，已经关门；旁边是债务担保公司。一个白人在台阶上看着他们，抽着烟。附近没有饭店。

“妈妈。”他说。

母亲穿一件蓝色大衣，戴一条围巾，靠在墙边。一辆车开过，司机是个黑人，一直盯着他们。塞拉斯向车站那边望去，看到白人司机正在黑板上写字。他看到塞拉斯，笑了。

“妈妈，咱们去哪儿？”他又问。

“塞拉斯，别说话。”

“妈妈？我们跟那个白人走吗？”

“我说了，别出声。”

“妈妈……”

母亲猛地转身，打了塞拉斯。母亲以前也打过塞拉斯，但从没像今天这样，在公共场所打他。塞拉斯的第一反应是向巴士司机的方向望去，担心被他看到。司机并没有关注他们。塞拉斯的第二个反应是逃跑，却被母亲抓住了手腕。

“我看你敢跑，”她说，“连世界上唯一爱你的人，你都不要了？！”

塞拉斯挣脱母亲的手。

“你都不知道我们要去哪里。”他说。

他看到母亲眼中泛起泪花，明知自己不该继续说下去，但还是忍不住：“妈妈，我冷，我想回去。”

“回哪儿？”

“回家。”

“别说了。”母亲没有再理他。

巴士司机开着皮卡车过来了。他已经脱掉制服，换上一件蓝色粗布大衣，戴一顶印有红鸟的棒球帽——红衣主教队的粉丝，鲍勃·吉普森。

司机打开临时停车闪灯，帮爱丽丝把箱子搬到车上。“箱子好重，你带的是石块？”他打趣道。

爱丽丝的笑容有些颤抖。

“我叫查尔斯。”他说。

爱丽丝介绍了自己和塞拉斯。

“很高兴遇到你，塞拉斯。”查尔斯伸出手。

“塞拉斯。”母亲叫道。

塞拉斯握了握那司机厚实的大手，母亲绕到车的一边，打开门，等他上车。塞拉斯却并不理会，把背包扔进后车厢，跳了上去。

“坐在后面太冷了，塞拉斯。”查尔斯说。

“塞拉斯，到前面来。”母亲半哄半吓地说。

司机搓了搓手，呼出一口白气。“孩子，听你妈妈的话。”

“塞拉斯。”

塞拉斯执意不听。“我不进去。”他说。他不敢看自己的母亲，因为自己的行为让母亲尴尬万分。

然后，他听到爱丽丝假装开玩笑说：“我们是从北边的芝加哥来的，密西西比这种温度对他来说不算什么。”

关上车门前，查尔斯说：“孩子，如果冻得受不了，记得敲一下车窗。”

塞拉斯坐在后面，把背包和行李箱都拉到自己身旁。查尔斯开着车，行驶在路上。塞拉斯琢磨着，等司机减速拐弯的时候，就趁机跳下去。他冷得发抖，后车厢也很颠簸。他偷偷瞟一眼驾驶室，看到母亲坐在车门边，尽量远离查尔斯。他看到查尔斯的手指指点点，知道他一直在说话。

塞拉斯知道查尔斯对母亲的小心思，他觉得自己是一种累赘。如果没有他，母亲可以完全按照自己的意愿，来度过这个晚上，去自己想去的地方。他知道，自己的母亲是个美人。

塞拉斯决定，在下一个转弯处就跳下去。几分钟前，他听到火车汽笛声，想到自己可以坐火车回北方。然后，像小区里那群老人一样，生一盆火，讲述自己在厢式货车里看到的世界。他们的故事像一幅永远不会完成的壁画，你可以一边看，一边付给他们麦芽酒。

十点半左右，塞拉斯注意到路边有几家便宜的汽车旅馆，他把自己缩成一团。看到交通灯，查尔斯在路口停下。塞拉斯的视线绕过挡风的背包，看到左边有一排霓虹灯，猜想那里一定有汽车旅馆。他看了看右边，街灯照射着一条寂静的马路。

然而，查尔斯开车转向了右边。前方，路灯灭了，一片漆黑。他抬头，看见母亲的身影。母亲微笑着，听查尔斯说话。查尔斯一手把着方向盘，一手比画，讲着自以为有趣的事情。塞拉斯知道，母亲只是出于礼貌而聆听，因为她生活在一个无时无刻不能不谦卑的世界里。

塞拉斯可不想活在母亲的世界里，他不想再和母亲一起生活。他起身，拎着背包，跳下车厢。他要赶上那辆北向的火车，回家。他朝交通灯的方向走去，身后查尔斯的刹车灯亮了。他拐进黑黢黢的小巷，过了马路，走向另一条亮着街灯的路。看到查尔斯的车缓慢地开过，他赶紧低头躲在垃圾箱后面。然后，他听到查尔斯和母亲下了车，呼喊他的名字。母亲的声音中满是焦虑，他差点忍不住要起身。但是，他心一横，用手捂住耳朵，转身跑进小路。

他不知道自己走了多久，十分钟还是一小时，也不知道自己走了多远。他突然感觉到，垃圾箱后面有人伸手抓他，拽掉了背包和大衣。那人的手伸进他的裤兜，掏走他的刀子和四毛钱。他想大叫救命，可嘴被那人捂住，还有人把他的鞋脱了下来。他挣扎着，咬了捂住自己嘴巴的那只手，然后大喊。不一会儿，查尔斯来了，抓起一个歹徒，另一个沿着小路跑了。查尔斯抓住的，是和塞拉斯差不多大的黑人男孩。

“浑蛋，放开我。”小歹徒对查尔斯说。他拼命挣扎，扯掉自己的衣袖，逃跑了。查尔斯抓着那截断袖，站在原地。

“你怎么样了，亲爱的？”妈妈拥抱了塞拉斯，然后松开看着他，问：“他弄伤你了吗？”

塞拉斯摇摇头。他知道，一切都过去了，他安全了。楼上有几间公寓亮灯了。

母亲和查尔斯扶起他，走了几个街区，回到停车的地方。

“妈的。”查尔斯骂道，有人偷了他的轮毂罩。

“非常抱歉，查尔斯。”母亲说。

她伸手，摸了摸他的手腕。

小偷还偷走了塞拉斯放在后车厢的行李箱以及母亲放在驾驶室的行李箱。他们连母亲放在座位上的大衣也没有放过。好在，她的钱包没丢，钱也没丢。他们上了车，母亲坐在中间的位置，塞拉斯紧靠车门。他浑身打战，两只脚上只剩下袜子，但还是固执地贴着车门。

“抱歉，我们给你惹了这么大的麻烦。”母亲对查尔斯说。

“唉，这么晚了，你们恐怕也找不到汽车旅馆了。条件稍微好一点儿的，都已经客满了。”查尔斯说。

“我们随便住一间就行。”母亲说。

“好，我带你们去。”查尔斯说。他的声音中带着疲倦。

塞拉斯听到母亲在谢绝，感到极度困倦，就闭上眼睛。再次醒来的时候，塞拉斯觉得浑身暖和，脚边就是暖气。他听到母亲在说话，仿佛卸下了戒备，满心欢喜地感激查尔斯一路开车送他们。

塞拉斯闭上双眼。

一会儿，母亲将他叫醒，拖下车。她让塞拉斯到公共汽车站里等着，塞拉斯迷迷糊糊地向大门走去。水泥地面寒冷似冰，他抱紧双臂，打了个寒战，猛地清醒过来。他看到车站里灯光暗淡，售票窗口也关着，墙上的时钟指向早上六点。他回头，看到母亲站在车窗边，跟查尔斯说话。

他听到身后有响动，车站大门开了。一个白人妇女探头出来，手里拿着一大串钥匙。她穿一身蓝色制服，有点像警察，叼着一根烟。

“天哪，孩子，赶紧进来，外面太冷了。”她说。

她打开屋里的灯，让塞拉斯进门。

“你一个人出门？快进来吧。”女人的名牌上写着“克莱拉”。

“不是，妈妈一会儿就来。”他跟着她走过寒冷的白色砖路。

“你应该叫我‘女士’，”她纠正道，“你妈妈在哪儿？”

“这就来了。”

克莱拉冲他笑笑，把烟蒂放进烟灰缸，熄灭。“你从北方来的？”

“嗯。”

她挑了挑眉。

“是的，女士，我是从芝加哥来的。”他说。

“我能听出来，你的口音不像附近的黑人男孩。”

几分钟后，爱丽丝进来了。克莱拉已经给塞拉斯冲好一杯热巧克力，还从失物招领处找到一双运动鞋给他穿上。爱丽丝把克莱拉叫到柜台后，说了些什么。然后，她走到塞拉斯身旁。

“妈妈——”

“塞拉斯，不要跟我说话。”

他跟着母亲出去，走到街边的饭馆。饭馆里面温暖又明亮，弥漫着咖啡和熏肉的味道，塞拉斯感到一阵眩晕。他们找到一个角落的位置坐下，塞拉斯的脚趾在他宽大的“新”鞋中不安地活动着，母亲打开桌上的塑封大菜单。服务员是位白人女孩，端着咖啡走过来。母亲给塞拉斯点了熏肉煎蛋加绿豆沙，吐司加果冻，还有橘子汁。她说自己只喝咖啡就可以了。然后，母亲看着窗外，一言不发。不一会儿，塞拉斯的早餐到了，母亲没理会他，只是继续看着窗外的黎明。街上有人走动，有车开过。母亲双手捧着杯子，喝着咖啡。

服务员给塞拉斯加了果冻，给爱丽丝加了咖啡。

“你们现在不是很忙，请问我们能不能多坐一会儿，等巴士来呢？”母亲问。

“可以的，女士。如果需要什么，叫我。”服务员说。

服务员走后，塞拉斯说：“妈妈？”

她没有看他。

“妈妈？”

“干什么？”

“你不饿吗？”

母亲回头，看着他，目光犀利而清冷。“你到底怎么了，塞拉斯？你犯了错误，却不以为然，也毫不在意我的感受。我终于看清，长大的你是个什么样子。难道是我虐待你了吗？”

他不敢看她。

“我不想跟你吵架，所以，我告诉你我的计划。这里是密西西比，福瑟姆，离我出生的地方不远。我要坐车到一个叫做夏博的地方，然后步行或者搭车，到达我熟悉的目的地，开始新的生活。起初，日子会有些艰难，但我会找到工作，一切都会好起来。如果你要跟我一起生活，你就要懂事，做好自己，明白吗？”

他没有回答。

“塞拉斯？”

服务员端着托盘走过来，里面有两个煎蛋，四根香肠，绿豆沙和饼。她挪开塞拉斯的盘子，将食物摆在桌上。

爱丽丝抬头看着她，说：“女士，这不是我们的。”

食物的热气使女孩儿的头发微微卷起。“那边角落里的老头退掉的，他根本没动。如果你们不吃，我就只好扔掉了。”

“谢谢你。”爱丽丝说。

“吃吧。”女孩儿转身走了。

“塞拉斯？”母亲说。

“干什么？”

“能为我做件事吗？你自己去找个座位坐下，让我一个人好好享用自己的早餐吧。”

“但是，妈妈……”

“去吧，”她说，“待会儿人多了，你就得回来。”

塞拉斯起身，走到后面的座位，看着母亲低头，慢条斯理地吃饭，饭馆里人不多，塞拉斯四处张望，想看看那个退餐的老头子是谁，却发现周围的人都在忙着吃饭。

就这样，直到母亲起身，付钱，他跟在后面。母亲回到桌旁，留下一美元小费，然后跟服务员说了几句话。那女孩拿来一张纸，是应聘工作的表格。

塞拉斯跟着母亲坐上大巴，一路向东，穿过一片片树林，来到夏博。那是塞拉斯第一次见到伐木工厂。一位开着破皮卡车的老人顺路载了他们一程，来到阿莫斯。他们下车，走进街边的小店。母亲挑了几样东西，付了钱，跟柜台的大块头白人聊天说："嗯，今年的这个时候比往年同期都冷。"出来后，他们各抱一个大纸袋，走在乡间土路上。两人都没有大衣，塞拉斯还穿着一双不合脚的大鞋。他们步行两英里，跨过一条旧铁链，拐到小路上。小路两边是参天大树，遮阳蔽日，塞拉斯冻得浑身发抖。然后，他们来到一大片田野中间的小木屋里，爱丽丝·琼斯说了早饭后的第一句话："去找些柴火来。"

二十五年后，塞拉斯回想起往事，历历在目。此时，他正站在拉里·奥特的厨房里，看着母亲的照片。当年，他们的行李在路上全部被偷走。所以，这么多年来塞拉斯没有看到过母亲从前的照片。今天是第一次。母亲的皮肤是浅黑色的，头发盘在脑后，戴一条头巾。照片中的她脸上挂着的，是面对白人时的礼貌笑容——嘴角微微翘起，并非真正开怀时发自内心的笑容。母亲开心时，脸上每一块肌肉都在笑，眼睛眯成一条缝，发际线向后，露出洁白的牙齿。后来，塞拉斯很少见到母亲会心的笑容。这张照片，总好过什么记忆都没有。

手机响了，吓了他一跳。

"中午一起吃饭吗？"安吉问。

“嗯。”

“怎么了，亲爱的？你的声音有点奇怪。”

“没事儿，咱们一会儿见。”塞拉斯边说，边看着照片中母亲的脸。

他挂上电话，环视了厨房，将照片放进衬衫口袋，心中涌起从犯罪现场偷取证据的罪恶感。他愣在原地，一头冷汗，觉得冥冥中好像有人在监视自己。但是，谁又会在意一张照片呢？母亲早就知晓了所有的秘密。

第七章　改变命运的约会

第二天早上，辛迪没有回家。第三天，第四天……辛迪始终没有出现。大家都说，她是在和拉里约会时失踪的。

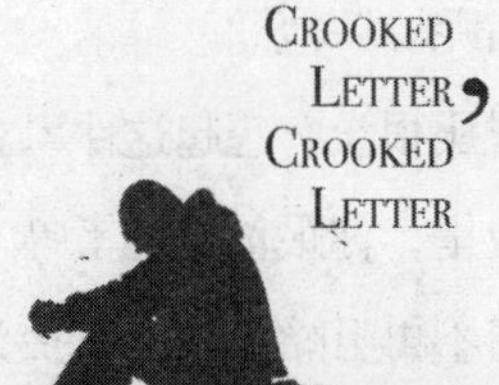

时间回到1982年。拉里坐在床上，揉着惺忪的睡眼，看着窗外的篱笆墙和玉米地，还有那片树林。他的生活已经发生了变化。他起床，迅速穿好衣服，走进卫生间，看看镜子里的自己。然后下楼来，坐在饭桌旁，头发还湿漉漉的。母亲用叉子把鸡蛋切成他喜欢的样子，加进盐和胡椒，然后摆在他面前的叉子和餐巾纸中间。

“谢谢。”

“父亲已经做过祷告了。”

父亲坐在桌子一头，靠在椅子上扭头看新闻，制服领子上别着纸巾。广告时段开始，卡尔回过头，撒了点盐，开始吃鸡蛋和熏肉。

“信呢？”他问。

拉里压根没有想起这件事。“忘了。”他说。

“拉里，你跟爸爸说了吗？”母亲问。

父亲不再咀嚼，也没有抬头看他，只是问：“说什么？”

“拉里邀辛迪出来约会。”

卡尔抬头看着拉里，说：“我真是倒了大霉。”

“卡尔。”

“对不起。”

母亲坐在拉里身边，吹着杯里的咖啡，说：“跟我们讲讲你是怎么约她的。”

“我就跟她说了呗。”拉里嘟囔着。其实，事实并非如此。

前一天，他如往常一样背着枪，第N次路过沃克家。门口没有车，所以当辛迪从屋里出来的时候，拉里有点吃惊。他觉得，辛迪好像一直在等自己。辛迪穿着牛仔裤和T恤衫，拉里顿时不知所措，只在心里暗自庆幸自己拿了把枪，否则两手都不知该放在何处。然后，辛迪开口跟他说话。

“你喜欢看电影吗？”她问。

“嗯，喜欢。”他回答。

“你去电影院看过电影吗？”

“我们去默里迪恩看过《星球大战》，还有《警察与卡车强盗》。”

“你去过那个汽车电影院吗？”

拉里没去过。汽车电影院在去往哈蒂斯堡方向的一条寂静的路上，离这里二十分钟车程，放映的都是R级[①]电影。他记得两年前肯和大卫在操场上提起过汽车电影院。现在，他们每周末都带女孩儿去约会，喝酒，抽大麻，鬼混。

“咱们可以去。”辛迪说。

“咱们？”

“你有车吗？”

---

① 限制级，17岁以下观众要求有父母或成年人陪同观看。

既然辛迪开口，就算让拉里去偷，拉里也不会拒绝。“有。”

就这样，拉里站在路边，接受了女孩主动约会的邀请。

“周五晚上？”辛迪问。

“好的。”他说。

“我倒了八辈子大霉。”卡尔说。

母亲靠过来，给父亲加满咖啡。“这不是很好吗，卡尔？”

电视广告结束了，父亲又扭头看新闻，喝着咖啡。

拉里满眼忧郁地望着母亲。母亲起身，端着咖啡壶，走到父亲面前，看着他说：“卡尔，拉里想要用我的车，我让他征得你的同意。”

父亲转过脸，神情很愉悦，仿佛听说了拉里要主动割草的消息。“如果他亲口问我，我应该可以答应。”

母亲冲拉里点点头。

“我可以吗？”拉里问。

“你可以什么？”

“我想借妈妈的车，周五带辛迪去汽车电影院约会，可以吗？”话一出口，拉里顿生几分悔意。

“去哪儿？我不……”母亲说。

卡尔憋住笑，说：“去看袒胸露乳？”

“卡尔……”

“杰斯·詹姆斯的电影，完全露点。”

“卡尔！”

父亲差点笑出声来，眼中闪烁着幽默的光芒。“伊娜，我敢肯定，以前他们放过这类电影。好吧，你可以去，开着别克，那车后座够宽敞。”

“卡尔·奥特，你住嘴!”

“伊娜，拉里都十六岁了。我给你钱买票。”他拿出钱包，掏出一张二十美元的纸币，在桌上铺平，推到拉里餐盘旁。

拉里早已吃惊得说不出话来。

“拉里？”母亲抬起眉头。

“谢谢您，爸爸。”

“好了，去给我把信拿来。”

父亲还是送拉里上学，途中两人一言不发。谁也不会提起一年前在小木屋发生的事——拉里和塞拉斯打架。那天晚上，卡尔回到家，没有道歉，也没提那把枪。进了门，他就像往常下班一样，打开冰箱拿出啤酒，坐在电视机前看棒球比赛。晚饭时，除了母亲非逼着父亲说的那段祷告，没人多说一句话。然后，接下去的第二天、第三天，他们的生活又渐渐恢复到往日的轨道上来。父亲每天去上班，母亲在家洗衣做饭，去教堂做义工，拉里去上学。

拉里靠着车门，看着窗外。那是他生活的地方，但今天一切都不同了。沃克家的房子在车窗外闪过，树林和藤条、凹凸不平的门廊、失修的墙壁——那是跟他约会的女孩生活的地方。他幻想着她美丽的脸庞出现在卫生间镜子里的画面。

不一会儿，拉里和父亲已经开到福瑟姆，路过汽修铺，来到市中心的学校。“再见，爸爸。”拉里说着，下了车。“祝你一天愉快。”父亲瞥了拉里一眼。拉里拿着一堆书走进教室。

拉里上高中三年级，这个学校依旧是黑人比白人多，不过比例优于夏博的学校。拉里本班有四个白人男孩，五个黑人男孩，他觉得比较有安全感。女生中，黑人白人一样多。

在座位上，拉里忍不住对身后的肯说："这周末我要去汽车电影院。"

"你自己去？"

邻座的大卫嗤笑道："不，肯，他去约会。"他把手握成拳头，做出自慰的姿势。"每天晚上他都和那个东西约会。"

"是辛迪·沃克。"拉里说完，回过头。老师走进教室，让大家安静。

"真见鬼，她怎么愿意跟你约会？！"肯冲着拉里的后脑勺说。

"就是她。"拉里扭头小声说。

"奥特先生，你有什么消息要和全班同学分享吗？"老师问。

大家的目光齐齐落在拉里身上，拉里说："没有，老师。"

课间休息的时候，拉里走过教学楼，到健身房后面，向棒球场走去。那边有两片露天看台，其中一片被划为学生吸烟区。拉里很少来这儿，总是一个人在健身房休息，看书。但是，今天不一样。辛迪抽烟，所以常和朋友来这儿。棒球队正在场上训练，拉里看到塞拉斯在三垒手的位置，扑球，传给二垒手莫顿·莫里斯特。这两人的组合在当地小有名气。报纸上说，32琼斯和M&M这两个年轻人的组合坚不可摧，即便是用枪把球射出去，也不可能冲破两人的防线。

拉里瞥见辛迪在一群白人女孩中间抽烟。他走过去，冲她招手。她跟朋友们说了几句话，向他走来。

“嘿。”拉里说。

“嘿。”她抽了一口，将烟蒂扔在地上，问：“什么事？”

“就是想告诉你，汽车电影院现在放映的是《鬼哭神号》[①]。”

“什么？”

“《鬼哭神号》，是一个鬼屋的故事，我在杂志上读到的。妈妈从不让我看恐怖片，所以你猜我怎么跟她说？”

辛迪看着棒球场，问：“怎么说？”

“我告诉她咱们去看《长骑者》[②]，是关于杰斯·詹姆斯的故事。”

“谁？”

“一个亡命之徒，过去生活在西部地区的。”

“哦。”

他们站了一会儿。

“我要走了。”她说。

“等等。我几点去接你呢？”

“七点吧，天黑后才开始放电影。”

“好的。”他说。辛迪已经走了。

然后，她转过身来，问：“拉里？”

“嗯？”

“你能带点啤酒吗？”

“应该可以。”

他看着辛迪的背影，然后回头看了看棒球场，塞拉斯一直盯着他

① The Amityville Horror，限制级恐怖片。

② The Long Riders，沃尔特·希尔编导的风格化西部片。

们俩。拉里招手致意，希望塞拉斯看到自己刚才和辛迪说话的情景，但是M&M说了些什么，塞拉斯回头，正好赶上接球。

那是拉里生命中最漫长的一周。钟表是拉里的敌人，他觉得每一个指针都在嘲笑自己。本就冗长的课显得更长，连读书的兴趣也消失了。下午，母亲接他放学，问他一天过得如何。“还好。”他回答。母亲问他跟辛迪说话了吗？“没有。”他说。“为什么没有？”

“妈妈，别再问我了。”下午，他终于忍不住了。

“我以为你们会聊聊去哪儿约会，干点儿什么。”

“我们周一讨论过了。我跟你说过，我们要去看电影。”

“她高兴吗？”

她看起来一点都不兴奋。他在餐厅里向她挥手，她只是点头示意，一脸尴尬的表情。

“大概是吧。”

“我还记得我第一次约会的情景。”母亲说。

“是和爸爸约会吗？”

母亲看了他一眼，说：“和另外一个男人。”她说他们一起去钓鱼，他为她装上鱼饵，紧张得差点掉进河里。拉里听着，暗自琢磨下一次能不能带辛迪去钓鱼。

周五午饭的时候，他端着鱼条、绿豆和玉米去和白人男孩们坐在一起，肯和大卫他们在另外一边。每张桌的一端都坐着一位老师，帮助维持秩序。他们这桌坐的是农业老师罗宾逊，那个叫弗莱德的胖男孩坐在老师旁边，他父亲是养牛的。拉里的视线穿越一堆低头吃饭的黑人学生，看到辛迪捋着头发，在吃饭。塞拉斯和往常一样，跟棒球队员们还有海托尔教练坐在一起。

“奥特。”肯叫道。

拉里抬头，肯示意他坐过去。拉里既惊讶又担心，端着盘子走过去。

“你有避孕套吗？”大卫问。

拉里摇摇头。

“告诉你一个好地方，查普曼的药店里有卖的。老查普曼那儿还卖《花花公子》的杂志。”

“是吗？”拉里问。

“他要避孕套做什么？”一个叫菲利普的男孩问。

“奥特周五有个约会，是吧？”

拉里点点头。

“和谁？”

“杰姬。”不知是谁的话，引得全桌人都笑了起来。

拉里红着脸，正要说话，肯却抢先说：“辛迪·沃克。”

所有男生都回头看着拉里。

“她是个荡妇。”一个男生说。

“你怎么知道？”肯问。

“你是说我怎么知道的？”

“我听说她喜欢黑鬼。”菲利普说。

“你妈才喜欢黑鬼。”拉里脱口而出。

他们顿时成了餐厅里的爆点，大伙半信半疑地看着拉里和菲利普。拉里想起自己后兜里装着把刀。然后肯笑了，伸出手掌，与拉里击掌。

“你也学坏了？”菲利普问。

“他知道你的意思。”有人说。

“什么电影？”肯问拉里，打破了紧张的气氛。拉里告诉肯后，大家又开始讨论电影是多么血腥恐怖。菲利普也加入讨论，不甘落后。拉里看着自己盘里的玉米，无心进食。明天要约会，之后再向朋友们炫耀。餐厅的另一侧，辛迪和她的两个朋友站了起来，穿过拥挤的大堂，走到窗前。黑人服务员在收拾盘子。辛迪和朋友们出去抽烟。

饭后，拉里和肯还有大卫走在甬路上。大卫拿出自己的钱包。

“给你。”大卫说着，递给拉里一个扁平的玻璃纸包。上面写着“特洛伊”。

拉里从没见过避孕套，只知道它的作用。拿过来摸了摸，里面滑滑的感觉。“你不用了？”

“他当然不用。”肯说。三个人大笑起来，拉里拿出自己的钱包，将避孕套放在二十美元纸币旁边。

拉里溜进厨房，母亲在做玉米饼，父亲在隔壁看电视喝啤酒。他走到大厅，经过枪械柜，看到卫生间镜子里的自己，然后又折回来。父亲正坐在椅子上，他到厨房打开冰箱，数了数还有九瓶啤酒。母亲哼着小曲，回头看了看他，笑了。

“你要表现出绅士风度。”母亲说。

“好的。”

“你知道什么是绅士风度吗？”

“对人友善？”

“嗯，也对。不过还要记住，看见她进来，你要起身招呼；一起出去，要为她开门；共进晚餐，要为她扶椅子。”

“我们要去看电影。”他说。

“那你就请人家看，用爸爸给你的钱。问问她想不想吃爆米花，主动去买。两人吃一袋很浪漫，但如果她想分开吃，也得尊重人家。”

他偷偷把一罐啤酒装进口袋，不住地点头，侧身走出厨房。父亲正坐在摇椅上喝啤酒——他工作时穿的鞋摆在门廊上。回到房间，拉里把啤酒藏在床底，又回到厨房打开冰箱。

母亲在用黄油润锅。“你们要看什么电影？”

他告诉母亲是《长骑者》。母亲又问起电影情节，他耐着性子讲给母亲听，顺便又偷拿了一罐啤酒。

“儿子。”父亲叫他。

他停住，说：“是的，爸爸？”

“给我拿一罐啤酒。”

“好的。”他从兜里掏出刚才偷拿的啤酒，卡尔正蹲在电视机前调换频道。他把啤酒放在椅子旁边的小咖啡桌上，转身走了。

“嘿。”父亲叫道。拉里停下脚步。

“我说，千万不要给塞西尔钱。”父亲看着拉里。

“我不会给他的，爸爸。”

“如果剩下了，就拿回来。”

“是的，爸爸。”

他又偷拿了一罐啤酒，知道再多拿就会露出马脚。啤酒冰得大腿很冷，裤兜部位透出一块水迹。

开饭了，父亲把烤肉切成小块，母亲讲起和父亲第一次约会的情景。拉里无心咀嚼，三下两下把米饭和卤肉吞下肚。

“慢点吃。你不要早到，女孩们不喜欢男孩太早。”母亲说。

“好的。”

卡尔要吃土豆，伊娜递了过去。

“你还记得那棵老树吗，卡尔？”她问。

“老树？”

“你肯定记得吧。就在我们快结婚的时候，发生在悬崖边的事？”

“嗯。”他把米饭和烤肉、肉汁拌在一起，加了些土豆和胡萝卜，弄成拌饭。“老科林的土地。”

“对，就是他。那棵老树就在悬崖边。是什么树来着，卡尔？”

“榭树。”

“对。能看到大片树根，旁边是一大堆石楠，很可怕。你还记得吧，卡尔？”

“嗯，得用推土机才能除掉它们。”他说。

“那是以前我们和朋友聚会的地方。是吧，卡尔？大家生起一堆篝火，男人们爬树，吊起一根绳子扮演人猿泰山，女人们在下面看。”

“你妈妈可不敢爬到树上扮泰山。”卡尔说。

“太不雅观了，不能穿着裙子爬树。”伊娜说。

母亲给父亲本就满着的杯子又添了点茶。

“有一次，我给塞西尔钱让他荡绳子。那天他喝醉了。”卡尔说。

伊娜不记得。

拉里看着父亲。

“哦，也许不是那棵老树下发生的事。大概是我和其他朋友疯玩的场景。”父亲说着，冲拉里眨眨眼。

“卡尔·奥特！”

拉里说：“怎么了？”

卡尔推开盘子，起身，到冰箱里拿了一罐啤酒。拉里担心被父亲看穿，好在没有。父亲回到桌旁坐下，将盘子拉回来，打开啤酒。

“我们去爬树。那棵老树有两根大枝丫，我们踩着下面那根大枝，往上面绑绳子。你可以把绳子的一端绑在脚上，双手抓紧绳子，深吸一口气，冲着山谷跳下去。晚上跳最好玩，人吊在树上荡啊荡，就像只大蝙蝠。”

拉里想象着父亲描述的画面——头朝下吊在树上，荡来荡去。

“你妈妈刚才说到的一大片石楠，长着黑黑的大棘就好像鲶鱼的鱼鳍。最好躲远点儿。那里还有毒蔓，和你故事书里的一样。

“塞西尔恐高，连校车的台阶都不愿意上，他害怕从树上摔下来。那天，我们一共六个或者八个人，一起喝酒，起哄激他，说他胆小，没有男子气。在天快要黑的时候，我说：‘嘿，塞西尔，你要是敢上去，我就给你一美元。’

“塞西尔抬头看了看那棵树说：‘不行，太少了。’

“‘好，那就两美元。’有人提议说。

“塞西尔不停地喝酒，还对大家说‘哥们儿，有些事情是不能用金钱衡量的。三美元，我就做。’”

卡尔边讲边笑："他非让我们先拿出三美元来给他看看。他们全家都是跟黑鬼一样的穷人，他总是穿条破牛仔裤，没有衬衫，也没有鞋。每到暑假，他妈妈就会把长裤剪短，给他做短裤，还把塞西尔的旧鞋留给弟弟穿。不过那时候，我们夏天也都光着脚，脚底结了厚厚的老茧，用刀划都不会马上有痛觉。

"塞西尔已经喝醉了，却又喝下一口。他活动了指关节，像个老猿人一样爬到树上，踩着树枝摇摇晃晃，不敢低头。树枝离地面也就十英尺，但到谷底可能有二十五英尺，摔下去会很惨。"

卡尔停顿片刻，喝了口啤酒，继续说："我悄悄走到篝火边，对一个伙计说'看着'。当时，塞西尔正在系绳子。天黑了，我们几乎看不清他的身影。塞西尔试着把脚放进绳套。你知道，他喝多了嘛，要不然他连爬树都不敢，更别提跳下去了。不过，那一刻，他抓着绳子，纵身跳下，嘴里还大喊着泰山。但是，我们觉得塞西尔的声音越来越远，好像一直在往下掉。大家都跑到山崖边去看，你猜怎么着？只有绳子晃了上来，塞西尔不见了。然后，我们听到有东西落地的声音，咚的一声掉进了石楠堆。我们都张大了嘴，面面相觑，以为害死了塞西尔。

"可就在这时，山崖下传来咒骂声，骂遍了世界上的所有事物……"

"卡尔。"伊娜憋着笑叫道。

"我们全都笑得直不起腰来。可怜的塞西尔，他就那么掉进石楠里，连件衣服都没穿。

"二十分钟后，他终于爬了上来，蓬头垢面，就像刚从猫笼子里出来。头顶撞出个大包，还流着血。大家笑得快要昏过去了，我也笑得喘不上气来。塞西尔站在大家面前，头发上顶着棘刺，看到我们笑成一团的样子，他自己也大笑起来，还伸手要钱。”

父亲摇摇头，笑了起来。母亲笑了，拉里也笑了。

“那棵树在哪里？”拉里问道，想着也许可以带辛迪去看看。“绳子还在树上吗？”

父亲看了他一眼，说：“没有了。”

“发生什么事了？”

“工厂把它给砍了。”父亲把盘子推到一边，起身。“好好约会。”他说。然后，又从冰箱里拿出一罐啤酒，走进书房。

拉里和母亲坐了一会儿，起居室的电视一直开着。

“你快去吧，别让人家等。”母亲说。

来到沃克家门前，拉里下了车。沃克家门前没停车，说明辛迪的母亲去上班了。塞西尔在门廊上坐着抽烟。他戴着破旧的棒球帽，穿着牛仔裤和脏兮兮的白T恤，光着脚。

“嘿，塞西尔。”拉里走进院子，跟塞西尔打招呼，想象着他满身伤痕、血迹斑斑的样子。

塞西尔冲他摆了摆手，说：“小子，从今天开始，你不能再叫我‘塞西尔’了，要叫‘沃克先生’，听明白了吗？！”

拉里停住。

“嗯。”

“嗯什么？”

“我听明白了，沃克先生。”

“过来。”塞西尔说。

拉里向屋里张望了一下，希望辛迪能出来。

“有什么问题么？塞——我是说，沃克先生？”他走向门廊。

拉里惴惴不安地走到台阶前，希望塞西尔的严肃是整蛊自己的玩笑，期盼着那没心没肺的笑容下一秒就会出现，露出门牙缺失的位置，然后用胳膊肘捅捅自己说：“我跟你闹着玩的。”

可是，塞西尔一把抓住拉里，揪到墙边，把他的脸按在墙上。淡淡的粉尘味在鼻子里打转，拉里感觉到脸上有泪水淌下来，又或者是血滴？塞西尔一手顶着拉里的脖颈，一手放在他背后，脸凑过来。拉里感觉到塞西尔的胡子扎在脸上，闻到他嘴里啤酒混合着肉的味道。

“如果你敢动她一根汗毛，我就亲手阉了你。”塞西尔松开顶在拉里颈后的手，拉里还没来得及动，他又抓住了拉里的睾丸。

拉里的双膝支撑不住了，可塞西尔还是顶着拉里的脖颈，把他按在墙上。

“你听见我说的话了吗，小娘娘腔？”

拉里觉得自己快要吐了。塞西尔一松手，拉里就瘫倒在地上。他听到门廊上传来脚步声，挣扎着想爬起来。

“我问你听到了没有？！如果你跟你爸告状……”

“塞西尔！”是辛迪的声音。她走过来，推开塞西尔。

塞西尔轻蔑地笑了，跨过拉里，往家里走。“跟那小子约会去吧，他不会干什么好事儿的。你这个小婊子！”

纱门关上了。

辛迪试着扶拉里起身，拉里摇摇头，躺在地上喘着气。

“我去去就来。”她说。

拉里闭上双眼，泪如雨下——他已经无法分辨到底是眼泪，还是水——从脸颊倾泻而下，挂在下巴和嘴角上。他打了几个嗝，嘴里全是烤肉的味道。他拼命忍住，才没有吐出来。他听到他们在屋里争吵。

纱门打开，又关上。辛迪出来了，她扶拉里起来。拉里虚弱地靠在辛迪身上，闻着香水和香烟的味道。

“你能走路吗？”

“嗯。”

他们朝着拉里的车走过去。

“他是个浑蛋，我恨死他了。”辛迪说。

他为辛迪打开车门，辛迪没说谢谢就上了车。他关上车门，一瘸一拐地从车尾绕到驾驶员的位置，上了车。她看着车窗外的马路。

“还有半小时才能天黑。”拉里说。

她没有接话。

“你想干点儿什么？”

“坐到这边来。”辛迪说。

他挪到辛迪的座位，以为能和辛迪在这里接吻。这让他很意外，他原本以为要到汽车电影院才能亲热。可是，辛迪却推开车门下了车，绕到驾驶员的座位上。

塞西尔又出来了，叼着根烟。

“你拿啤酒了吗？”

“就拿了两罐。”

“妈的。在哪儿？”

拉里从座位下面拿出啤酒，递给她。

她接过，瞥了拉里一眼，说：“啤酒是热的？”

“对不起。”

她打开易拉罐，啤酒沫喷了出来。她骂骂咧咧地甩着手，想弄掉沫子。

她发动了别克车，掉头准备开走，向塞西尔竖了中指。拉里回头，看到塞西尔从门廊上冲过来。他们急忙开车奔驰而去，扬起一路沙石。

辛迪喝了口啤酒，皱着眉头。她打开收音机调台，最后停在一个播放比吉斯的《活着》的电台上。她摇下所有车窗，风吹得她点不着香烟，只好又把车窗都摇起来，点了烟再放下。一路上，她不停加速，一手拿着啤酒，一手拿着香烟。她穿着短裙，风一吹，拉里就能看到她大腿根部。她的两腿稍稍分开，因为常在外面晒太阳，所以有些棕褐色。如果被卡尔发现别人在开车，拉里就会遭殃。塞西尔会告诉卡尔吗？他现在会不会正往拉里家走去？

“还是我来开车吧，你有驾照吗？”拉里问。

“听着，你得帮我个忙。”她说。

“好的。”拉里说。

她边开车边喝啤酒，看也不看拉里一眼。“我今晚要去个地方，不是汽车电影院。”

“什么意思？你要去哪儿？”

她瞥了拉里一眼，吐出的烟圈飘到窗外。“只有跟你出门，那个浑蛋才会同意。”

“我？”

“嗯，他觉得我和你在一起最安全。”

“确实是。”拉里说。

“我知道。所以我要去福瑟姆，去见他。”

“谁？”

“我男朋友。”

拉里轻轻地动了动腿，睾丸还是有点难受，“但是……”

“听着，你得帮我。除了你，没有人会帮我。塞西尔一直在追求我，要是我不能去见我男朋友，就永远无法从塞西尔身边逃脱。”

“但是……”他说。

她减速，拐上了高速公路，既没有左右观察，也没打转向灯。他们向着与汽车电影院相反的方向行驶。

拉里不知该说什么。之前的恶心渐渐退去，取而代之的，是心中泛起的不安。

“辛迪，咱们去约会吧？”

“我要告诉你一件事，其他人都不知道。”她说。

“好的。”

“你要向上帝发誓，不告诉别人，好吗？”

“发誓。”

“我发誓。”

“向上帝发誓。”

“向上帝发誓。”

她把烟头扔到窗外。

“我怀孕了。”她边说，边喝了口啤酒。

拉里不知该说什么，只是问：“什么？”

“我有孩子了，宝宝。如果被塞西尔知道，他会杀了我。”

“那谁是——孩子的父亲？是你男朋友吗？”他问。

她看了他一眼，说：“我不能告诉你。如果被塞西尔知道，他会杀了他。”

“那你需要我做什么？”

“我要去见他，好好讨论一番，制订个计划。你就开车在附近转转，但是别让其他人看见。你可以去看电影，不过要在第二场开始后再去。到那时，入口处售票的人就下班了。你开车进去，停在后面，没人会发现我没在车里。我男朋友会把我送回离家不远的路上。你十一点左右回去接我，再送我回家。这样，塞西尔就不会发现咱们的行动。”

拉里曾无数次想象过他和辛迪约会的情景——到汽车电影院，花五美元买票进场，路过别人的轿车和卡车，看到挂扩音器的杆子。大卫告诉他，去最后两排就能有充足的私人空间。把耳机挂在车窗上，和女孩儿一起爬到后座，盖上毯子——他哥哥就在车座下藏了条毯子和一些啤酒——然后开始亲热。来点儿前戏，女孩有感觉的时候会张开双腿，你把避孕套戴上，然后……

现在，他们以每小时六十英里的速度行驶在去往福瑟姆的高速公路上，曾经幻想过的画面都离他远去。辛迪把喝完的啤酒罐扔出窗外，问：“另一罐呢？”

“辛迪，我不想这样。咱们还是去看电影吧。”拉里说着，把啤酒递给她。

“你刚才没听到我说的话吗？！妈的……”她开罐时，啤酒炸开了。

“听到了。”

她在座椅上蹭了蹭沾满啤酒的手，说：“去他妈的电影。你是这个世界上唯一能帮我的人，拉里。求求你了。”

“你认识回去的路吗？”她下了车，探头问他。

过了福瑟姆，她走了一条双车道的路，接着拐上一条没有路牌的路，然后是一条土路。有条黑蛇在路上爬行，她毫不犹豫直接碾过。拉里已经放弃，不再劝阻她。最后，她终于在一条土路上停下。周围没有房屋，全是大树，林中有鸟叫。

“我问你，能不能找到回去的路？”

“嗯。”拉里故意不看她。

“十一点到我家附近的路上等我，好吗？”

“好。”

“你会来吧？”

他点点头。

“你发誓？”

“嗯。”

“向上帝发誓，拉里。”

方向盘上还留有她的余温，车里弥漫着香烟的味道，座椅上还沾染了啤酒渍。拉里必须得一路开窗通气，才有可能消灭这些痕迹，不被母亲发现。

“我向上帝发誓。”他说。

拉里掉头转弯，往回开。辛迪让到路边，冲拉里挥手。拉里没有回应，紧紧地抓着方向盘，踩着油门。别克车颠簸了几下，经过刚才被辛迪撞死的黑蛇，扬长而去，留下辛迪站在夜色渐浓的树林里。拉里从后视镜看着渐行渐远的辛迪，见到她转身，奔向男朋友。

然后，拉里照着辛迪的话做了。他独自开车在附近兜了兜，然后到汽车电影院附近，远远停在一边。第一部电影结束了，观影的家庭纷纷离开，在出口处排起长队。到处都是食物广告。收音机里播放的音乐，他听不进去；天气预报，他也感受不到。第二部电影开始后，他慢慢朝售票处开去，没开车灯。正如辛迪所说，售票处没人。屏幕上出现电影画面，他路过一辆辆坐着男人女人男孩女孩的车，路过挂着音响的轰轰隆隆的金属杆子，路过一堆在风中凌乱的空爆米花盒和可乐罐，把车停在倒数第二排的角落里。月光被树荫遮挡，留下一片黑暗。拉里摇下车窗，拿掉扩音器，看着大屏幕上的人影。

半个小时后，后排不远处传来汽车发动的声音。借着屏幕的光亮，拉里看到那是肯父亲的福特车，意识到自己开车进来时也许被他看到了。那辆车亮着刹车灯，向拉里开了过来。靠近时，车减速，停进拉里后面的车位，关了灯。现在，肯和大卫，或者肯和他的女友完全有条件发现拉里一个人看电影的秘密。

拉里伸手拿过他之前放在后座的毯子，盖到肩膀处，在里面撑起，做出有人躺在旁边的样子。他看了看后视镜，但是看不清福特车里的情形。拉里多么希望，那车不是肯的。可拉里知道，一定是他们，所以他暗自祈祷，他们千万不要下车。拉里弯了弯胳膊，做出有人对他耳语，甚至亲吻的样子。几分钟后，他的二头肌发酸，只好抓来靠背，把手臂放在上面休息，根本无心看电影。

不一会儿，拉里从后视镜上看到，后面的车门打开，车灯照亮了肯和大卫的脸。肯从车上下来。也许他只是去买爆米花的吧。不过，为保险起见，拉里还是一边努力保持着奇怪的姿势，一边摸索着发动了车。肯向前走着，越来越近，歪头张望。拉里踩了离合，左手扶住方向盘，右手撑着毯子，做出他和辛迪已经看够电影要离开的样子。车开走了，剩下肯独自站在空位上。

十点四十五分，拉里来到辛迪所说的路口，想等着看看她男朋友是何人，至少也得看看他的车是什么样子。拉里心中隐隐觉得，会是个比他们年长的人。辛迪的母亲周五晚在领带厂值夜班，午夜前不会回家。不过，不怕一万就怕万一，拉里还是停在远处。他把车窗摇下，希望烟酒的味道能彻底消散，同时也观察着周围的动静。

十一点钟，拉里起身坐直，等待辛迪和她男朋友出现。

十五分钟过去了，他们没来。半圆的月亮挂上天空，发出黄色的光芒，眼前的树林一片漆黑。十一点半了，他们还是没来。也许辛迪的男朋友提早把她送回来了？可辛迪不是想继续制造和拉里约会的假象吗？拉里发动了车，开着小灯，沿路边行驶，希望能看到辛迪拿着手袋在信箱旁等他。

四处都没有辛迪的身影。他又绕了一圈，停在最初的地方，心中愈发焦急。

十一点五十分，拉里下车，站在高速公路边伸长了脖子张望，希望能听到些动静。一架红眼飞机在夜空中飞过，繁星簇月。拉里很慌张：该如何向塞西尔解释？如何向父亲解释？又或者，警察打过电话，他们已经知道了？

十二点十分，拉里暗自祈祷，但愿是自己一时疏忽，没有看见他们经过。也许辛迪的男朋友不敢开车灯，怕被塞西尔发现。拉里发动了别克，开着小前灯，驶上人行道，在那条熟悉的土路上拐弯，经过沃克家，回到自己家。他盼望着辛迪能从树林中跳出来，大骂自己："你这个浑蛋去哪儿了？不是说好十一点接我的吗？！塞西尔非收拾我不可，你也跑不了。"但是，辛迪始终没有出现，只见暗处摇摆的藤条和飘散的树叶，还有篱笆墙边的水沟。

拉里又等了五分钟，手指不安地敲着方向盘。已经比约定回家的时间迟到一小时了，父母肯定也很担心自己。他不知道父母是否会熬夜等待。想到母亲，就仿佛看到她期盼的目光，听到她问："约会怎么样？"他关掉车灯，慢慢地开着。路边的蟋蟀听到车响，顿时安静下来。等他走远了，又开始叫个不停。也许辛迪就在附近，只不过喝多了、醉倒了。他龟速行驶，生怕撞到了躺在路边的辛迪。

当然，他也怕惊动了塞西尔。也许，塞西尔也喝多醉倒在附近？拉里毫无头绪。不过，辛迪做事自有原因，他不必半夜里独自在街上心乱如麻吧？拉里松了口气，关掉车灯，开回家。

就要到家时，拉里改变了主意，决定先去辛迪家看看她到底回来了没有。

拐过弯道时，他发现辛迪家没有亮灯。拉里慢慢开车，琢磨着。他们都睡觉了吗？为何不给辛迪的母亲留盏灯呢？希莉亚的车不在，她肯定还没回来。拉里踩了刹车，准备换挡，倒车。塞西尔突然从暗处冲了出来，像一个火把，浑身酒气，冲着车窗大叫。

“小杂种，你去哪儿了？！”

他一把抓住拉里的脖子和衬衫领口，拉里下意识地挣脱。车还在向前动着，拉里踩了刹车。塞西尔抓住拉里不放，拉里换了空挡车停下，感觉到自己被猛地拽出车窗，门锁卡在他的安全带上，断了。

塞西尔抓住拉里的衣襟，把他按在车上。

“她呢？”

“我不知道，我以为她已经回来了。”拉里说。

“你以为？”他一把将拉里推倒在地。“你为什么以为她回家了？”

“我让她下车走了。”拉里说着，试图爬走。

塞西尔猛地过来，跨坐在拉里身上，咆哮道：“你把她扔在什么地方了？”拉里想说话，可塞西尔用双手掐着他的脖子。后来，拉里回想，如果当时不是希莉亚碰巧下班回来，看到他们厮打并及时劝阻，他可能早就被塞西尔活活掐死了。

半小时后，治安官来了。

在拉里的父母和治安官到来前，希莉亚用颤抖的双手为拉里拿来咖啡。拉里坐在辛迪家的破布沙发上，意识到自己是第一次走进这栋房子。屋里很黑，天花板很低，地板也不平。有一台带天线的破电视，调台按钮不见了。烟灰缸里满是烟蒂，墙上挂着几张辛迪的照片。拉里刻意避开不看。在等待拉里父母的间歇，希莉亚忙着扫地、收拾空瓶子，塞西尔坐在厨房的椅子上，盯着拉里，一根接一根地抽烟。都这时候了，他还在喝酒。希莉亚说："一会儿警察就来了，你醉醺醺的怎么见人。"

治安官匆忙赶来，没穿制服，光脚穿一双家居鞋。他坐在拉里身旁，没跟家长们说话，只是耐心地问拉里，到底发生了什么事。他告诉拉里，要一个细节不落地讲给自己听。拉里说辛迪执意要在树林边下车，他知道大人们都在盯着自己。他省略掉了用毯子假扮辛迪的片段，只说自己看了会儿电影就想回家了。因为发过誓，所以他没有说辛迪怀孕的事情。治安官把手放在膝盖上，靠着沙发背。他说，都是十几岁的年轻人，暂时没必要担心。也许她只是跟某个男孩出去了，晚点儿就会回来。他问，辛迪以前有没有做过类似的事情。希莉亚承认，她确实做过。治安官又说，唉，年轻人。大家都回家吧，如果她明早还没回来，再给我打电话，我会调查此事。

大家都对这个安排表示满意，除了塞西尔，他在门外大骂。当拉里起身离开的时候，治安官说："等等。"

治安官将手伸进拉里的裤兜，掏出一把刀。

"男生们都随身带着这个。"拉里解释道。

"好吧，大家明早等消息吧。"治安官把刀装进自己口袋。

第二天早上，辛迪没有回家。第三天，第四天……辛迪始终没有出现。大家都说，她是在和拉里约会时失踪的。周一清早，肯和大卫说，他们曾看到拉里和辛迪从汽车电影院离开。治安官收到这一消息。因为拉里故意掩饰了这一细节，所以他的口供漏洞百出，很像编造的。周二，父亲开车带他去治安官家，进行“谈话”。后来，这样的谈话进行了无数次。治安官态度十分严厉，卡尔非常生气。然后，拉里才说出辛迪怀孕的事情。治安官问拉里为何之前不说，拉里说自己发过誓。

治安官开车带他们到辛迪下车的地方。拉里坐在后座上，被铁栏隔开。治安官问拉里可曾看到过地上有车辙之类的证据，能够证明当时确实有人开车在等辛迪。或者是烟蒂、避孕套，等等。它们能够证明拉里没有说谎。没有，没有，还是没有。好吧，治安官很无奈。他问拉里，夜晚将女孩独自扔在树林里，就不担忧她的安危？你这算什么绅士啊？拉里无以作答，被他们带回车里。

治安官找来辛迪的朋友，询问关于她的情况。辛迪会跟谁走了呢？会去哪里呢？没有人知道。大家都说，辛迪没有男朋友。警察们在卡尔拥有的土地上到处搜查，带着搜救犬，趟过小溪，一副掘地三尺的架势。全县所有的地方都是搜索范围，散发传单，张贴海报，还在湖里进行打捞。同时，他们也反复审问拉里。拉里再也没回学校。几周过去了，几个月过去了，起初最乐观的人，最后也开始怀疑辛迪离家出走的可能性。塞拉斯去牛津上学以后，拉里就一直躲在屋里看书。卡尔不喝啤酒了，改喝威士忌，开喝的时间越来越早，喝的量越来越大。汽修铺生意日渐萧条，起初还零星有人来光顾，到后来只会有陌生的面孔偶尔上门。卡尔成了蓬头垢面的醉鬼，独坐在办公室里抽烟。他不再和儿子说话，也不给大家讲故事。伊娜不再去教堂做义工，而是在家养鸡。她时常站在鸡笼附近望着远方发呆，有时洗着碗，就突然停下来，望着窗外发愣。拉里家的生活停滞了，被冻结了，就像一幅图片。日子不再有意义，只是日历上的空白。晚间，拉里和父母坐在餐桌旁吃饭，食不知味，沉默不语。有时候，一家人坐在电视机前，一动不动。屏幕上出现的棒球比赛画面是房间里唯一的光源，解说员和观众的欢呼声是房间里唯一的声源。当然，还有卡尔酒杯里的冰块声。

拉里记不清，一年后，究竟是谁决定让他去当兵。因为辛迪的尸体一直未被找到，也没有发现任何可疑的脚印或车辙，甚至连一根头发、一滴血或者一根线头都没有。所以，尽管全县人都认定是拉里强奸并杀害了辛迪，部队还是收了拉里。拉里从福瑟姆坐车去服役，母亲为他送行。他剃了平头，背着背包，离开福瑟姆去北部的哈蒂斯堡集训。部队负责招募的官员向指挥官汇报了拉里的情况，他们一致同意，会盯着拉里。如果警方发现新的证据，拉里必须回来接受审讯。

拉里看着车窗中的自己，摘下了眼镜。不戴眼镜的时候，拉里显得更瘦。到达谢尔比营地的时候，他把眼镜留在了座椅上。

后来，拉里发现陌生的军队生活很适合自己。食物难吃，加上工作繁忙，集训让他减重二十镑。集训完毕分配连队的时候，中士问他有什么技能，拉里说没有。中士又问他父亲做什么，拉里说机械师。中士在表格上记下些文字，嘟囔道："如果他可以做机械师，你也可以。"就这样，拉里被分配去了车辆调配部队。营地里到处都是待修的发动机、车篷；战友里有很多人从小在城市里长大，制服衣兜里总是装着香烟。拉里平时跟大家有说有笑，但总保持着距离。无论在宿舍、在大厅，还是在工作站，他都是一个人，默默摆弄着扳手、棘齿和钳子。这些工具和父亲店里那些手感一样，散发着相似的味道，闪着相似的光亮。他在编号US53241315的部队里做了一年机械师，每天忙于各种吉普车和卡车维修的工作。渐渐地，他成长为一个合格的机械师。一等列兵拉里·奥特，并不像他父亲口中的那般不堪。后来，拉里被调到密西西比杰克逊的一个部队。他更瘦了，带着背包，提着一袋子书，穿着制服，开始了并不新鲜的另一段生活，就像是同一天晚上做了两个不同的梦。

每次从部队放假回家——圣诞节和感恩节——他都能感觉到父母日渐陌生和苍老。母亲时常忘记垃圾桶放在何处，也不知怎么使用煤气灶。拉里的个头比父亲高了，父亲还是不搭理他，总是在店里工作。尽管，店里其实已经无人光顾了。卡尔每晚在电视机前的椅子上喝醉，昏睡过去。一个夏日的夜晚，卡尔开车回家，失神冲出马路，撞进田野。卡尔冲破风挡玻璃飞了出去，摔断了脖子。卡车虽然翻了，但几乎没坏。当时，拉里服役即将满三年。有一天，上尉叫他去办公室，告诉他这个噩耗。光荣退伍后，拉里被送回家乡。新上任的治安官、主调查官，还有部队的上尉，都认为拉里有责任照顾自己的母亲。

拉里回到夏博，塞拉斯依旧在外工作，辛迪还是杳无音讯。她没有回来，猎人和伐木工都未曾发现她的尸骨，猎狗也没有发现可疑迹象。塞西尔和希莉亚搬家了，不知去向。辛迪家的旧屋日渐衰败，房顶塌陷，野草丛生，窗户和门廊柱上缠满了藤蔓。门上挂着的“禁止穿越”标牌也退色了。

拉里把母亲送进了河畔家园养老院。接着，一年又一年，日子平淡如水。每天早上，拉里被远处的电锯伐木声叫醒，卡车轰轰隆隆地运送新伐的木材。拉里被迫将土地出售给木材厂。很快，拉里小时候走过的土地和爬过的树，都被砍伐重整，形成了三百亩的田地，整整齐齐地围起，种满火炬松。拉里看得出，这些松树十五年就能成材。白天，拉里在店里等待顾客前来光顾。其实，开店早已成为习惯，而非生意。晚上，他坐在门廊上或者炉边读书。他总是一个人，早已忘记母亲以前挂在嘴边的祈祷——希望上帝赐给拉里一个特殊的朋友。直到有一天，这个祷告应验了。

第八章　树林里的小木屋

他把手电对准床的下方，看到的情景让他心跳加速——在阴影里，有人挖出了一个坟墓。

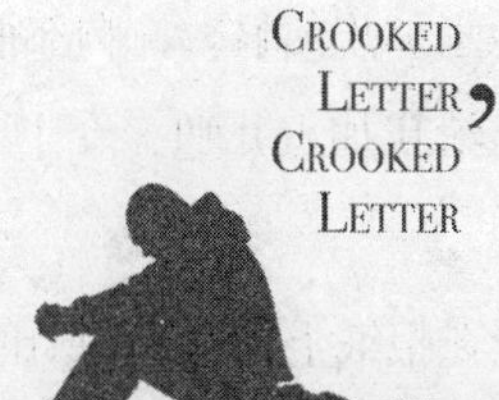

塞拉斯匆忙赶到“巴士”，坐在角落里，摘下帽子，等着安吉。他向窗外望去，看到马路对面破败的法院大楼，拱形的窗户和门廊，穿着西装的白人律师走在水泥台阶的一侧，黑人原告或被告以及家人走在台阶的另一侧。餐厅的门开了，一群白人妇女走进来，在谈论着什么。塞拉斯平时不愿意来这里吃饭——母亲在这里做了二十年服务员，总是带餐厅的饭给他吃，他已经吃腻了。不过，对他来说，这间餐厅也算某种安慰，因为在这里，能够最近距离地感受去世已久的母亲。母亲的秘密和自己的秘密，都已随母亲入土。

一位年轻的服务员端着凉茶走过来，说：“32琼斯，你加糖吗？”她画了蓝色眼影，胸部很丰满。

“请给我加点儿吧，女士。”塞拉斯举起杯子，脑子里在回忆她的名字。

“我在报纸上看过你的新闻，关于M&M的。”

“是吗？”塞拉斯忘了，*Beacon Light*今天出版。也就是说，报纸上没有“信箱响尾蛇”那条消息。最近的失踪女孩和野外弃尸，可都是重磅新闻。*Beacon Light*是周报，所以拉里中枪的消息下期才会刊登。

“嗯，你想好吃什么了吗？”她问。

他说想等安吉来了再决定。塞拉斯还是想不起她的名字，也不敢抬头看她胸前的名牌。她到邻桌去了。塞拉斯查了一下手机，没有未接来电。他放下电话，开始喝茶。然后安吉推门进来。她今天梳了辫子。普通的淡蓝色制服衬衫和海军裤，衬托出安吉的美。安吉从不化妆，也不做指甲，塞拉斯喜欢她这样朴实。他起身，吻了安吉。然后他们面对面地坐着。

“你忙吗？”

“还没忙到连电话都没时间打的份儿上。”她说着，拿过一份菜单，“你想吃什么？”

“喝茶就行了。”

她抬眼看了看塞拉斯，问：“你不是还在为昨天的事烦心吧？”

“没有，我之前吃了玛拉做的热狗。”

“天哪，32，要不要我给泰博打电话让他拿心脏除颤器来？”

服务员走过来，为他加满茶。

“嘿，珊妮卡。”安吉跟她打招呼。

“你用了什么办法说服这人，让他来我们这里吃饭的？”

“你知道的，他对我百依百顺。”

塞拉斯扭头冲她们笑了笑，说：“谢谢，珊妮卡。”

安吉点了份汉堡套餐，薯条加芥末酱，还有健怡可乐。

“为何闷闷不乐？不是报纸上又开始叫你31了吧？”珊妮卡走后，安吉问。

“没有。”

“那怎么了？”

“我只是一直想着拉里·奥特的事情。”

“你去看过他了吗？”

“没有。”

“他醒了吗？”

“没有。我一上午都在他家。罗伊想让我查这个案子，他自己去查失踪女孩的案件。”

“泰博觉得他是自杀。”

“罗伊也这么认为，不然他不会交给我办。”

“他们两个应该不会判断错吧。”

“可为什么是现在呢？这么多年都过去了，为什么现在才自杀？”

“也许他真的是杀人凶手。”

塞拉斯摇摇头：“我不这么认为。”

“想想看，”安吉说，“多年前他绑架了那个女孩，然后就上瘾了。这些年来，他一直在作案，但都没被抓到。或者，他没作案，只是潜伏起来。直到看见美丽的蒂娜·卢瑟福，他又出手了。然后，到处都是关于此事的新闻报道。他才知道，卢瑟福家族是多么有权有势。于是，他开始害怕。”她用手做了举枪的姿势，指向自己的胸口，说：“乒！”

“可如果他中学的时候根本没杀那个女孩呢？”

“也许他受够了大家的鄙视和冷落。你觉得他和别人发生过性关系吗？这个臭名远扬的人？现在，他终于爆发了。‘你们不仁，别怪我不义。’然后，卢瑟福家的女孩恰好出现在他身边。”

塞拉斯摇摇头：“我觉得他没有这种胆量。”

“你怎么知道的？”

塞拉斯吸了口气，说：“因为以前我和他是朋友。”

珊妮卡端来饭菜，可安吉根本没注意到她。

“别客气。”珊妮卡说着，走开了。

“什么意思？朋友？”

“很久以前的事了，那年我十四岁……”塞拉斯犹豫着，又扭头向窗外望去。三层高的法院大楼门前人来人往，车水马龙。大家都为法律事务而奔忙。

“32？”

“我十四岁的时候，和妈妈一起从芝加哥坐车来到这里。”塞拉斯开始讲述自己的过去——从未与任何人分享过的往事。他告诉安吉，他们从乔利埃特出发，最后住进卡尔·奥特的小木屋。屋里没水没电，步行两英里才能到达邻近的马路。那次，卡尔和拉里在路上接他一起去学校，后来传到伊娜耳朵里。伊娜拿了些旧衣服给他们。第二天，母亲开着一辆雪佛兰回来，并没告诉塞拉斯车是怎么来的。珊妮卡突然走过来，说：“安吉，你要是不吃，有人想吃。”

安吉没理会她，开始吃饭。她打开芥末酱，挤到盘子上，用薯条蘸酱。然后，她边嚼汉堡边喝可乐。塞拉斯说起初他很不适应这里的安静。与芝加哥不同，这里没有拥挤的人流，刺耳的汽笛或警铃，也没有电车“咣当”。可是，如果你在树林里静静聆听，就会听到大自然的声音。清风吹过，拍打着树叶，蓝鹅鸟、褐噪鸫、红雀和麻雀唧唧喳喳叫个不停，远处传来乌鸦和老鹰的叫声，松鼠的声音、青蛙的声音、犬吠、犰狳在枯叶下喘气的声音，等等，还有很多塞拉斯后来才会分辨的声响。塞拉斯发现，此前自己从未见识过真正的黑暗。城市的夜晚并不黑暗，但是在这里，没有月亮的夜晚，你试着站在门廊上，或者在参天大树林里行走，你就会忘记自己身在何处。你会觉得自己是隐形的。母亲说，那就是乡村的黑夜。

“起初，我并不喜欢这一切。但是后来，在拉里给了我那把枪，然后我参加了棒球队之后，我觉得自己属于这里。这也就是为什么我离开那么久后还是选择回来。我从没忘记这个地方。”

珊妮卡端着餐盘走过来，问：“要加点茶吗？”塞拉斯点点头。“你还想吃点什么？”她问安吉。

“不用了，谢谢。”

塞拉斯看着窗外，手指不停摩挲着帽檐。安吉差不多吃完了。他说起卡尔让自己和拉里打架的事。“从那以后，”他说，“我和妈妈搬到了福瑟姆。她提前攒够了钱，我们买了房子。我去了福瑟姆中学上学，直到后来上高中才又见到拉里。我进了棒球队，大家都叫我32，报纸上总出现‘32’。而拉里·奥特只是个没人喜欢的笨蛋。”

“为什么？”

“他很奇怪。他住在乡下，没有朋友，从不看球赛，也不参加毕业舞会，就知道看书。以前，他会把奇怪的东西带去学校，比如他捉到的蛇，大概想引人注目。我记得有一年万圣节，大概是高三，他戴了个恐怖面具去上学。”

多年来，塞拉斯从没回忆过这些旧事。那是一个塑料僵尸面具，上面装饰了假头发和“腐烂”的皮肤，涂了红色“血迹”。面具很逼真，像一个被砍掉的脑袋。“直到现在，我还清楚地记着面具的样子。”塞拉斯说。那天，拉里戴着面具走进教室，大家都围了上去。塞拉斯在体育馆看到一群漂亮的女生缠着拉里，要试戴面具。拉里肯定受宠若惊，手拿留有香水、洗发水和护肤品余香的面具不知所措。然后，又一拨女生凑了过去，她们问拉里晚上能否把面具带去福瑟姆第一基督洗礼堂鬼屋，大家一起玩。

当然，拉里毫不犹豫地同意了。

那天下午，塞拉斯一直在训练。然后，他和M&M以及其他队友开车去5号高速公路旁的空房子。拉里已经到了，身披白色床单，满脸喜悦。塞拉斯看见拉里冲自己挥手，赶忙背过身去。拉里在房子里弄了间鬼屋，装了各种闪灯，铺了一地“假肢”，在草堆里藏好喇叭，制造恐怖的声效。大家整晚都在狂欢，十几岁的年轻人，小情侣们，有人还带了孩子。塞拉斯百无聊赖地坐在卡车后面喝啤酒。看着拉里兴奋的样子，他想，拉里一定觉得自己终于是个正常人了。

午夜时分，活动结束，拉里从鬼屋里出来，摘下面具。他满头大汗，头发紧贴着头皮。他站在那儿，准备接受大家的祝贺——恭喜他表演成功，为他欢呼，奖励他一罐啤酒。辛迪·沃克也在场。

“谁？”安吉问道。

“那个失踪的女孩。”塞拉斯回答，因为被打断而有些不快。

安吉看着他。

“但是，大家却都对他视而不见。”

拉里独自站在泛光灯下，一脸迷茫，等待良久。他手中的面具渐渐瘪掉。最后，他终于转身，沿着土路走上大街。他身披床单，站在路边，好像要等车。但是，过了很久，仍没有一辆车经过。高年级的学生们早就忘记了拉里的存在，不停抽烟喝酒。塞拉斯看到，拉里过了马路，走进停车场。他脱掉床单，看着每一辆车，好像在二手车市选购。他似乎忘了自己把别克停在何处，所以四下张望；又好像在等待着聚会的人群忽然想起他的存在，盼望着听到他们大喊："嘿，拉里，快回来，咱们一起玩！"

然而，没人理他，连塞拉斯和辛迪也没理他。拉里发动了车，在停车场徘徊了很久，然后缓慢地开走。自始至终，塞拉斯都没有叫他，也没有示意他过去一起聚会。同学们只顾着凑在一起说笑。拉里开车经过的时候，没人向他招手，大家只是看着他走走停停，想留下又自知不该留下。最后，还是走了。塞拉斯记得，那一刻，在场的人顿时哄笑起来。他和辛迪也跟着一起哄笑。

安吉歪着嘴，塞拉斯知道她在琢磨什么。"那天晚上离辛迪失踪有几天？"

"几个月吧？"

珊妮卡过来，收走了安吉的餐盘，塞拉斯沉默着。"加点茶吗？"珊妮卡问塞拉斯。

"不用了，谢谢。"

安吉问塞拉斯："你跟她约会过吗？"

"辛迪？"塞拉斯回避了辛迪的眼神，摆弄着帽子。塞拉斯很想告诉她实情，但鬼使神差地摇了摇头，说："她继父是个浑蛋白人，所有的黑人孩子都避之唯恐不及。"

安吉看着塞拉斯，说："自我保护，无可非议。"

他笑了。

"但是，拉里跟她出去约会了？"

"嗯。"

"如果拉里是大家口中的那个'废物'，辛迪为何答应跟他约会？"

安吉的对讲机响起，传来泰博的声音，201号路上发生了交通事故。

"糟糕。对不起，亲爱的，我很不想走，你头一回跟我说这么多话。"

她凑过来，吻了塞拉斯。"回头你还得接着给我讲。"她说着，匆忙出了门。救护车开着警灯，来到路边。

珊妮卡来到桌旁，说："你是在说恐怖拉里的事情吗？"

他抬头，说："嗯。"

珊妮卡边收拾边说："我母亲曾经和他上同一所学校，她说拉里的口袋里总是装着蛇。"

塞拉斯走进医院的电动门，摘下帽子，在问讯处停下，问拉里·奥特在哪个病房。问讯处坐着一位身穿红色义工马甲的老年白人男子，脸上的眉毛如胡子般浓密。他戴上眼镜，冲着电脑屏幕皱起眉头。

"你是他的家人？"老人冲塞拉斯滑稽地笑了笑，示意自己在开玩笑，因为答案是显见的。"我是乔恩·戴维森，"他们握了握手，

“Jon，没有h。”

“您好。”

“你是琼斯警官吧？”

“嗯。”

“我在报纸上读到过关于你的新闻。”他说着，递给塞拉斯一份*Beacon Light*，叠起的部分正好是塞拉斯的新闻。塞拉斯看到，新闻标题写着：警方找到受害人尸体。内容很简单，只是列举了一些事实，比如有车辆被烧毁，等等。塞拉斯是发现尸体的警官，但所有的官方表态都引自法兰西。

“啊，找到了。”戴维森说，用鼠标将页面滑到下半部分。“他仍然在重症监护室。二层，出电梯左拐。这里的探视时间是三点到五点，但他们应该会给你行个方便。”他冲塞拉斯眨眨眼，说：“跟值班护士说你是名人就行了。”

塞拉斯道了谢，经过礼品商店，来到电梯旁，然后又转身回来。

“有人来探视过他吗？”

义工摘下眼镜，皱了皱眉头，说：“让我想想看。我的值班时间是正午时分到下午六点，每周五天。我没见有人来探视他。要不我问问其他义工？”

“如果您方便的话。如果有人来过，麻烦您记下来人的名字，然后告诉我好吗？”

“没问题。”

塞拉斯在报纸一角写下自己的手机号码——他没有名片，因为县里没有这笔款项的预算——然后坐电梯上到二楼。他推开重症监护室的玻璃门。护士站里很安静，一位穿着绿色护士服的黑人女士在电脑前工作。塞拉斯听到，她身后的监视器里传出沉重的呼吸声。四周全是玻璃墙，塞拉斯能看到几张床，基本都空着。

“你好。”他走到护士站。

她抬起头，说：“下午好，有什么需要帮忙的吗？”

他将帽子放在大腿处摆弄着，说：“我是来探望拉里·奥特的。”

她摘下眼镜，打量着他。

“他怎么样了？”塞拉斯问。

“嗯，他昨晚挺过了手术，但仍处于昏迷状态。医生四点钟会来查房，现在情况比较稳定。”

“我能看看他吗？”

她起身，说：“稍等。”

他的目光跟随着她，发现她刚才其实一直在电脑上玩纸牌游戏。

病房里只有拉里一人，周围是几张深色的病床，他在正中间，连着心率监视器、呼吸机，输着液。他上身赤裸，面色惨白，胸前裹着纱布，插着导管。鼻子和嘴巴上也插着管，用胶布固定在皮肤上。

护士说：“他能活下来太不容易了。他被送来的时候，我们已经来不及将他转院到哈蒂斯堡了。哈蒂斯堡的医院有治疗枪伤的先进仪器。医生们已经尽了全力，但是……”她没有把话说完。

“你觉得他能醒过来吗？”

“不好说。在几次手术过程中，他已经出现过两次临床死亡症状。”

“几次手术？”

“嗯。医生为他取出子弹，还输了六个单位的血。米尔顿医生说，子弹差一点就打中他的心脏了，就差一根头发丝的距离。不过，我们刚把他从手术室推到这里后不久，他就心脏病发作，我们又把他推回手术室。”

塞拉斯看到，拉里有些白发，下巴上的胡楂也白了。他的眼睛周围有泪水的痕迹，顺着干燥的脸庞一直往下。

“他现在是处于一种昏迷状态吗？”

“不好说，我们给他打了镇静剂异丙酚。”

“你们什么时候能对他的情况做出进一步判断呢？”

“我得问一下主治医生。”她说。

他知道，管辖范围并非单纯的地理概念，更多的是责任意义。必须有人将拉里中枪的消息告诉他的母亲。由于法兰西将此案推给了自己，塞拉斯开着车一路去到河畔家园的停车场。他以前从未来过河畔家园，只是路经此地。这种地方让他感到压抑。他觉得，所有人都会有类似的感受。他戴上帽子，吸了口气。养老院是栋一层的砖瓦建筑，外墙老旧失修，屋檐下排水渠边栽着松树幼苗。玻璃窗有些破了，有些开着，有些外面挂着空调机，发出轰轰的闷响，滴着水。

前门开着，一个和塞拉斯块头差不多的黑人坐在里面边抽烟边看一份《纳斯卡赛车》杂志。他穿着一件白色制服，前身有黄色污渍。塞拉斯认得他，一年前他曾因醉酒驾车被捕。塞拉斯冲他点点头，想不通他为什么不把椅子挪到外面，因为屋里似乎很憋闷。

“早上好，请问奥特女士住在哪个房间？”塞拉斯说着，摘下帽子。那人没有抬眼，只是冲走廊点了点头，塞拉斯说了声谢谢，朝他示意的方向走去，他来到一扇玻璃窗前，里面没有人。周围环境很糟糕，消毒水的味道并不能完全遮盖屎尿的臭味。塞拉斯探头进去，看到桌上放着一本字谜游戏书，十三英寸屏幕的小电视上静音播放着“奥普拉脱口秀”。他按铃，不一会儿，一个戴着大眼镜的胖女人从隔壁屋里不慌不忙地走出来。

“早上好，我是夏博镇的琼斯警官。”他说。

女人坐下，抬头看着他，眼神中流露着几分神秘。“我认识你。”她说。她留着长指甲，上面画满了星星彩绘。塞拉斯很想知道，她平时如何拨电话号码。她的名牌上写着“布兰达”。“在学校的时候，你比我高一年级，”她说，“我以前常看你打棒球。”

塞拉斯笑道：“那是很久以前的事了。”

“你说我老？”

他咧嘴说：“岂敢？”

“你到这儿来有何贵干？克莱德又在察看期犯事儿了？”

那曾经是他的名字。“没听说。我是来见奥特女士的，我想跟她谈谈，如果她清醒的话。”

女人挑眉，说：“你可以试试。她几年前中风过好几次，现在又得了阿尔茨海默病[①]。”

“有多严重？”

“非常严重。大部分时间里，她谁也不认识。她的左半身完全不

---

① 即老年痴呆症。

能动，只能躺在床上。你为什么想见她？她儿子惹麻烦了？”

“为什么这么问？”

“因为昨天她给他打过电话。隔一段时间，她会清醒一会儿。但是从昨天到现在，她儿子都没来。”

“他经常来看她吗？”

“一周来几次，我叫他疯佬。每当他妈妈清醒的时候，你猜我跟他说什么？”

“让他不要打电话？”

“嗯。打什么电话，我又不是接线员。如果她想找他，就会给他打电话的。”

“哦，那你最近不用为他操心了。他被人用枪打伤了，这就是我来的原因。”他说。

拉里母亲住的是双人间，两张病床旁都有一把躺椅，墙上的架子上挂着电视机。窗边的床上，坐着一位年迈的黑人妇女，正望着窗外发呆。屋里弥漫着排泄物的味道。奥特女士坐在躺椅上，直愣愣地看着塞拉斯。墙上的电视机里正播放着“幸运大转盘”节目。

布兰达在塞拉斯身后大声喊道：“伊娜女士，这是琼斯警官。他想跟你谈谈关于你儿子的事情。”

她看着塞拉斯，眼神空洞。

“有事就叫我，”布兰达说着，碰了下塞拉斯的胳膊，“你一叫我马上过来。”

“谢谢。”

“你是谁？”拉里的母亲问道，声音中有些许警觉。她的脸一边已经僵硬，所以嘴巴永远歪着。她向塞拉斯身后望去，布兰达正站在大厅里欣赏自己的指甲。看到布兰达，拉里的母亲稍稍放心下来。

塞拉斯怎么也无法将眼前的伊娜和当初那个给自己和母亲旧衣服的女人联系起来。她穿着大袍子，没有系扣，里面有一件睡袍；平胸，脖子和塞拉斯的手腕一样粗。塞拉斯拉过一张凳子，在她身旁坐下，拿着帽子，尽量俯身，让自己显得不那么高大。伊娜一直看着他，眼神中流露出一丝怀疑。

“克莱德，让他们都停下！”

“我不是克莱德，伊娜女士，”他说，“我是32。我以前认识你儿子，拉里。”

“谁？”

“你儿子。很久以前我们是朋友，常在一起玩。有一回，你给了我一件大衣。”

“克莱德？”她问。

“不，伊娜女士，32，我叫32。”

“32？我可不止32岁。”她又警觉起来。

“不，伊娜女士。我的真名叫塞拉斯。”

“埃莉诺·罗斯福怎么样了？”

他皱了皱眉头，朝布兰达望去。“那是她养的一只鸡的名字。”她说。

“哦，她很好，伊娜女士。所有的鸡都很好，我昨天刚喂过她们。”

“罗莎琳·卡特是最会下蛋的。”

“嗯，我也这么认为。”

“但是瓢虫·约翰逊是最漂亮的。”

“是的，女士。”

“你是谁？”她问。

他又做了一次自我介绍。

“克莱德？”她问。

塞拉斯又坐了一会儿。无论他怎么解释，拉里的母亲都不相信他不是克莱德，后来，他无奈起身，告辞。在大厅里，塞拉斯拿出自己的通讯卡片，问布兰达是否能帮忙，在拉里母亲清醒的时候给自己打电话。她欣然同意。

塞拉斯回到停车场，他的车停在一棵大核桃树下。上了车，他把帽子放在旁边的座位上，胳膊肘伸出车窗外。多年前的那天，他在拉里家的情景，不停在脑海中浮现。他和拉里一起抓蜥蜴，那条大蛇，还有仓房里的母鸡……当时，他们把那些奇怪的爬行动物装进一个被拉里称为爬行动物馆的大罐子，塞拉斯注意到木板下放着一台割草机。

“你有机会割草？”他问。

“有机会？”拉里说。他把罐子放下，罐中的蜥蜴一直在看着他。“我是被逼无奈。”

“我从没有机会割草。”塞拉斯说。

“你想割草？”

他们把割草机从仓房里推出去。在阳光下，拉里告诉塞拉斯该如何查看油量，如何检查泵阀，如何拉绳发动机器。然后，在机器的噪音中，拉里大喊着告诉塞拉斯该如何调整马达速度，如何按照方阵逐一割草，最后集中到中心地带。塞拉斯抓住扶手，说自己已经准备好。塞拉斯喜欢割草，喜欢听马达的声音，喜欢闻空气中青草的味道，喜欢脚下野洋葱灼热的感觉，喜欢手中扶手震动的触感，还有那些不时从下面飞出来的小木棍。拉里在塞拉斯身旁陪伴着，欢呼着。他说，自己小时候，有一次看父亲割草。割草机轧过一颗石子，石子嗖地飞了出去，砸在拉里肚皮上，留下一道红印。父亲大笑不止，还用宝丽莱相机拍了张照片，每次拿出来看时都要大笑一番。拉里不停地叮嘱塞拉斯，一定要注意割草机的方向，千万别冲着车辆或者路人。否则，结果可想而知。塞拉斯转身，继续割草，拉里站在原地。塞拉斯对自己的进度很满意，对自己的设计也很满意。割草的感觉真好，就像在为自己梳头。拉里溜达到门廊前坐下，拿起一本书。他看了一会儿，然后干脆丢在一旁，冲到院子，推开塞拉斯，关掉割草机。

机器静下来，塞拉斯一把推开拉里，说：“别推我。”

“对不起。”拉里说。两人相视无语，塞拉斯手中的割草机还在震颤。

“我不喜欢别人推我。”

“只不过，”拉里说，“我们没有太多时间了。”

“我不在乎。”塞拉斯发动了机器，又继续割草。拉里看了一会儿，又回到门廊上坐下，双手放在膝盖上。

天渐渐黑了，田野里到处是萤火虫，塞拉斯也快要割完草了。他看到森林里有车开过来，慌忙扔下割草机，穿过草坪，跳出篱笆墙，冲进树林。然后，拉里冲到割草机前，将它扶起，继续推着。卡尔回来了，他下了车，手里拿着一袋冰和一个褐色纸包。卡尔忙了一整天，浑身上下都是油渍。他朝院子里看了看，心满意足地点点头。

“干得好，孩子。”他冲拉里说。

塞拉斯看到了这一幕，因为他正匍匐在玉米地里。拉里的父亲又说了些什么，塞拉斯听不到。然后，卡尔进门了。拉里转身，推着割草机走向仓房。他朝塞拉斯逃走的方向张望了一会儿，仿佛看到了塞拉斯的藏身之处。

“干得好，孩子！”

塞拉斯一直记得这句话。那一瞬间，他突然强烈意识到，自己的生活中缺少一位父亲。当天晚上，他独自穿过暮色中的树林，回到家。他想到，这五百多英亩土地，最终都将归拉里所有。一无所有的塞拉斯抬头望着天边。夜幕完全降临，他已经看不到那些大树的顶端了。他开始奔跑，心中充满恐惧，并非害怕即将到来的黑夜，而是因为胸中充满怒火。

塞拉斯回到家，母亲的车已经在门外了。母亲从饭馆为他带回食物，摆在两张床中间的小木桌上。每晚，他们都在小木桌旁吃晚饭。今天的食物是一盒巧克力牛奶。母亲还穿着制服，戴着发网。她坐在床边，抱着猫。

“儿子，你去哪儿了？”

“去树林里了。”

“树林？在天黑以后？”

“对不起，妈妈，”他说着，随口就撒了谎，“我迷路了。”

母亲摸着猫，看着塞拉斯，也许是在犹豫，到底要不要相信他的话。母亲可能太累了，无心同塞拉斯斗智。所以，她说："赶快吃吧，都凉了。牛奶已经加热了。"

塞拉斯发动了吉普车，倒出停车场。原来，那些年他一直有父亲，而且父亲并不是游手好闲的黑人。搞大爱丽丝·琼斯的肚子就拍屁股走人的，原来是白人。白人和家里的女佣搞在一起，女佣怀孕后，就被送去芝加哥。

塞拉斯开车行驶在高速公路上，在运木材的卡车和多功能运动车中间穿行，向奥特家土地的方向奔去。城市渐行渐远，路上的车也渐行渐少。塞拉斯在想，曾经的小木屋是否还在？

在Campground墓地附近，他看到有一辆四轮车在马路中间行驶。四轮车平均时速可达四十英里。塞拉斯跟上，闪了闪车灯。开车的是个瘦削的白人男孩，他回头看了看塞拉斯，顺手把一个瓶子扔进路边的草丛，冲塞拉斯挥了挥手。塞拉斯将胳膊伸出车窗外，示意他在路边停车。

塞拉斯下车，走过去。那男孩一只腿搭在油箱上，点了根烟。他看到塞拉斯身穿制服，戴着配枪，立刻坐直，打招呼："嘿。"

塞拉斯说："这玩意儿不能上路。"

孩子抬头看着他。

"你有驾照吗？"

"你是狩猎监督官？"

"夏博镇警察。你的驾照呢？"

“忘在家里了。你是32琼斯，我认得你。警官是干什么的？”

“就是警察。你叫什么名字？”

“华莱士·斯特林费洛。”

“你住在附近么，华莱士？”

他在背后伸出大拇指，说：“就在那边不远的地方。”

“你没喝酒吧？”

“我没喝，警官。”

“你刚才难道没把一个啤酒罐扔进草丛？”

他摇了摇头。

“如果我现在去草丛里找出那个酒瓶，你确定上面没有你的指纹？”

“那不一定，我经常到处扔酒瓶，我就是个乱扔东西的人。但是开车的时候，我从不扔。”

塞拉斯注意到，车座后面的箱子里放着一个脏乎乎的枕套。他在犹豫，要不要检查一下。塞拉斯琢磨着，不知枕套上是不是挖了眼洞。尽管如今种族偏见已经不像他小时候那么严重了。他问：“你有枪吗？”

“没有，警官。”

“你常在附近开车？”

“有时候会。”

“这里大部分都是卢瑟福家的土地，你在这儿出现，就是闯入私人领土。”

“你的意思是，我开了会儿车，就犯法了？”

“如果这片土地上有围栏，立起指示牌，那么你就是犯法。”

“你要去哪儿？”

“没有什么特别的地方，我就是出来享受一下美好的天气。”

塞拉斯看着他，心里惦记的却是那个小木屋。“好吧，我这次只给你一个警告。一会儿，你顺着边道把那玩意儿骑回家去。如果今后你再骑着它上高速路，不管是否喝了酒，我都要给你开罚单，甚至给予更严厉的处罚。”

“是的，警官。很感谢您的警告。”

他看着那孩子发动了车。孩子冲他敬礼，然后开走了。一路颠簸，车里的枕套上下乱窜。塞拉斯摇摇头。

车停在拉里家门口，塞拉斯用徽章把系索打开，脱下制服衬衫系在腰上乘凉。他用扇子扇风，穿过田野来到树林边，在一个旧篱笆墙下停住，小心保护自己的T恤不被剐破。他讨厌螨虫、虱子、虫子和蛇之类的东西，时刻提防着它们。

“塞拉斯，你怎么了？！”

以前，母亲每天必须打两份工，还要再做清洁工，才能攒够钱买下福瑟姆的拖车房。那时候，塞拉斯固执地认为，母亲嫌自己累赘，所以送自己去外地上学。可是，母亲为了让他专心学习，不必打工，每周寄钱给他交学费。当他收到母亲辛辛苦苦攒下来的皱巴巴的五块钱和十块钱纸币的时候，他仍然骗自己说，母亲不爱他。现在，他明白了，尽管他从不给母亲回信，尽管他总是为母亲找麻烦，尽管他做了对不起母亲的事，母亲依然爱他。他“回报”母亲的，却是很少回家。塞拉斯每次回家，母亲都忙前忙后，精心为他准备每一餐，为他整理纸巾，为他夹鸡腿，为他倒牛奶或冰茶。他什么都不用做，饭来张口。母亲孤独寂寞，他却不肯看母亲一眼，只顾着匆匆吃完，溜出去玩。晚上，他开着母亲的车外出，和M&M还有其他高中同学聚会，剩母亲一人独自在家等他回来。

塞拉斯踩着落叶藤条，穿行在满是蜘蛛网和石楠的小路上。他慨叹，这片土地变了许多。到处是枯树断木，俨然一片破败的丛林，再也不是多年前两个小男孩的快乐天堂。他翻过一座土坡，来到山脚下的空地，在一株老木兰树下休息。黝黑的树干如此粗壮，塞拉斯张开双臂都抱不过来。他很熟悉树上的节瘤和螺纹，爬树的时候很便利。他抬起头，依稀看到树上坐着两个少年，一个黑人，一个白人。他继续前行，俯身钻过一丛尖利的石楠，看到另一棵熟悉的木兰树。树身齐腰的高度被棒球砸得光溜溜。塞拉斯用帽子拨开石楠，喘着粗气，艰难地走着。不知不觉中，没来得及看清，差点撞上小屋的外墙。

木屋好像比记忆中的还小，木头也更灰暗了，一副饱经风吹雨打的样子。外墙爬满了藤条和野葛，好像变成了某种战场，植物们拼命抱住小屋，拉向自己的怀抱。脚下的土地，瞬间化做有节奏呼吸着的有机生物。塞拉斯想象着这科幻的场景，仿佛听到了消化的声音。

他缓缓走上台阶，脚底触感轻软如苔藓。门廊就像洞穴，挤满了植物，新藤压着旧条，从屋檐边垂下来。蜜蜂在花丛中飞来飞去，硕大的灰蛾伏在墙上。他拨开藤条，瞥见前门上锈迹斑斑的大锁。

他退后几步，把帽子挂在树枝上，绕着小屋走走看看。脚下是潮湿的枯叶，墙上是密密麻麻的野葛和藤条。来到第一个窗口，他打着手电筒，向布满灰尘的窗户里张望，搜索他以前睡过的小单人床的痕迹，还有母亲的床，以及两张床中间的小桌子。角落里有个锈迹斑斑的大炉子。刚来那年，它们没有御寒的大衣，曾围坐炉边取暖。

他推了推窗户，发现里面锁住了，想来这窗户已经多年没有开过了。踩着枯草和叶子，他摸索着走到后墙。那扇窗户也锁着，挂满死虫的蜘蛛网和落叶枯藤纠缠在一起，树叶轻打着他的脖子。走到另一面墙边，他停下来，仔细观察。有人曾经打开过这个窗户，他能看出用力撬窗的痕迹。窗户的四片玻璃中有一片被打碎了，碎片散落在屋里。

难道有人打碎玻璃，伸手进去从里面开了门锁？塞拉斯忍住想要尝试的冲动，举起手电照了照。没有窗玻璃阻隔，屋里的景象清晰地展现在塞拉斯眼前。他看到了自己曾经睡过的床，床垫中间已经塌陷，肮脏破烂的床单中露出生锈的弹簧。最初的几个夜晚，母亲和他同床共枕。母亲总是在黑暗中走过来，说："儿子，往里挪挪，不然咱们都要被冻僵了。"炉火隐约照见她呼出的白气。

塞拉斯彻底看清楚了，确实有人进过小屋，地板上有一条长长的印迹。那人事后肯定用脚在地上涂抹，试图掩盖自己的脚印。他把手电对准床的下方，看到的情景让他心跳加速——在阴影里，有人挖出了一个坟墓。

第九章　特别的朋友

华莱士的来访使拉里意识到，孤独就是一种斋戒，长久寂寞后，即便最没有营养的陪伴，身体依然渴望至极。这是一种自己都未曾意识到的绝望。

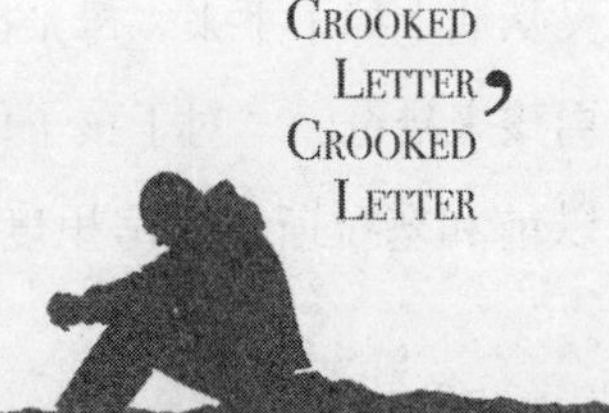

拉里三十一岁那年，发现仓房里的情况有些异常。当时，母亲刚刚被送入养老院，而卢瑟福家的女孩还没有失踪。母亲的阿尔茨海默病只是早期阶段，所以人还比较清醒。拉里每天下班回家的路上会去看望她，周末待的时间长些。邻床住着一位黑人妇女，不是熟睡就是望着窗外发呆。母亲问起店里是否有生意，拉里总是说："有那么一两个。"母亲还惦记着家里养的鸡，拉里总是说："埃莉诺·罗斯福今早下了一个大蛋。"

拉里发现，自己一出门上班，就会有人偷偷溜进仓房。他将此事告诉了母亲。他说有一天晚上回到家，发现后门半开着；还有一次，干草叉从墙上掉了下来。母亲很警觉，让他锁好门。她说，可能是附近的男孩来猎奇。"对于孩子们来说，仓房是个奇妙的地方。"拉里想起以前和塞拉斯在仓房里度过的快乐时光。那时候，他们还都是孩子。

阿尔茨海默病的好处在于，母亲首先丢失的记忆片段，是关于辛迪·沃克的事，还有其绝望痛苦的后果。也许这是上天的恩惠。对于坐在躺椅上的她来说，辛迪·沃克的事不曾发生过，也与仓房的异常情况无关。起初，拉里跟母亲描述过那些明显的人为破坏痕迹——饲料间的木盒子无故被打开，鸡饲料袋翻倒，链锯挪了位置，卡尔原本整齐有序的工具箱乱成一团，鱼饵和钩子都丢了，鱼竿也歪歪斜斜。后来，为了不让母亲担心，拉里并没有说，家里的公鸡和旧自行车都不见了。拉里只是轻描淡写地讲了在仓房后面发现的光脚丫印。一天清早，拉里没去上班，而是把车开到仓房里，藏了起来。拉里心中其实有些嘀咕，工作时间不去开店，说不准正好有客人上门光顾呢？他躲进干草棚，看小说。大约十点，他听到仓房后传来踩过枯叶的脚步声。拉里从梯子上爬下来，藏在后门旁边的畜栏里。他拿出僵尸面具，套在脸上。然后，门开了，一头金发出现了。那人浑身脏兮兮的，像个刚下的鸡蛋。拉里笑了。这孩子上身赤裸，光着脚丫，只穿一条牛仔裤，手里拿着一根弯曲的棍子。拉里按兵不动，等他进屋，小眼睛适应了昏暗的光线。然后，拉里突然从畜栏里出来，举起胳膊，手指弯成爪子状，大喊一声："啊！"

男孩猛地弹起，像踩了弹簧，大叫着跳到半空，又落地，冲到门边。脚下不稳，摔倒在地，又慌张地爬起来，仓皇逃走。拉里摘下面具，把棍子扔到一边，打开仓房大门，开车出去，又把门关上。他把面具扔进柜子，开车去上班了。

"他应该得到教训了。"母亲听后，笑了起来，下巴上沾着卷心菜。"多丽丝，你听到我儿子讲的故事了吧？"伊娜对邻床瘫痪了的黑人小老太太说，可老人依旧望着窗外。

"可怜的人，"母亲小声说，"她已经记不起自己叫什么名字了。"

大家都介意拉里的过去，所以除了孤苦伶仃的老人，没人愿意和拉里的母亲同住。谁会不介意一个有谋杀嫌疑的人经常出现在自己屋里呢？孤寡老人没有家，也没有家人替他们抱怨。

时间一年一年地过，老人们相继离世。拉里记得，母亲住进养老院后，曾经和母亲同屋的老人，已经有四位都在梦中去世。拉里看着母亲一点一点丧失记忆力，直到有一天，她也忘记了自己的名字，然后是拉里的名字，最后是家里的那些鸡。拉里每周六来探望母亲，她日渐消瘦，呆呆地躺在床上，等死。旁边的黑人老太也是如此。

十年后，那个在仓房里被拉里吓唬的男孩，又回来了。那是十一月的一个周五，拉里下班后回到家，坐在门廊上读书。他没有立刻换衣服，虽然白天出了点汗，但工作服并不太脏。拉里把衬衫抽出来，鞋放在门边。这是小时候母亲在家时养成的习惯，谁也不能把工作鞋拿进屋里。

拉里已经吃过晚饭。同往常一样，他在肯德基吃了两块鸡胸肉，双份土豆泥加肉酱，和一块饼。现在，他正在喝第二瓶可乐。那是拉里用黄色塑料箱从店里拿回来的，以前的货箱都是纸壳做的。拉里原本以为，那天晚上就像他生活中无数个平常夜晚一样，读书，看电视，洗澡，上床，再看一会儿书，然后入睡。第二天，他依旧早起，剃须，穿上干净的工作服和周六的蓝色牛仔裤，按时去上班。晚上下班，他去看母亲，带上鲜花和相册，希望母亲能记起自己。否则，他只能陪母亲坐着，看着母亲注视的方向，琢磨她到底在想些什么。拉里口袋里放着手机，随时准备接听母亲的电话。最近电话很少，拉里担心，下一个电话也许就会是最后一个。说不定哪天，母亲会突然悄悄离开，去了那个她一直注视着的地方。

当拉里听到半英里外的高速公路上传来汽车声时，他停下，把手指放进书页中夹着。拉里的手指甲肯定是全密西西比州机械师中最干净的。汽车声越来越近，一会儿，他听到车轮碾过石子的声音，看到右边的树林里传来车灯的光亮。他低头看了看自己的脚，琢磨着要不要穿上鞋子——赤脚接待客人是很不礼貌的——但他还是决定不穿。他是这一带唯一的住户，没人会来探望他。也许有人迷路了，或者要找地方喝酒，放烟花。他把可乐放在地上，书放在椅子上，起身等待。

那是联邦快递公司专用的新型小货车，车身上涂着蓝漆，印有DIRECTV[①]的字样。看司机的状态，并不像迷路的人。他冲拉里招招手，将车停在路边，拔下钥匙。发动机冷却的当口，司机从座位上收起东西。他戴着太阳镜，满头的金发肮脏凌乱。他打开车门，下来，关上车门，走上土坡，再次向拉里挥手打招呼。

“嘿，我叫华莱士·斯特林费洛。”他说。拉里看到，这人二十多岁，身高不到六英尺，留着山羊胡，很瘦。他上身穿着一件过大的DIRECTV衬衫，皱巴巴的，下身穿一条卡其长裤，脚穿一双破运动鞋。福瑟姆有几家姓斯特林费洛的，但拉里并不认识他们。

“晚上好，”拉里说，“有什么事吗？”

华莱士伸出脏兮兮的小手，拉里愣了一会儿，然后跟他握手。华莱士的手掌黏糊糊的。拉里能闻到他身上的酒味。

---

① DIRECTV公司，以推行直播电视为主，成立于1994年，总部在美国加州埃尔塞贡多市，由美国新闻集团下的福克斯娱乐集团辖控。

华莱士把记事本夹在腋下，从衬衫兜里掏出一包万宝路，说：“嗯，我们在附近安装设备。我有点迷路，恰好看到你家没有天线接收器大锅。”他掏出一根烟，点着，冲着拉里的屋檐努了努嘴。“那个过时的天线能收到几个台？三个？”

“很感谢你一路开过来，但是我真的不需要。那几个频道足够我看的了。”拉里说。

“当然当然，谁都只能一个频道一个频道地看。”华莱士说，“但是，你不知道，有那么多精彩的频道，节目适合不同人的口味。只要安装一个接收器大锅，你的夜晚就会无比丰富。”他指了指，又说：“我可以帮你装在房顶上。它就像一只耳朵，总在聆听天空的声音。你要是喜欢烹饪节目，就能收看烹饪节目。不论罪案剧集、犯罪调查，还是柔道，什么节目都有。”

“我很感谢你一路开过来，但是……”拉里说。

“给你。”华莱士说着，塞给他一本宣传册。

拉里接过，打开，看到里面有一个很长的电视频道列表。“的确有很多频道。”他说。

“还不到一半呢，我可以让你收到一百二十多个频道，每月费用不到一百美元。ESPN，HBO，Skinemax，等等，都有。”

拉里摇摇头。

“那我坐一会儿吧，开了很长一段路。我又不咬人。”华莱士说。

“好吧。很抱歉，我这里不常来客人。”拉里说。

华莱士跟着拉里走上台阶，来到纱门前。拉里突然停住，华莱士差点撞上他。

"我们就在外面坐坐吧，比较凉快。"

"你的家，你说了算。"

拉里说："我去去就来。"

他进屋，看了看表，一会儿就要播新闻了。华莱士透过纱门，向屋里张望："不错的房子，有人帮你收拾吗？"

"没有。"

拉里把宣传册放在厨房餐桌上，拖出一把椅子。拉里出来时，发现华莱士把所有的宣传册都堆在门廊上，用笔记本压着。华莱士叼起香烟，接过椅子，把它转过来，手放在后背上反向坐着。

拉里站在门边，问："你想喝点什么吗？"

"有7&7吗？"

"抱歉，没有。"

"波旁威士忌呢？"

"我有可乐。"

"可乐能做什么？"华莱士笑了。

拉里扭头看了看屋里，说："我没有那些，我不喝酒。"

"啤酒也没有？"

"很抱歉。"

"那我来点儿可乐吧。"

拉里点点头，进屋从冰箱里拿出一瓶可乐，摘下冰箱贴开瓶器打开瓶盖，走了出来。华莱士已经把椅子转到前面，靠墙坐着，跷着二郎腿。

"谢谢。"他说，一口就喝下了大半瓶可乐。"你叫什么？"

“拉里。”

“拉里什么？”

他犹豫了一下，说：“拉里·奥特。”

华莱士听了，没说什么，仰头喝光剩下的可乐，放下瓶子，说：“奥特先生——”

“叫我拉里。”

“好吧，拉里，你高中读哪个学校？”

“福瑟姆。”

“我也是。你哪年毕业的？”

拉里耸了耸肩。他不想回答，可华莱士一直等着他开口。“我没毕业。”

“为什么？”

“我退学了。”

“我也是。”华莱士笑了，说：“你为什么退学？”

“没有为什么。”

“我也是。咱们就是一群辍学的孩子。母亲总是唠叨着说让我考个GED[①]，也许我是该考一个。”

拉里起身，站了一会儿，也没打听华莱士他们公司的老板是否介意自己的员工酒驾。他走到椅子边，拿起书，坐下。

“你看的什么书？”华莱士问道，抽完嘴里的烟。

拉里把书举起，华莱士把烟蒂扔在门廊上，用脚踩灭。“我看过

---

① General Education Development，为失学青年设计的课程及考试，通过后可以取得普通高中同等学力。

那部电影。你想装一个接收器吗？这样就不用看书了。”他又掏出一根烟，点燃，嘴边露出狡猾的笑。“你说你叫拉里·奥特？我怎么没听说过？”

拉里看了他一眼，说：“附近的人基本都听说过。”

“等等。你就是那个杀人犯，高中的时候杀了个女孩。”华莱士诡异地笑着。

拉里低头看着自己的脚，后悔刚才没有把鞋穿上。

“这就是你退学的真正原因吧？啊，你太出名了。又或者是，臭名远扬。”

拉里忍住，没有争辩，不安地坐在椅子上，说：“你还想让我买接收器吗？”

“我才不在乎呢。如果你想买一个，我就卖给你一个。如果你想买两个或者三个，我就卖给你两个三个。我要做的，就是在你的屋顶找到一块离天空最近的位置，装上，然后关掉你的有线电视。但是，要等到下周一才行。”

“下周一？”

华莱士从兜里掏出手机看了看，说：“现在已经过了五点半，今天是周五，我的周末正式开始了。”

“那么，周末愉快，华莱士先生。咱们周一见？”拉里起身。

“就这么定了。”

华莱士拿起笔记本和宣传册，跳下门廊，匆忙走出院子。他坐进车里，拉里挥手告别。拉里手扶着柱子，看着他发动了汽车，开始打轮。掉头后，他按了声喇叭，换挡，车子差点熄火。华莱士的车在路上迂回着，向远处驶去，在树林里渐行渐远。拉里拿起椅子进了屋。

那天晚上，拉里躺在床上，想到华莱士，笑了起来。他并不介意华莱士对自己撒谎，他知道华莱士就是那个多年前闯进自己家仓房捣乱的孩子。那张脸，长了，也更邋遢了；那双小眼睛，还是眯缝着。拉里想起他仓皇逃走的情景，又笑了起来。华莱士看起来不坏，只是个好奇的年轻人。拉里想起他曾经在仓房偷鱼饵和公鸡的劣迹，祈祷那辆车不是他偷的。

拉里翻了个身。

每晚睡觉前，他都会为母亲祈祷，今晚也不例外。他祈祷第二天母亲会清醒过来，给自己打电话。如果，来电通知他母亲去世的消息，他希望上帝能将睡梦中的她安静地带走。然后，他祈祷上帝宽恕自己的罪恶，为自己带来顾客和生意。

周一下班后，拉里坐在门廊上，没有看书，只是静静地等待。蝙蝠、鸟雀和昆虫与他为伴，微风吹过，母亲的风铃自然响起。暮色渐浓，黑夜依次吞没了远处的树林，对面的篱笆墙和附近的马路，最后浸染了整片天空。拉里的卡车也隐匿在夜色中。群星在空中闪烁，好似仓房屋顶上的小空洞。拉里有点失望，但并不觉得意外。

两个月后，华莱士再次出现时，拉里早已对他不抱任何希望。当时，拉里正在看书，听到外面有车声，他抬起头来。马达声越来越近，一辆四轮车出现在树林边，驾驶员没戴安全帽，跟着车一路颠簸。来到拉里门前，他熄了火，停下，嘴里叼着根烟，双腿中间放着一个皱巴巴的褐色大袋子。

“嘿，拉里。”华莱士叫道，跨坐在四轮车上，好似在骑马。

拉里起身，一手扶着柱子，另一只手拿着书。“嘿，华莱士。”

华莱士跨过油箱，下了车，一副牛仔的架势。他穿着宽大的T恤和短裤，好像就是上次那套。他走过来，抱着那个大纸袋子。

“见到我你很意外吗？”他问。

“有点。”

华莱士走到门廊上，把纸袋放在柱子旁。他从袋子里拿出一罐百威啤酒，递给拉里。

“谢谢。”

“干杯。”华莱士说着，打开罐子，喝了起来。

“你决定不帮我装接收器了？”

华莱士说着，咽下一口啤酒。“说了你也不信，DIRECTV把我解雇了。”他坐在楼梯上，背靠柱子，抬头看着拉里。拉里把书挪开，坐下。

拉里问：“那么，你一直待业？”

“没有，我做油漆工。这次你看的是什么书？”

拉里说出书名。

“啊，这也是一部电影。你看过吗？”

“嗯，但是书比电影精彩。”拉里说。

他们坐了一阵儿。

“拉里，你不怎么喜欢我，是吧？”华莱士问。

拉里很意外，抬起头，见华莱士一脸严肃地看着自己。

“没关系。很多人都不喜欢我，他们觉得我很怪异。我退学就是因为不想再被人嘲笑。”

拉里又吃了一惊，说：“不是我不喜欢你，我就是跟你不熟。”然后，又补充说：“再说，我这里也不常来人。”

“为什么？你是个健谈的人。我觉得，你这里应该有很多朋友，听你讲笑话，跟你喝啤酒还有7&7。大家一起喝醉，一起狂欢，亲密无间。”

拉里笑了，用手掩着嘴。他自己都记不起，多久没在别人面前笑过了。他说：“我的上一个客人，如果不算DIRECTV工作人员的话，应该是那群醉酒的年轻人。有天晚上，大约凌晨一点，他们开着辆福特Explorer路过这里，停在那边，”他指了指马路，“然后，他们开始往我家房顶上扔啤酒瓶，嚷嚷着想让我出去。”

“你出去了吗？”

拉里摇了摇头。想起当晚自己躲在窗帘后，听着仓房里受惊的鸡叫闹着，庆幸母亲不必经历这一切。就算那群孩子要破门闯入，他也不会打电话。

“他们中有个人，拿着球棒走过来。”

“狗屎！”

“他是个大块头，就站在那儿。”

“然后呢？”

“他的朋友们都在喊着让我出去。”那群孩子骂拉里是“杀人犯、强奸犯、笨蛋、鸡屎”。这些称号拉里已经听过无数次，不想再听。“最后，他用球棒敲碎了我的车前灯。”拉里说。

“妈的！”

“跟着，又敲碎了风挡玻璃。”

“你没有枪吗？”

拉里摇摇头，华莱士张大了嘴，无法相信眼前这个事实。“你应该开车到沃尔玛，买一支点12，他们正在促销，大概1.98美元。我可以陪你去。”华莱士喝了口啤酒，问：“然后那些人干什么了？”

“没干什么，走了。”

拉里没有告诉华莱士，他并不在意那群孩子砸坏自己的车灯和风挡玻璃，只求他们早点离开不惹麻烦。他可以自己修好这些，也正好有活可干。第二天，他开车去买零件，站在柜台里的约翰逊接待了他。看到如蛛网般支离破碎的风挡玻璃时，约翰逊问道：“那不是你的模范福特吗？”拉里说是。约翰逊皱了皱眉头，走到车尾，帮拉里把新的风挡玻璃抬到车上，没再多问一句。他心想，肯定有人用球棒砸了车。

“妈的，如果那帮农村人这么对我，我就拿着枪冲上去！”

“什么？”

“你怎么没养狗啊？”

“我对狗过敏。”

“我养了一只很棒的狗，是比特犬和原产中国的狗交配的，叫‘杀人小丑’。没有比它更好的看门狗了，它最恨黑人。”

“为什么？”

“我觉得它很聪明。看到有人靠近我们家院子，它就疯狂地叫。如果你想借它来看家，跟我说一声。我们可以把它拴在这儿，我看谁还敢来找你麻烦！”

“没关系，其实找我麻烦的不是黑人。”

华莱士喝完啤酒，把罐子捏瘪，放进纸袋，又掏出一罐。他坐着，抽烟喝酒，讲起他之前养的那些狗。“一只是白色的小母狗，叫特丽克西，后来得了犬丝虫病。它经常走着走着突然停下，僵住，摔倒。然后四脚朝天，躺在地上。”华莱士说那场景非常好笑，直到有一天，它摔倒后再也没爬起来。还有一只毛发蓬乱的褐色大狗，有牧羊犬的血统，叫Pal[①]。它喜欢追着车跑，后来被一辆木材车轧扁了。华莱士说，自己养过的那些狗中，有五六只都是被撞死在路上的；有三只是被枪打死的——一只是他自己打的，一只掉进了陷阱，一只喝了防冻剂；还有一只是被棉口蛇咬死的，脖子肿得像得了甲状腺炎。”

“你从哪儿弄来这么多狗？”

“大部分是流浪狗。”华莱士又开了罐啤酒。“另外，我认识一个老婊子，名叫佐治亚·派恩。她的狗每年生两次小狗，所以我们总是有狗。后来，她也死了。”

拉里不想追问什么。

“是被火车撞死的。”华莱士说，“有一次，她把一窝幼崽养在地下室。燃气管道漏气，我们却不知道。母狗躺在漏气的管道边，就着热气，生下了小崽，全都是畸形。”华莱士笑了起来：“一只没有眼睛，一只没有尾巴，一只爪子残疾。”

拉里摇摇头：“那你们怎么办？”

“母亲说要扔掉，我就把它们扔进了一个水塘。后来，我从一个黑人那里得到‘杀人小丑’。刚来的时候，它脾气很坏，总是在晚上

---

① 兄弟，朋友的意思。

出去抓犰狳带回院子。我早上总能在院子看到两三只死犰狳，全部被剥了皮，就像从土堆里钻出的破皮囊。母亲让我把它拴起来。我和‘杀人小丑’还有另一个相似之处。”

“什么？”

“我也讨厌犰狳。母亲的男友是个水管工，他把犰狳叫做‘长甲的假老二’。我小时候经常抓它们，扭住尾巴，不停地摇，把它们当球踢，然后丢到水里淹死。现在，我听说那玩意儿能传染麻风病。”

“华莱士，”拉里准备好要换话题，“跟我说实话。”

“只要不治我罪，我就说。”

“你是不是根本就没在DIRECTV工作过？”

华莱士笑了笑，喝完最后一口啤酒。“好吧，被你看穿了。其实，那辆车是我向母亲的男友借的，他才是专门负责安装的师傅。他为我们家免费装了一台，能收到所有的收费频道。”

“你借他的车出门，跟他打过招呼吗？”

“当然没有，他和妈妈去看赛狗了。如果被他知道了，他肯定要向我收钱，还得计算利息。说到狗，那边有一种很凶的恶狗。”华莱士说：“好像是灰狗，跑得特别快。比赛结束后你可以去领养一只做宠物，不过一定要小心，如果家里有小孩子，恶狗会追上他们，撕个粉碎。”

“你为什么要开那辆面包车呢？怎么不骑你自己的四轮车？”

“喊，老兄，就凭你的名声？我怎么知道你会不会把我杀了，然后埋在树林里？”他笑了，说：“开玩笑的。我只是觉得开车来比较好，你知道……”

“试水？”

“嗯。”

他们又坐了一会儿，华莱士捏瘪了罐子，把它们都放进纸袋。“你们家真的没有酒？”

“只有可乐。”

“好吧，我先回去了。一旦开喝，我就停不下来。”

他起身，靠在柱子上。“你知道吗，拉里，如果你想装接收器，我也许能说服母亲的男友，让他来帮你装一个。不过你要答应我，别跟他说我私自开车出来的事。”

“没关系。”

“或者，我可以带‘杀人小丑’过来，为你看家护院。”

“谢谢，不用。”

“你结过婚吗？”几天后，华莱士又来到拉里家。

拉里说没有。

“那你有女朋友吗？”

“没有。”

“那你有欲望怎么办？”他握紧拳头，竖起来。“你不是那些四十岁的老处男吧？”

“不是，”拉里说，“我四十一岁。”

华莱士笑破了肚皮，嘴巴和鼻子里不停吐着烟圈。

“唉，我也单身，”他吸了口气，“但是，我有个老友在福瑟姆，我时不时地会去找她。她叫伊芙琳，我们俩时好时坏。”

“有时候，我跟着叔叔去Dentonville做油漆工。那里有个黑人女孩，我经常去光顾。她是个瘾君子，好像是叫旺达还是什么。收二十美金，她就能让你很爽；收三十美金，她能让你飘飘欲仙。下次你开车，咱们一起去，包你过瘾。”

“谢谢，不用了。”

“我最近刚去过Dentonville。”

“去刷油漆？”

“嗯，还惹了些麻烦。”

“什么麻烦？”

“在酒吧里跟人打架。”

这次，华莱士带来了一箱啤酒，用绳子吊在四轮车尾部。他一个人喝掉了大半，醉得很厉害，拉里开始为他担心。天气转凉，落叶在风中四处飘散，雁阵朝南方飞去。拉里穿着制服夹克，戴着帽子；华莱士穿着帽衫，手不停地扯着帽子，身上的长裤有磨损的痕迹。华莱士手机里存着‘杀人小丑’的照片，拿出来给拉里看。

“看起来很凶。”

“唉，老兄，你不知道，母亲的男友总说我应该一枪杀了它。但是，我跟他说，‘乔纳斯，你要是杀它，就是对它的挑衅！’”他喝了口啤酒。

“华莱士，”拉里说，“你就是曾经在仓房里被我吓到的小孩，对不对？”

他回头，笑笑说：“嗯，确实是我。你戴着面具，我差点儿吓破了胆。”

“我不想让你在仓房里出现什么意外。”

“好吧，我确实害怕了，不敢再去。惊吓大约持续了……一周时间吧。”

“你又回去了？”

“仓房？当然没有。我去山谷的小溪钓鱼，还找到你钓鱼的位置了呢——你曾经坐过的五加仑水桶，扔进树林再也找不回的旧木塞。我自带钓具，从河里捉了条紫虫子做鱼饵。但是，我什么都没钓到，也许你早已经把河里的东西钓得一干二净。”

“我才没有。那是木材厂的下游，积满了淤泥。这些年里面都没什么东西。”

“我以前经常脱光衣服去游泳，全身赤裸。”华莱士说，“你知道我第一次听说你的大名是什么情形吗？那时候我上四年级，同学们都在议论，说学校里有个可怕的怪人，绑架了那个女孩，杀人弃尸。而他平时就生活在我们中间，和大家一起上课，一起学习。”

“大家都这么说？”

“有些人这么说。老师们都说：‘你们别理他，离他远点。也许是个危险人物，千万别惹他。’”华莱士笑着说：“所以，现在我来惹你了。”

“你没惹我。”

“不过，上学的时候，我就从不听他们摆布。有一个老师很喜欢你，你知道吗？就是麦金太尔老师，她教英语和美术。她经常跟我们说，你很会画画，还给我们看你的画作，是一个小卡车。她说那画恰到好处地展示了一种透视。”

“是‘视角’。”拉里说。

华莱士继续说：“我第一次亲眼见到你，是在教堂里。当时我大约十一岁，在Dentonville第二洗礼堂。母亲的男友住在附近。”

“就是那个安装有线电视的家伙？”

“不，是个机械操作工，他常来接我们去度周末。那个肥佬——我忘了他叫什么名字——从不去教堂。妈妈每周都去做礼拜，不管他约会的男人住在哪里，她都会把我从沙发上拽起来，开着那人的车，带我去附近的教堂。一般是去洗礼堂；有一次去了贫民窟附近的卫理公会教堂，简直就是个黑鬼教堂；还有一次去了天主堂。非要选的话，我还是最中意卫理公会教堂，因为可以早点滚出来。

“布道开始前，我都会出来跟同龄的孩子们玩，也有比我小的。那天，我听到有个孩子问：‘你们觉得他会回来吗？’”

“‘他最好别回来。’另一个孩子说。

“‘你们在说谁？’我问。

“‘恐怖拉里，’第一个孩子说，‘你认识他吗？’

“‘当然了，我们是同学，都在夏博。’

“‘你骗人。’他说。

“‘你知道个狗屎。’我说。他们都惊呆了，因为我在教堂门口说脏话。

“然后，一个孩子的母亲探头出来，叫我们进去，说要开始唱诗了。我们进了教堂，他们都和父母坐在一起，我在后排找了个座位。母亲并不在乎我是否在她身边，她只要求我老老实实、安安静静的。

“他们开始唱第一支歌。我听到门轻轻被推开，你走了进来。虽然我从没见过你，但是看到你进门的样子，你回避大家的眼神，我就知道肯定是你。你穿西装打领带，在后排坐下。其他人也认出了你，开始交头接耳，窃窃私语。听得出来，他们不喜欢你来教堂。我觉得你很聪明，那么晚才进来。”华莱士顿了顿，把烟灰磕在门廊上，然后说：“我一直看着你。你起立，唱歌，能背出全部歌词。你对照着手中的《圣经》，认真听牧师讲经，闭上双眼祷告。我知道，你会在散场前先走。在最后一个‘阿门’还没说完前，你就起身出去了。

“我跟着你出了门，看见你手拿《圣经》快步离开。我大喊一声‘嘿’，可你没有回头。你匆忙回到红色皮卡车上，就是那辆。”华莱士探头看了看，说：“你还记得吗？”

拉里记得。看着华莱士，他想起了那张脸。有个男孩在他身后，喊了一声“嘿”。那语气，不是愤怒，而是好奇。男孩有双小眼睛，招风耳，头发很细，衣冠不整，不太适合去教堂。他刚才独坐在教堂后排座位，心不在焉，总是偷看自己。就因为这个男孩，拉里后来再也没去过那间教堂。

“啊，那是很久以前的事了。”华莱士说，“第二个星期，我们又去了那间教堂，但是没看见你。他们都说，如果你再来，他们就要给你写封信，说你不配去他们‘美好的卫理公会教堂’。”

“我是不配，怪不得他们。”拉里说。

“嘁，去他妈的！”华莱士说。

“你知道啤酒有什么问题吗？你不停地喝，越喝越生气，仅此而已，屁用不管。不过，我还有另外一样东西。”华莱士说着，拍了拍自己的裤兜，“它能让我舒服点儿。”他打开口袋，掏出一包苏里特[1]，毕恭毕敬地在腿上铺开，打开锡纸包，剥掉塑料玻璃纸，放上卷烟纸。

拉里犹豫着说："你还是回家再弄这个吧。"他低头看着自己的脚。

华莱士一边卷烟，一边流口水，头也不抬地问："为什么？"

"我不想惹麻烦。你知道吧，犯法什么的。"

"你这种臭名昭著的人还怕犯法？妈的，法律是个屁！拉里，你见过法律吗？屁也没有，只有我们这帮辍学的人，和他们那群秃鹰。如果你觉得不舒服，咱们可以进屋。"

华莱士一边卷烟，一边冲拉里眨眼。他用舌头舔舔纸的边缘，一整个含进嘴里；再拿出来时，一支弯弯的白色大麻烟卷就成形了。拉里头一次看到这东西。华莱士把抽了一半的烟扔到地下踩灭，拿出打火机点了大麻卷，深吸了一口，举着递给拉里。

"不用了，谢谢。"

"真的？"华莱士憋着口气，让烟在嘴里逗留。"我从夏博那个黑人那儿拿到的好东西。他叫M&M，你认识吗？"

"不认识。"拉里说。但其实，拉里认识他。在学校的时候，他是塞拉斯的队友。

华莱士吐出一长串烟，"我总是说，M&M，你是真傻还是假傻？"他又吸了一口，递给拉里："你真不抽？"

"不抽。"

---

① Sucrets，音译，去甲麻黄碱，常见的中枢神经兴奋药物，可引起厌食，增加代谢率和兴奋中枢神经系统。

华莱士望向远处的田野，吞云吐雾，似乎忘了自己身在何处。拉里坐在摇椅上，看着远处飞过的蝙蝠，听着草丛里的蛐蛐叫声，还有母亲的风铃声。风铃的声音很轻柔，不似金属音。拉里总觉得，这风铃的响声像骷髅在弹吉他。两人坐在门廊上，看夕阳染红天空，暮色浸染树林。

12月24日，星期三。拉里已经有几周没见过华莱士了。圣诞节是拉里一年仅有的四个假期之一。早上，他打算去河畔家园看母亲，为她送去圣诞礼物——一件新睡袍，一个种好鲜花的小鸡型花盆，和一双拖鞋。他为母亲同屋的黑人老太太也买了一双拖鞋。为挑选这些礼物，他在沃尔玛里逛了一小时，这是一年中他最喜欢的逛街时段。

下班后回到家，拉里生起壁炉的炉火，坐下看父母的照片。然后，他做了一份炸鸡排，打开电视，边看边吃。电视里又在播放《圣诞怪杰》[①]。他看了自己最喜欢的节日电影，《圣诞故事》[②]。播放到拉尔夫的父亲给他买玩具枪的片段时，拉里眼睛湿润了。他喝了在沃尔玛买的蛋奶酒，看了会儿书，然后在炉边的椅子上睡着了。

午夜时分，拉里被惊醒，意识到有人在外面的门廊上。他从椅子上坐起来，书掉在地毯上。从没有人在圣诞前夜来找他麻烦。他走到窗边看了看，没人。他没有开灯，静悄悄地打开门，从纱门向外望去。冷风吹走了他呼出的热气，风铃一直在响，摇椅不停摇晃。

---

① Grinch steal Christmas again and bring it back，改编自著名童话故事，环球影业公司2000年出品，获2001年奥斯卡最佳化妆奖。

② A Christmas Story，米高梅电影公司1983年作品，圣诞电影经典。

还是没人。

他想，大概是树枝被风吹到门廊上来了，正欲关门，他突然发现椅子上好像有东西。他打开纱门，走到摇椅旁，看见椅子上放着一个系了红丝带的鞋盒。

他四下里张望了一圈儿，把盒子拿进屋里，坐在壁炉边的椅子上。他摇了摇盒子，又把耳朵贴上去听了听。他解开丝带，掀开盒盖，看到一把旧的点22左轮手枪。校验器已被磨损，颜色也掉了大半，不过木把手尚紧，瞄准器也完好。拿过枪的手上沾有油迹，看来有人擦过这把枪。鞋盒里有一盒长子弹，旁边放着一张折起的白纸。拉里打开，看见上面写着：“拉里，圣诞快乐！圣诞老人贺。”

新年前夜，华莱士带来一包烟花。他们在田野里放烟花。

“有人来看过我。”拉里望着天上的烟花说。

“哦，是吗？”

“给我送了东西。”

“什么东西？”

“手枪。一把不错的点22。”

“嗯，很好。下次再有人找你麻烦，你就开枪。打死几个，看他们还敢不敢再来！”

“谢谢。”拉里说。

“谢什么？”

拉里特意拿了两个空可乐罐，用来放烟花，可华莱士直接上手。点燃后，看鞭炮捻窣窣烧着，再一把扔出去。爆竹腾空而起，在夜空中绽放。

这让拉里回忆起那年和沃克一家放烟花的情景，他开始给华莱士讲这段往事。当初拉里讲给塞拉斯听的时候，塞拉斯从头到尾都没笑。现在，拉里模仿着塞西尔上蹿下跳地拍打着自己口袋的狼狈相时，华莱士笑得前仰后合。

然后，他们穿好大衣坐在门廊上。拉里在摇椅上，华莱士在台阶上喝啤酒。他抽完大麻，在台阶上弄灭，放好苏里特，装进衣兜，拉上拉链。华莱士时不时地点一根爆竹，扔到院子里。夜很黑，没有星光。只有在火光亮起的时候，拉里才能看清华莱士的身影。四周充满了各种奇妙的声音——他们的说话声、拉里椅子的声音、华莱士开啤酒的声音、蟋蟀声和风铃声。午夜时分，拉里伸了伸懒腰，华莱士用香烟点燃一个爆竹，扔进院子。他们看着爆竹捻窣窣燃尽，但却没有引爆。

“废物。”华莱士说。

“拉里？”

拉里打了个哈欠，伸了伸懒腰。时间跳转到一个月后。华莱士如今每周都要来拉里家一两次，喝啤酒，抽烟。入夜后，开始吸大麻。

华莱士说：“给我讲讲那女孩的事。”

“女孩？”

“你知道的，就是那个……”

“哦。”

“是你杀的吗？”

“不是。”拉里说。

“你介意给我讲讲吗？”

“很久都没人问起了。”

“如果真是你杀的，你能跟我说实话吗？”

“我只是跟她出去约会。仅此而已。”

“哦。那约会时发生了什么？你们做了？”

“没有。”

“为什么？”

“就是没有。”拉里说。

“你不是喜欢男人吧？”

“不是，不像你说的那样。”拉里说。

“那就好，我可受不了同性恋。”华莱士说。

华莱士说：“你知道我们应该去干什么吗？”

“干什么？”

“去你说过的那个小木屋。”

“这都被你发现了？”

“嗯。”

“我觉得那小屋快塌了。”

“嗯。你知道我以前常做什么吗？”

“什么？”

“在里面玩。”

“那小屋不是锁着的吗？”

“嗯，但是有一扇后窗能打开。我爬进去，里面全是灰尘和蜘蛛网。你见过负鼠吗？它们在我裤子上拉屎，吓得我一个月都没敢去。我以前很害怕，偷跑进恐怖拉里的小木屋。我是不是疯了？！有时候我也担心，万一小木屋就是藏尸地呢。

“我曾经查过几个你可能藏尸的地方，但什么都没找到，连本旧杂志或者破避孕套都没有。

“我不该跟你说这些，”华莱士说，“但是我现在心情很好，像吸了笑气。你知道吗，以前我经常想象，自己在小木屋里玩，被你关起来做囚犯。可你不杀我，只是让我待着。后来我们就成为朋友。”

天已经黑了，华莱士又准备吸大麻了。拉里看到华莱士打火机的火光，但是烟没点着。华莱士愤愤地把大麻烟卷扔到院子里，骂了一句。烟卷弹了几下，好似将死的萤火虫。

“你知道吗，我根本不在乎你是否是凶手。就算你杀了那女孩，咱们也还是朋友。”

“我没有杀她。”

“我说我不在乎，就算是你先奸后杀。女人有时候真让人抓狂，不是吗？你不用跟我解释。

“不过，你可以相信我。我们是朋友，最好的朋友。我不会揭发你，不会向警察告密。你可以告诉朋友任何秘密，这就是朋友的意义。”他又点了根烟。“所以，如果你真的奸杀了她，我只想知道，你是怎么杀的。”

“我没有杀她。”拉里说。

“有时候，她们喜欢并且巴望着被你强奸。把她们弄到小木屋里，扔在地上，堵住嘴巴，撕开衣服，扇几巴掌，打几下屁股，用腰带勒紧，从后面插入，给她们点颜色看看。”

“华莱士，我不想说这些。”

“你没想过这些？我以前听老娘和男人议论过，她喜欢他们打她的屁股。”

拉里起身，膝关节发出声响。“我去睡觉了。你喝醉了，还抽了大麻，听听你自己都说了些什么。”

“等等。”

拉里从华莱士身边走过，伸手进门打开开关，门廊上顿时充满光亮。华莱士一手遮住眼睛，一手遮住下体。拉里早就看见，他下身挺起的部分。

“晚安。”拉里说着，把头扭向一边。

拉里进屋，关上纱门，拴好。又把内门关好，锁上。

华莱士在门外站着，用手罩起玻璃向屋里张望。

“拉里，”华莱士喊道，“等等。”

“回家吧，小心开车，等你清醒了再来。”拉里说。

“等等！”

“晚安。”

华莱士急得快要哭出来，用额头撞着玻璃说：“操你妈！我知道你都干了些什么，你强奸了她又杀了她。大家说得对，你就是个疯子！”

他头撞窗户，脚踢墙，嘴里骂着：“你个怪物，我现在就去揭发你，把你的罪行都说出来。”

拉里开门出来，华莱士滚到院子里，还在骂着：“你是个疯子！”

“我从没伤害过任何人，你赶紧回家吧！”拉里说。

华莱士嚷嚷着，向自己的四轮车跑去。他爬上车，打开车灯，发动了马达。然后，他又下来，冲进院子，使劲踢拉里的前车灯。开始的一脚没踢上，他又踢。先是左灯，后是右灯，都被踢碎了。他爬上车顶，拼命地跳，拼命地踹风挡玻璃，仍旧骂着："操你妈，恐怖拉里！"

拉里转身回屋，看着华莱士折腾。终于，华莱士疲惫地从车上爬下来，骑着四轮车离开了。

拉里一直站在窗边，看着外面。明天，他又得换风挡玻璃和车前灯了，还得把车顶凹陷的部分弄平。

第二天，他又去零件铺买风挡玻璃和车前灯，约翰逊又挑眉看着他。拉里用刷马桶的橡皮吸盘把车顶的凹陷修好，再把后视镜粘好。

接下来的一个星期时间，华莱士没有再来。过了一个月，华莱士仍旧没有出现。拉里开始担心，从抽屉里找出电话本，查了姓"斯特林费洛"的人。当时是二月底，南密西西比的温度比往年同期都高。新闻说，是气候变暖。电话本上有九个姓"斯特林费洛"的人。拉里拨通第一个电话后，还没来得及介绍自己，接电话的女人就问："你是拉里·奥特？"拉里警觉地挂断电话。

几分钟后，电话铃响起，一个男人的声音从那头传来，骂道："你个疯子，为什么要给我们打电话？"

拉里说："很抱歉，我拨错号码了。"

"废话！你要是再给我们打电话，我就去法院告你！"

拉里之前忘了，每家每户都有来电显示，他只好收起了电话本。

白天，拉里在店里等；晚上，拉里在门廊上等。看书的时候，他会停下，伸长了脖子听外面的动静。探望母亲的时候，他想告诉母亲关于华莱士的事情。他想跟母亲说，上帝确实有自己的安排，比如治好拉里的口吃、哮喘，还最终给他带来了一位朋友。但是，母亲已经忘记了包括自己的祷告在内的所有事情。所以，拉里仍旧只是反复说着家里的鸡。

母亲邻床那个瘦小的黑人老太太清醒的时候就躺在床上看着拉里，眼神中充满了怀疑。拉里想，老人的态度应该并不关乎自己的过去，只关乎肤色。一位将近九十岁的老人，被家人扔在敬老院。拉里无法想象，她年轻时受过多少白人的歧视和侮辱。有时候，拉里会想起爱丽丝·琼斯，想起塞拉斯，想起母亲给他们送旧衣服，但不允许他们坐自家的车。那些看似友好的举动，实则饱含敌意。

到了五月，拉里去沃尔玛买东西时，顺便买了一箱蓝带啤酒。几天后的一个晚上，他打开一罐，尝了尝，然后倒进水池。有时候，他把藏在衣柜里的华莱士赠送的手枪拿出来，装好子弹，瞄准天上的秃鹰。但他从未开过枪。

六月，店里来了两位顾客。一位是莫比尔[①]的铅锤销售员，要去北边，中途发动机冷却器坏了；另一位是从孟菲斯来的黑人妇女，汽车电池无法充电。那天晚上，他换好电池，在卫生间里对着镜子得意地笑。他想，要是生意一直这么好，可以考虑雇一个助手。如果华莱士回来，可以请他到店里工作，条件是华莱士要少抽烟少喝酒。他并不太在意华莱士的修车技术，他会教华莱士，培训他成为一个机械工。

---

① Mobile，地名，美国亚拉巴马州第三大城市和唯一的海港城市。

手把手，从头教起——加油、换轮胎、修理刹车、调整发动机、重建汽化缸。拉里想，自己早晚有一天要跟这个世界说再见。他希望有人把汽修铺经营下去，而华莱士也许会因此走上正道。

六月底的一个傍晚，拉里坐在门廊上，想起母亲后来去的那间教堂。起初，母亲一直去夏博洗礼堂，直到有一天，她说那教堂“让人不舒服”。后来，母亲改去福瑟姆北部的第一世纪教堂。教堂里多是神职人员，操着方言，提供信仰咨询服务，要求教徒在每年特定的时段斋戒三天。拉里从不陪母亲去吃团体圣餐，因为他明白，大家能接受杀人嫌疑犯的母亲，并不代表也接受嫌犯本人。不过，拉里很虔诚，所以母亲斋戒的时候，他也不吃饭。拉里发现，最初的几顿是最难熬的，浑身有空洞的疼痛感。接下来的第二天、第三天，那种显性的痛会渐变成隐隐的疼，然后化做记忆中的疼，最后只剩下记忆。直到开斋的时候，你才能意识到自己有多饿，肚子有多空。华莱士的来访使拉里意识到，孤独就是一种斋戒，长久寂寞后，即便是最没有营养的陪伴，身体依然渴望至极。这是一种自己都未曾意识到的绝望。

“万能的主，请宽恕我的罪孽，给我带来些生意。请让妈妈明天清醒，或者带她安静地离开。请帮助华莱士。主啊，求求你。”晚上，拉里依旧做祷告。

第十章　塞拉斯的秘密

塞拉斯回想起在拉里家割草的情景，他很想再割一次草，回到少年时代，重新对待拉里的友谊和辛迪的爱情。

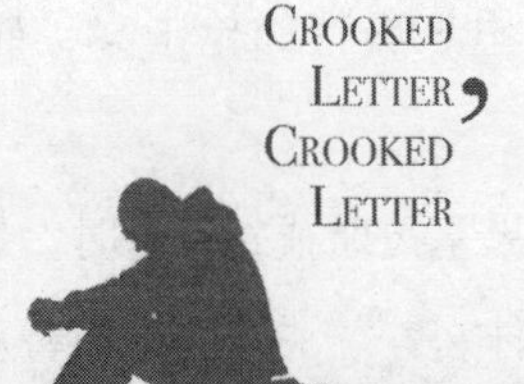

今天是周一吗？上周，塞拉斯基本没有睡过觉。现在，尽管木材厂轰轰隆隆作响，四周如大都市般喧闹，塞拉斯还是不住地打着哈欠。风挡玻璃后的每一双眼睛都在愤怒地看着他，这个高大的黑人站在马路中间，戴着帽子，咬着哨子。木材车从工厂出来，颠簸着开过铁轨，旁边等待的车辆都极不耐烦。

一周前，他在拉里·奥特的小木屋里发现了蒂娜·卢瑟福的尸体。当地的报纸报道了此事，甚至有几家全国性报纸也登载了。这次，新闻附图是塞拉斯的照片。照片里的他站在小木屋旁，看着杰克逊[①]刑事侦查局的警官们将尸体抬出来。报道里说，塞拉斯一直在调查拉里·奥特的枪击案，碰巧去了小木屋；拉里·奥特很可能是自杀。

如果塞拉斯找到蒂娜时，她还活着，塞拉斯就会成为英雄。

“什么？”法兰西的声音从对讲机里传来。

塞拉斯喘着粗气，说：“罗伊，我觉得是她。”

① 密西西比州首府。

“不要动任何东西，”法兰西命令道，“不要告诉任何人，把现场保护好，等我。”

没过多久，法兰西和治安官坐着四轮车来了，带着搜查证。他们撬开小屋的门锁，将床挪开。法兰西说自己曾到这一带查过两次，都没发现小木屋。这房子被野葛捂得太严实了，塞拉斯是怎么发现的?

“运气而已。”塞拉斯撒了个谎。

那天晚上，三脚架架起的泛光灯把小屋照得灯火通明，四轮车载着小型发电机开进树林，拉线送电。两名刑事侦查局的法医身穿野外工作服，戴着口罩，顺着楼梯走下去，用工具弄掉表层的软土。法兰西在一旁拍照。半小时后，一个法医抬头，对法兰西竖起大拇指，示意看到了尸体。

站在炉边的角落里，塞拉斯心乱如麻，胃里泛着阵阵恶心。他走出小屋，站在纠结的藤条边。验尸官和两个副手，还有治安官在外面抽烟，小声说话。塞拉斯冲他们点点头，走进灯光照不到的暗处，干呕了起来，直到泪水涌出眼眶，腹部疼痛不已。

晚些时候，塞拉斯回到小屋。他用手捂住口鼻，逼自己凑过去看他们讨论些什么，拍了什么照片。蒂娜的尸体在下面，浑身赤裸。塞拉斯能看到她的脊柱，看不到脸。还好。眼前的蒂娜不再是花季少女，而是拉里恐怖故事书里那些黑糊糊的东西——被肢解，已腐烂。头皮翘起，附着一丛丛绿色的头发，脊柱沾满了泥土，肩膀刀口处翻出白花花的肉。刑事侦查局的同事戴着手套抬起蒂娜的手腕，法兰西在拍照。她瘦小的手指弯曲蜷缩，戴着一只玻璃戒指，指甲上还留有红色指甲油的痕迹。塞拉斯看到这里，又忍不住冲出去呕吐。

现在，塞拉斯在路上指挥交通，抬起手臂，示意车辆暂停行驶。手机又响了，每次他上路执勤，手机都会响。对讲机是处理公事的，手机是处理私人事务的。

“去他妈的。”塞拉斯嘀咕着，掏出手机。

“琼斯警官？”

“我是。”

“我是布兰达。”

“谁？”

“河畔家园的？敬老院？”

路上很吵，塞拉斯很难听清她说什么，他用一根手指堵住耳朵。

“嘿，”塞拉斯说，“我现在不方便说话。”

“你之前不是说，如果奥特太太清醒了，就给你打电话吗？”

“嗯？”

“她现在清醒了。”

“谢谢，”他说，“我会尽快过去。”

“你最好赶快来。”她说。塞拉斯挂了电话。

蒂娜的葬礼举行那天，工厂停工。其实，整个夏博也都停了工。办公室和商店门口都挂起黑丝带。灵车从洗礼堂出来，陪同去墓地的车排起了长龙。为此，塞拉斯也要指挥交通。102与11号高速公路的交界处，是他的指挥岗，送葬车队有可能在十字路口被木材车打断。

群鸟在头顶飞过，塞拉斯戴着帽子，站在那儿，全神贯注地看车辆打灯通过。多少年了，塞拉斯头一回拿出当兵的状态来执勤，制服被汗水打湿，粘在身上。卢瑟福家的大轿车窗玻璃是深色的，他看不清女孩的父母，只能看到司机戴着白手套在驾车。等车队通过后，他自己也开车去了教堂，坐在车里，没有出去。然后，他跟着去了墓地，白人的专属墓地。周围环境很好，橡树成荫，寄生藤在风中摇摆，就像死去将军的胡子。这里和母亲的葬身墓地完全不同。爱丽丝·琼斯的坟墓在树林里的山坡上，小小的碑石上爬满了野葛，绢花在风中摇摆。天气很好，大太阳高挂在空中，有两架飞机飞过。塞拉斯站在树林边，远离悲伤——法兰西负责通知卢瑟福家蒂娜被杀的消息，塞拉斯很感激他——参加葬礼的人们围成弧形，白人们在里圈，黑人们在外圈，保持一定距离。他们在风笛的伴奏下齐唱《奇异恩典》。远方的医院里，拉里·奥特仍旧昏迷不醒，警察一直守着他。

塞拉斯说服了法兰西，让他同意自己从零点到六点在医院值班。塞拉斯虽然不是副调查官，但法兰西有权安排值班表。“只要你保持清醒，认真值班，我没问题，”法兰西说，“其实没人愿意来抢上这个班，再说我们也缺人。不过，我想知道原因。”

“我需要赚钱贴补家用。”塞拉斯说。又是一个无伤大雅的谎言。

“好吧。”

塞拉斯想，法兰西肯定认为自己出名心切，想继续调查此案。其实这种揣测也不无道理，而且也恰好解释了，自从蒂娜的尸体被发现后，塞拉斯为何每日都“经过”拉里家。副调查官第一天在拉里家值班时，坐在拉里的摇椅上，读拉里的书。塞拉斯停车，下来，点了点头。

“32，有什么事？”

“来帮他喂喂鸡。”

副调查官跟着塞拉斯来到仓房，看着他把玉米粒倒进饲料盒，鸡群蜂拥来吃。塞拉斯暗自琢磨，如果他把拉里的拖拉机开出去，拖着鸡笼到草地上放风，副调查官会不会觉得他越职管闲事。

“以后我可以喂鸡，”副调查官说，“你不用特意开车过来。”

“没关系。”

“你应该把鸡蛋捡出来。没有公鸡，那些蛋迟早要烂掉。”

“你要吗？”

“当然不要。我把恐怖拉里家的鸡蛋拿回去，老婆该用鸡蛋砸我了。”

“你可以在网上卖掉它们，”塞拉斯说，“在易趣网或者某些连环杀人犯的网站上。”

副调查官踢了踢割草机，说：“这是干什么用的？”

塞拉斯边跟他解释，边给鸡喂水。然后，他把母鸡赶到一旁，捡起六个沾满鸡屎的褐色鸡蛋，拿到车上。塞拉斯去了玛拉的店，玛拉很高兴，说鸡蛋总归是鸡蛋，不论是谁家的。

晚上，他到拉里的病房外值班，坐在折叠椅上，脚边放一个咖啡壶，还有玛拉为他准备的食物。病房里灯光昏暗，塞拉斯不停变换姿势，椅子吱吱作响。他反复说服自己，要留在这里。他把办公室里的《夜班》带来了。久坐屁股疼，塞拉斯起身在走廊里来回溜达，读着那些以前从未读过的故事。

他们把拉里安排在走廊尽头的病房里，防止有好事者伸长了脖子张望。塞拉斯每晚都要起立几次，赶走那些探头探脑的人——有八卦的路人，有推着输液管的老人，有其他病房的护士。还有一次，一个穿着病号服的女人冲过来对塞拉斯说，她要生了。

塞拉斯说："这儿离产房很远。"

女人想偷看塞拉斯身后拉里的房间，背着手说："他们让我多活动活动，这样就能让孩子快点出来。"

拉里目前是杀害蒂娜·卢瑟福的嫌犯，而且是唯一嫌犯。塞拉斯将在拉里家印好的车辙痕塑模以及装着碎玻璃、大麻烟蒂的证物袋交给法兰西。当然，还有拉里的钥匙。当地一直跟踪此案的报纸和电视台挖出了辛迪·沃克的案子，报道说二十多年前，拉里带辛迪去约会，几小时后，拉里独自回家，辛迪却不知去向。警方在拉里家的土地上开辟出一条新路，拆除了小木屋，翻遍了地下的土。法兰西希望能找到辛迪的尸骨，一并结案，但始终未果。尽管如此，当地报纸和电视还是推测，拉里·奥特在奸杀了蒂娜·卢瑟福之后自杀了，而当年失踪的辛迪·沃克以及其他女孩（莫比尔女孩、孟菲斯女孩，等等），也都是被拉里所害，尸体被掩埋在拉里拒绝卖给木材厂的最后几英亩土地里。

因为要保守秘密，塞拉斯没有把在拉里病房外值晚班的事情告诉威瑟琳。如果威瑟琳知道，她肯定会拉低眼镜，用怀疑的目光注视着塞拉斯，担心他白天开车会出事。塞拉斯想象着她告诫自己的情景——“不能没日没夜地干活，这样对自己不好。”然后，她还会向莫镇长报告此事。

所有人中，最不高兴的，莫过于安吉。安吉担心塞拉斯过于操劳，也想念与他同床共枕的温暖。身旁少了塞拉斯的长胳膊长腿，她很难入眠。当然，特别是塞拉斯其他“长”的部位。他们习惯向左侧身睡觉，安吉枕着塞拉斯的左胳膊，塞拉斯的右胳膊搂着安吉，手放在她的胸部。他喜欢感受安吉的心跳。自从上次午饭后，塞拉斯就再没有见过安吉。他知道，自己在用夜班做借口，来逃避那未完成的对话。每天晚上，安吉躺在床上给塞拉斯打电话，给他讲当天处理的交通事故和心脏病例，跟他说泰博这个老嬉皮士总是大声抱怨伊拉克战争。安吉有个妹妹，在巴格达东部某基地制药厂工作。安吉有个姐姐又怀孕了，孩子是另一个男人的。她给塞拉斯讲自己看过的电影，说自己很喜欢教堂的牧师。安吉每周六日值夜班，塞拉斯答应她，自己周一晚上休息，会去陪她。塞拉斯知道，必须要讲完那个故事，但他也害怕安吉知道真相。这么多年，他都在逃避，以至于现在想来，1982年发生的那些事，是那么不真实。他担心安吉知道真相后，会对自己产生质疑。

塞拉斯困得直打盹，只好起身在走廊里溜达。有时候，他也会走进拉里的病房，看着他躺在那一堆仪器、管子和绳线中间，手腕被皮带束缚着。拉里看上去那么无助又那么虚弱，不过医生说，他的情况很稳定。胸部伤口没有感染，正在愈合。伤口的液体已经被导出和吸干，但是他仍插着尿道管，仍然需要输液。

拉里成了媒体关注的头号人物。

继最初的报道之后，卢瑟福家女孩葬礼前后的一些天里，杰克逊、默里迪恩、莫比尔和孟菲斯的新闻报道车都停在医院外，载着无线信号发射器，等待抓拍一手新闻。现在都开走了。拉里始终昏迷不醒，他的新闻被新的暴力杀人、飞机失事、自杀式爆炸、儿童枪杀儿童所取代和冲淡。塞拉斯想，一旦拉里醒过来，那些媒体肯定会火速回来。

每天晚上，塞拉斯困倦地来到医院，问晚间值班的雷副调查官，是否有人来探望过拉里。“法兰西来过，”雷说，“治安官老罗利偶尔也会来，还有护士和医生，其他病人。偶尔也有记者。”

“医生给他输营养液，”雷说，“依我看，还不如让这狗日的早点饿死。”

第一天晚上，塞拉斯曾把拉里手腕的皮带解开，但是第二天晚上，雷跟他说，值班护士投诉了此事，所以不能再解开了。

趁护士不在时，塞拉斯会站在拉里病床旁，看着他。输液器闪着小灯，心跳监视器哔哔响着，呼吸机发出巨大的噪音。他想象不出，拉里的身心受到了怎样的打击和创伤。如果拉里醒来，塞拉斯该对他说什么呢？如果拉里永远醒不过来，倒也好。

“拉里？”塞拉斯叫道。

没人回应。

“拉里？”

第二天晚上，外面下起了雨，塞拉斯望着病房的门，低声自语道：“拉里，我不知道你是否听见我说话。但是，等你醒来时，会发现情况很糟糕。”塞拉斯绕到床边，推过来一张凳子，凑在拉里耳边说：“什么也别对他们说，拉里，你听到了吗？听到了吗？他们会逼你认罪，你什么都别说，知道吗？拉里，什么都别说。”

塞拉斯离开医院时，有人叫他：“喂，琼斯警官。”

是问讯处的人。

“没有h的Jon。”塞拉斯走过去，老人递给他一杯咖啡。

“谢谢。我以为你下午上班。”

“如果他们需要，我随时可以来替班。小伙子，听我的话，千万别退休。你还年轻，每天的时间都不够用，而且还要拿出大部分来睡觉。但是，一旦你到了我这个年纪，睡觉只是记忆中的事情，你巴不得免费工作。”

“我记下了。”

“不，你没有，等你真心认识到的时候，一切都晚了。”

塞拉斯打了个哈欠，看了看表。

“你曾经问起过是否有其他人来探望过奥特先生，对吧？有个义工说记得有人来过，就在你第一次来之后不久，在外面所有的混乱发生之前。他之所以没有及时告诉我，是因为我们都老了，太健忘。等我想起义工的名字，我再告诉你。”

塞拉斯笑了，问：“是记者吗？”

“不是，有很多记者来过，可你关注的不是他们，对吧？”

“嗯，不关注。”

“义工没说是谁，来人就问了问拉里是否醒来过。那人直接称他‘拉里’。”

“那人长什么样？”

“义工叫马伦，他说那人二十几岁，是位瘦削的白人。马伦用了个词来形容那人，说他有点‘青筋暴露’。”

“谢谢。”塞拉斯说。他看了看老人身后，问：“你们这里有摄像头吗？也许录下了那人的片段？”

“应该有吧，不过摄像头坏了很久了。院方总是说，摄像头的维修确实有预算。可你也知道预算的运作过程，都是拆东墙补西墙。”

“那倒是。”塞拉斯说。

当天下午，塞拉斯又去了拉里家，看到一位新的副调查官和一位刑事调查局穿便服的同事正在屋里翻看拉里的文件。塞拉斯喂鸡的时候，两人都出来看，仿佛欣赏某种展览。现在，拉里家的情形每天都在变，值班人员更换频繁。第二天下午，法兰西来到拉里家，对塞拉斯直摇头。

“到底怎么了？”法兰西问。

塞拉斯边弄饲料边说：“什么意思？”

“你知道我什么意思。”

塞拉斯耸了耸肩，去捡鸡蛋。他从鸡舍的另一端看着法兰西，跟他说那个“青筋暴露”的来客。法兰西说没有监控录像，所以没办法追查。“青筋暴露？东南密西西比到处都有这样的人吧？”法兰西说。

第二天，塞拉斯开车出去，发现拉里家没人值班，大门和仓房都贴了警察局的封条，写着“罪案现场，不得入内”。

“我怎么喂你们啊？”塞拉斯大喊着，“怎么拿鸡蛋啊？”

那群鸡凑到栏边，叫着，等待着，没有回应。这八只鸡现在好像都认识塞拉斯了，它们用侧眼巴巴地望着他。塞拉斯觉得，他已经能分清哪只是哪只了。

那天晚上，他开车去沃尔玛，买了两袋鸡饲料，就着夜色去了拉里家。他从拉里家屋后的水管里接了一牛奶罐水，用碗泼进鸡笼，供它们饮用。但是，他仍旧没办法取鸡蛋。

塞拉斯白天上班时，累得睡着在吉普车里，超速行驶的家伙们肆无忌惮地跑在高速路上。吉普车越来越难发动了。有一天，他去了工厂的汽修铺，机械师打开车篷，吹着口哨，说："如果这是匹马的话，我们早就一枪崩了它。"他让塞拉斯下周早点把车开来，放在铺里，看看能不能从废料回收厂找点零件来修。"汽化缸。"机械师怀旧地说。

傍晚巡逻完后，他躺在湿乎乎的床单上翻来覆去，半睡半醒。当闹钟响起，他就起床去医院看拉里。有天晚上，他在椅子上打盹，被自己的呼噜声吵醒。他睡眼惺忪，看到一个"青筋暴露"的人站在走廊远处看着他。一眨眼的工夫，就不见了。塞拉斯起身，跑到走廊另一端，还是找不到。看到有人从可乐机旁边走过，他大喊："等等。"然后追过去。

塞拉斯拐了个弯，不见人影；他又追了几条走廊，爬了很多楼梯，仍旧难觅其踪。他回到拉里的病房前，摇摇头，怀疑这一切是否是幻觉。

那天晚上剩下的时间里，他都打着十二分精神。

现在是周一，塞拉斯刚指挥完交通。他打着哈欠，盼望着敬老院的奥特太太今日清醒。

市政厅里，威瑟琳边打电话，边玩纸牌。塞拉斯把帽子和太阳镜放在堆满文件和杂物的桌上，倒了杯咖啡，一口气喝下，烫得脖子疼。

“刚才报社的山农给我打电话。”威瑟琳说。她坐着椅子滑过去，递给塞拉斯一张纸条：“她想跟你聊聊‘赌博三连胜’。她觉得能写一个精彩的特别报道，表现出你的不凡。”

“好吧。我现在要去河畔家园。”

“为什么？”

“去见奥特太太。”

“拉里的妈妈？”

“嗯。”

“看看你自己，好像一个月没睡觉了。不过，我很高兴你第一时间回来上班。如果你再不出去开罚单，市长不会叫你好过。

下午五点三十分，塞拉斯来到河畔家园。他的车最近又出了问题，明明熄了火却还不停轰响，像个结巴。

进了养老院，塞拉斯看到布兰达在桌旁看杂志。“她给儿子的手机打电话，”她说，“结果没人接。然后她就开始担心。”

塞拉斯脑中闪现出拉里的手机在法兰西办公室的证物盒里嗡嗡作响的情景。

“她现在怎么样？”

“比较平静了。阿尔茨海默病的好处之一：病人无法长时间暴躁。”

塞拉斯谢过布兰达，说自己记得路。

塞拉斯进了房间，闻到一股粪便味。伊娜·奥特躺在床上，右手赶着苍蝇，窗外有阳光照进来。邻床瘦小的黑人老太正在睡觉。

“奥特太太？”塞拉斯摘下帽子。

她抬头看了看塞拉斯，并没有认出他。“我的生活一团糟，拉里呢？”她问。

塞拉斯看到她胯下部位的床单上有深色污渍，她用麻痹的左手将其遮住。

“对不起。”她说。

“我去叫护士。”塞拉斯说，很庆幸自己能暂时逃离那阵恶臭。

“半小时后我们换班，他们会为她打扫的。”布兰达头也不抬地告诉塞拉斯。

“她躺在床上多久了？”塞拉斯问。

“不知道。”

“你说什么？”

“她只能躺在床上。”

“可不能让她躺在自己的屎尿里。”塞拉斯说。

“你自己身上的味道也好不到哪儿去。”

“如果她儿子来，看到母亲这样受罪，他会怎么做？”

“我听说，现在他儿子自身难保。”

“你们就这么对待老人？”

布兰达狠狠地瞪着塞拉斯，说：“黑鬼，别在这儿指手画脚，多管闲事。这里有四十五位老人，我们都尽力为他们服务。别以为你上了报纸新闻，就有权颐指气使地教训我们！”

“去他妈的。”塞拉斯扭头离开。

他找到了装干净床单的橱柜，还有一盒一次性纸巾。他从架子上拿下一张床单，抽出几张纸巾夹在腋下，去找后勤人员。

一个拿笤帚的人指了指走廊尽头，塞拉斯走过去，推开玻璃门，发现克莱德正靠着墙抽烟。

“你最好现在跟我过来，”塞拉斯说，“现在就来。奥特夫人有些状况。”

“镇定，老兄，”克莱德说，“现在是我的休息时间。”

塞拉斯走到他面前，说：“你给我去把奥特太太的床收拾干净，现在就去，不然小心我把你这个浑蛋关进监狱。”

“凭什么？”

塞拉斯抽出克莱德嘴里的烟，扔在地上。然后将手中的床单和纸巾塞到他手里，说：“我会找到理由的。”

塞拉斯站在门外，看着克莱德，确保他好好对待奥特太太。

“对不起，”他听到她说，“我又弄脏了。”

“没事，奥特太太，我们现在就帮您换床单。外面有人来看您。”

“我儿子？”

“不是，是别人。”

“你骗我，”她说，“他们在说什么？”

克莱德出来了，戴着橡胶手套，把脏床单和睡袍装进一个大塑料袋，对塞拉斯说：“狗日的，你高兴了？”

塞拉斯没理他，进了房间。奥特太太这下子好多了，克莱德摇高了她的床头，房间窗户打开了，臭味也没有了。

“奥特太太？”

她转身，看到塞拉斯站在那儿，手里拿着帽子。她睁大了那只好眼，看着面前这位高大的黑人警官，没有表现出丝毫惊奇。

“我是塞拉斯·琼斯，夫人，”他说，“大家都叫我32。”

“32？”

“是的，夫人。”

她扭头，从另一个角度看着塞拉斯。屋里，两张床中间放了一张小桌子，上面只有一本旧《圣经》。窗外，越过篱笆墙，是车来车往的高速公路。这就是拉里母亲每天等待死亡时所见到的景象。

“我也许见过你，”她说，“但我很健忘。”

“是的，夫人。我来看过你一次，问过关于你儿子的事。很多年以前，我和他是朋友。”

“他还好吧，是吗？”

“呃。”他说。

“我给他打电话，可他没接。”

塞拉斯低头看着自己的帽子。他想，也许这就是为什么警察都要戴帽子，这样在你通知受害人家属他们的女儿被先奸后杀或他们的儿子被别人开枪击中或者自杀时，能有个东西来转移注意力。一旦拉里醒过来，他就会被控谋杀。

“呃。”他又说。

“他没有什么朋友。”奥特太太说。塞拉斯抬起头，对上她的目光。

“我是来问您关于我母亲的事。”他说。

“她叫什么名字？”

“爱丽丝·琼斯。”

“谁？”

他从口袋中掏出母亲的照片递给她。爱丽丝怀中抱着婴儿时期的拉里。塞拉斯想到，母亲拍这张照片时肯定已经怀孕了，虽然从照片上看不出来。

“啊，那是我儿子，”奥特太太说，“这是我们家的女佣，我不记得她的名字了。”

“爱丽丝。”他说。

“对，爱丽丝·琼斯。后来，她必须得走人。”奥特太太放低了声音，继续盯着照片。“她是个不错的黑人女孩，可作风不好。她跟已婚人士有染，自己又没结婚。我不知道她到底怎么回事。她叫什么？”

“爱丽丝，”他轻声说，“她前些时候去世了，睡觉时候心脏病突发。”

她伸手抚摸着床边塞拉斯的手，说：“节哀顺变。”

“我来……”塞拉斯说，“是想问您是否知道让她怀孕的男人是谁。”

“你叫什么名字？”

“32。”

“那不是名字。你妈妈叫你什么？”

“塞拉斯。”

“我记得你，塞拉斯。你曾经是拉里的朋友。”

“是的，夫人，是我。”

她盯着他看了好一会儿，他看着自己在她眼中来了又去。她时而认识塞拉斯，时而不认识。

“塞拉斯？”

“是的，夫人。”

“我很害怕。”

“怕什么？”

她摇着头说：“我想不起来了。”

他们坐着。邻床的老太在梦中翻了个身，发出低低的鼾声。

他看着奥特太太那只好眼里涌出了一滴泪，在她满是皱纹的脸庞上润开。“对不起，奥特太太。”他说。塞拉斯知道她又不认识自己了。

“克莱德？”她问。

“不，夫人，我是塞拉斯。”

“谁？”

他又坐了一会儿，最后不得不承认自己是克莱德。她问起家里养的鸡，他说埃莉诺·罗斯福一直试图下蛋，但未果；罗莎琳·卡特变肥了；芭芭拉·布什一晚下了两个蛋。然后，带着母鸡在鸡笼里欢蹦乱跳的记忆，她渐渐入睡。他轻轻挣脱被她握着的手指，从床单上拿起照片，放在她的右手里，离开房间，回到车上。

他迟到了。安吉别过脸去，只让他的吻落在脸颊，然后自顾自地走去开车，把塞拉斯丢在门口。塞拉斯穿着牛仔裤和白衬衫。他没戴帽子，安吉只喜欢塞拉斯在穿制服的时候戴帽子。

通常都是塞拉斯开车，今天却是安吉开。这说明，安吉很生气。十分钟后，他们来到福瑟姆的必胜客，面对面坐下。墙上的电视机正播放着棒球赛。

“宝贝儿，怎么了？”吃比萨的时候，塞拉斯开口说话。

“什么意思？”

“你知道我什么意思。你一直都不说话。”

“也许是因为，咱们一周没见，你迟到却连个电话都不打？也许是因为，我穿上最好的衣服赴约，你却视而不见，提都不提？”

“你很漂亮。”

她摇了摇头，说：“我知道我漂亮，不需要你告诉我。你到底干什么去了？”

“我太累了。”

她拿起比萨，咬了一口，慢慢地嚼着，说：“32，你知道我如何分辨你说谎与否吗？”

他迎上她的目光，问：“如何？”

“你每次说谎，都会摆弄帽子。”

塞拉斯看着桌子，知道自己如果戴了帽子，肯定会把它放在旁边。同时，他发现自己的手指在帽子的位置，下意识地比画着。

他把手放回腿上，笑了笑，说：“我什么时候说谎了？”

“上周吃饭，我问你是否约会过那个女孩的时候。”

辛迪·沃克。

塞拉斯看了看电视，还在播棒球赛。他突然感觉自己又回到了福瑟姆公园的场地上，海托尔教练正在跟投球手说话，他望向观众席上她常坐的位置。

安吉放下比萨，说："呃？"

"你在这儿坐一会儿，"他说着，起身，"我去拿帽子。"

"给我滚回来坐下，32！跟我说清楚到底怎么回事！"

塞拉斯打棒球的时候，辛迪来看比赛。她抽烟，穿迷你短裙，戴着太阳镜，跷腿坐在露天看台上。他知道她在看他，不自觉地为她表现，发挥自己的最好水平。有时候，塞拉斯觉得自己是战无不胜的。观众里有黑人也有白人。他长高了，十一年级的时候已经六英尺高。无论球从什么方向、以什么样的速度和力量飞过来，他都能接到。

他在公园里训练，能看到辛迪在第八轮后离开，边走边回头张望。

有时候他表现极好，赢得比赛，队友们蜂拥过来将他举起，他看到辛迪坐在观众席上，抽着烟。他对她微笑，她也回以微笑。

她一直在看，直到比赛结束。

他没有冲凉，穿着脏兮兮的运动服偷溜出来，跟着辛迪。他们走在乡间的路上，他手里拿着棒球帽和手套。旁边有些房屋，两人从信箱边走过，惹得各家的狗纷纷冲出来大叫。他们只好赶紧离开。

"你看到我接的那个球了吗？"

"你明明看见我在看比赛。"

"你喜欢看棒球赛？"

"不喜欢。"

“作为一个不喜欢棒球的女孩，你来看比赛的次数着实很多。”

“我根本不是去看比赛的。”

他低下头，看着自己裤子上沾的碎草和泥土。“教练说我有机会拿到奖学金，去密西西比大学上学。”

“你很幸运。”

“如果我继续努力，应该可以。我要撇开一切分神的东西。”

“我就是让你分神的东西？”

他想说是。她很瘦，有一对亮蓝色的眼睛。她盯着你看的时候，你能感受到她炙热的目光。她鼻子、喉咙和肩膀上有小雀斑，金黄色的鬈发挽在脑后。就算出汗，她身上的味道还是很香。她身材凹凸有致，上衣里罩着小小的乳房，塞拉斯尽量避开，不看它们。今天，她穿着凉拖。塞拉斯喜欢她长着小雀斑的脚，还有涂了红色指甲油的脚趾。

“你是从芝加哥来的？”

塞拉斯说是。

“芝加哥是什么样的？”

“很不错的地方。”塞拉斯描述了瑞格利球场①，小熊队②，《接棒情缘》，还有波娃。塞拉斯和朋友们逃学去球场外投球，有一次他追球的时候差点被出租车撞到。他在人行道上表演精彩的接球，酒吧里的人都看着他，有位老人要用四张票换他用过的球。第二天，他和朋友们去看球，顶着大太阳，坐在露天看台上。他们让一个醉鬼帮忙买

① Wrigley Field，建于1914年，是美国第二古老的棒球场。

② Chicago Cubs，是美国职棒大联盟的一支球队，经济实力雄厚，有超过一百年的历史。

啤酒，然后送他一罐作为酬劳。塞拉斯看着比赛，觉得已经找到了适合自己的职业。

“还有什么？”辛迪问，“说说和棒球无关的事情。”

他告诉辛迪，冬天的雪有时能把车埋掉。他告诉辛迪，邻居家那群黑人老头总是聚在后巷的垃圾桶边，生火喝酒，讲奇闻逸事，互相比赛。他告诉辛迪，自己翻过栅栏，跳上火车，去音乐人抽大麻的酒吧。他告诉辛迪，芝加哥的道路车水马龙，冬天的密歇根湖在灯光下闪闪发光。比萨最好吃，饼皮很厚，墨西哥玉米饼和头一样大。

“芝加哥有演出吧？”辛迪问。

“你是说电影？”

“不是。”她皱了皱眉头，继续走着，说：“就是百老汇那种，歌剧戏剧。”

“哦，有。”他记得曾在《芝加哥论坛报》上看过演出预告。周日早上，他总是躺在地毯上，等着奥利弗看完报纸的体育版。“母亲生日的时候，去看过《绿野仙踪》。”

“嗯，这是我所向往的。”她说。

“你想当演员？”

“不是，我想看演出。在这个鬼地方根本看不到。”

“你应该去当演员，”他说，“你这么漂亮。”

辛迪看了塞拉斯一眼，怜悯地笑了，心想：他真是个单纯的孩子。他们继续走着，辛迪告诉塞拉斯，她早就想离开密西西比，离开塞西尔和自己胆小的母亲。四周已经没有住户了，篱笆墙外的田野里有几头牛。旁边的马路上，有辆车开过，一个白人探出头来。

“你还好吗？”白人问辛迪，“他没找你麻烦吧？”

“管好你自己吧，傻蛋。”她说着，赶走了那人。白人摇摇头，开车走了。

“嘿，”塞拉斯回头看看，说，“我还是先走了。”

“镇定。”

他继续陪她走着。

“你跟黑人在一起，继父不会骂你？”

“你以为呢，他就是个白痴，连个工作都没有。总说自己在工厂的时候伤了后背。”

又一辆车开过，开车的妇女盯着他们看了一会儿。

“你有没有吻过白人女孩？”

“没有，”他说，“你愿意去吻一个黑人男孩吗？”

“我当然愿意。”她说着，牵起他的手，沿着路堤，走进树丛。

从那以后，他们常在棒球场后面的树林里秘密约会。他是处男，她不是处女。他们在草地上铺了毯子亲热。三年级下半学期，是塞拉斯最幸福的日子。他状态极好，球赛平均得分超过四百五十分。他的秘密白人女友，场场都来看比赛。很多人都来看塞拉斯打球，甚至连老卡尔·奥特都来了。

辛迪喜欢喝啤酒，塞拉斯便陪她喝。他们没有将恋爱关系告诉任何人，连M&M也瞒着。塞拉斯知道，如果公开，他们就必须分手。他们甩掉各自的朋友，分头出发，到某个地点集合——有时塞拉斯开着母亲的车，有时辛迪开着母亲的车。他们去汽车电影院，辛迪在路边停车让塞拉斯下去。塞拉斯从树林里偷偷走到后排辛迪停车的地方。

辛迪喜欢这种偷偷摸摸的感觉，塞拉斯虽然有些害怕，但却无法抗拒辛迪满是烟味的炙热呼吸，接吻时牙齿碰撞的感觉，还有她柔软的舌头、完美的胸部，和下身那片幽密的体毛。

有一次，他们躺在毯子上，辛迪告诉塞拉斯，自从他第一次从树林里出来为自己出头的时候，她就喜欢上他了。

“那个浑蛋老想看我裸体，掏出那玩意儿摇晃着闯进浴室。他喝醉的时候就骚扰我，醒来后就假装不记得。”

“你母亲呢？”

“你怎么能告诉母亲她的丈夫是老色狼呢？再说，她总是站在塞西尔一边，她觉得我不是什么好东西。我总给她惹麻烦。我也觉得自己不是省油的灯，老是骂人，抽烟，和男生鬼混。”

“鬼混？”他说，“就像咱们现在这样？”

“要不该叫什么？”

上学的时候，有一天塞拉斯去吸烟区找辛迪。她说，塞西尔动手打她，骂她是婊子，总跟男生鬼混。

他们保持着距离，没人注意他们。

“你母亲就任由他打你？”

“她没在家。他不让我出门，除了上学。他威胁说如果我跑出去，他就告诉母亲我勾引他。”

“你母亲会相信吗？”

“如果他说了，她肯定相信。他们会把我扫地出门。”

她平时搭朋友泰米的车上学放学。最近，塞西尔下令，她放学后必须直接回家，如果泰米不能送她，塞西尔会亲自开车去接她。

“我跟他说‘傻蛋，你连个车也没有’，他却说如果他想办法去弄一辆，必须让我远离……”

“我。”塞拉斯说。

几天后的一个晚上，塞拉斯回到福瑟姆的拖车房，看见母亲坐在黑黢黢的客厅里等他。她怔怔地坐在厨房的椅子上，抱着瞎了一只眼的老公猫。

“塞拉斯。”她说。

“干什么？”

“儿子，你不能再跟那个白人女孩来往了。”

塞拉斯这才知道，母亲已经听说了此事。

“妈妈，你说什么？”

“塞拉斯，别撒谎。”

“我们只是朋友。”

“儿子，跟白人在一起，不会有好结果的。”

“妈妈……”

“你的所作所为就算是在芝加哥，也很危险，更别提在密西西比了。爱密特·提尔就是从芝加哥来的。”

“是你让我来密西西比的。”

塞拉斯走到冰箱前，开门拿出一盒牛奶。

“塞拉斯，我的儿子，你是我的全部。你我就是彼此的唯一。求求你，别再见她了，可以吗？”

他答应母亲，说自己会努力学习，用心打球，争取拿到奖学金。可是他心里并不这么想，他还会去见辛迪，他们还会在树林的草地上相拥，她张开嘴，他凑过去，感受她甜蜜的混杂着烟酒味的呼吸。

那个周末，辛迪说有个计划。她让塞拉斯借出母亲的车，她想办法逃出塞西尔的魔掌。每个周五，爱丽丝都会在餐厅工作到七点，然后下班回家。连续工作十二个小时、疲惫不堪的爱丽丝在电视旁的椅子上睡着了，饭也没来得及吃。塞拉斯没有问过母亲，直接开车走了。

他们坐在必胜客，面前的比萨已经凉透。球赛结束了，电视机里开始播放电影，服务员又拿来一扎啤酒。塞拉斯将杯中酒喝完，又加满一杯，也给安吉添了一点。安吉眯起眼睛看着塞拉斯。

“我当时并不知道，”塞拉斯说，“辛迪会让拉里接她出来。”

安吉问：“她怎么说服拉里，让他同意自己下车？”

“她跟拉里说，她怀孕了。”

“她真的怀孕了吗？”

“没有，我觉得她没怀孕。”

不过，塞拉斯很后怕。万一她当时真的怀孕，那该怎么办。

“我们开车去了一个安静的地方，然后开始争吵。”塞拉斯说，“我跟她说，我们无法再继续下去了。她哭了，说要和我私奔。我问她去哪儿，她说芝加哥。我说她要是很想去，大可以自己去。我们开车兜了好几圈，最后我把她扔在她家附近的路上。拉里晚些会来接她。我们到得早，她很生气地甩了车门跑下去，路上漆黑一片。我坐在车里，思前想后，决定不去追她。因为塞西尔在家，还喝了酒。”

“回到家，我发现母亲在等我。她看着我，知道我去了哪里。她什么都没说，回房关上门。然后，她给餐厅打电话，说自己要请病假。她从未请过假，我看得出，她已经受够我了。周一，她去学校见球队教练，听到大家都在议论，说拉里带着辛迪去约会，然后辛迪就再也没有回来。一个月后，我北上去牛津高中上学，住在教练的地下室里。”

安吉看着他。

“说实话，我很高兴可以离开。那边比这里好多了，场地也好，装备也好。没过多久，我又交了个女朋友。”塞拉斯已经记不得那女孩叫什么名字了。

安吉说：“那拉里呢？”

塞拉斯看着他旁边放帽子的位置，说：“我把他和辛迪都忘得一干二净。”

“忘了？”

“其实并不难。我在牛津的高中一直都很忙，妈妈来信也从不提他。”

“这么多年了，你就让拉里背着这个黑锅。”

“我以为辛迪只是离家出走，过些时候就会回来，然后就会雨过天晴。”

“二十五年了，你还这么想？”

塞拉斯的声音中带有一丝恳求：“安吉，当局者迷。那年我十八岁，是棒球队的主力，事事顺心。一转眼，二十五年过去了，我回头，发现物是人非。现在的我很难认出过去的自己。直到我再次回来，才发现自己曾经闯下的大祸。”

“那么说，是塞西尔杀了辛迪？”

“我是这么推测的。”

“塞西尔呢？”

“已经死了，他妻子也死了。”

他把手放到桌子中间，希望安吉能伸手过来握他的手，但安吉没有。他向窗外张望，可只看到了玻璃上自己的影子，看到一旁的安吉在看着他。塞拉斯不敢正视安吉的眼睛，只好看着玻璃上安吉的身影，明白了她的想法。

“有时候，”他说，“我觉得，拉里如果死了，反而更好。”

“对你来说更好？”

“对他来说更好。”

“嗯，但是对你也有好处。”

“确实是。”

“看着我。”她说。

他看着她。

“我知道，32琼斯，”她说，“你不会让拉里死掉。就是因为你，拉里现在还活着。如果他能醒来，周围的一切对他都很不利。”

“嗯。”

“那么，你想怎么做？”

他一夜没合眼，因为在拉里病房外值晚班已经破坏了他的生物钟。早上六点半，他悄悄爬起来，留下安吉独自躺在床上。许久以来，这是安吉第一次穿着衣服上床。晚饭后，他们没有做爱。两人都没情绪，连试也没试，只是各自躺在一边，话也没多说。安吉的心跳依旧，只是少了塞拉斯的抚慰。

他关上门出去。这是九月里的一个明媚清晨，麻雀衔着树枝在阳台上飞来飞去。他看到安吉挂鸟食的地方，下面有张桌子，放了几把椅子。很多个夜晚，他们坐在这里。不用塞拉斯多说，安吉就为他拿来啤酒，碟机里播放着艾尔·格林①的歌曲。

他把徽章挂在脖子上，下楼去。开车上路，他发现转向灯失灵了，只好摇下车窗，伸手示意自己要转向，开上5号高速路。他要在清晨去卢瑟福家土地的东部看看，在火炬松林里转转，开过那些颠簸的土路，在大门间来回穿梭。七点半左右，他回到夏博，浑身是汗。他伸胳膊示意转向，将车停在工厂对面的停车厂，上楼来到镇公所，庆幸威瑟琳还没到。他冲了杯咖啡，胡乱地翻了翻桌上的文件，开始查收邮件。差五分八点，他出了门，套上橙色制服背心，穿过停车厂，到路口指挥交通。威瑟琳来了，他向她吹哨致意。

他不怎么饿，所以没有像往常一样去The Hub吃早饭，而是开车去了拉里家。一路上，他被前后两辆木材车夹着。他喂了鸡，加了水，看着它们栖息下蛋的松树枝。他不知道鸡蛋能保鲜几天，也许过几天，母鸡们就会开始怀疑自己除了下臭鸡蛋外，没有任何贡献。

他一直站在那儿，忘记了时间，突然听到对讲机中传来声音。

---

① Al Green，美国灵魂音乐史上最伟大人物之一，是“节奏蓝调开拓者奖”终身成就大奖得主。他的音乐影响了无数人，尤其是*Let's Stay Together*，被称为灵魂乐经典中的经典。

“谢谢你的咖啡。”威瑟琳说。

“不客气。”

“你没事吧？”

“嗯。”

“山农又打电话来了。”

“好，我跟她谈谈。”

“有时间的话去找她聊聊。”她说。

塞拉斯挂掉对讲机。拉里院子里的野草已经长得很高，塞拉斯回想起在拉里家割草的情景，割草机在手中不停颤动，脚下有碎草飞出，拉里站在门廊上看着。他很想再割一次草，回到少年时代，重新对待拉里的友谊和辛迪的爱情，主动向警察报告说：“她是我女朋友。”

“塞拉斯，你到底怎么了？”

懦弱，他想。

怪不得和母鸡在一起的时候，他感觉很自在。

手机响起，塞拉斯边接电话，边走回停车的地方。他每天都把车停在这里，地上已经有一块黑糊糊的油污。

“警官？”

“是的。”他说。

“我是约翰·戴维森，在医院工作。”

“嘿，约翰。”

“你可能有兴趣知道，”他说，“警长和罗伊·法兰西刚才匆匆赶到。看他们的状态，我猜奥特先生已经醒过来了。”

第十一章　最无辜的人

拉里听着，眼神飘忽，到了远方——母亲经常张望的地方，也是真相被埋葬的地方。他能感觉到，真相如幽灵般在房间里游荡，它等待着自己去披露。

拉里一直在做梦，梦见自己和塞拉斯在高高的树枝上玩。然后，又梦到和华莱士在一起。

他睁开双眼，觉得周围的世界太刺眼，于是又闭上眼，梦见自己戴着魔鬼面具，在仓房里吓唬女孩们。然后，他看到墙上挂着的电视机，以为自己睡在母亲河畔家园的床上。难道，母亲已经去世了？

他闭上双眼，再次睁开时，周围一片漆黑。塞拉斯进屋，跟他说了一些话，“不要认罪，听到了吗？”现在，他分不清什么是梦境，什么是现实。再次醒来时，拉里意识到自己是在医院里，旁边的铺位是空着的，连床单也没有。他一扭头，就能感觉到疼痛，好像浑身都被束缚住了。胸部很痛，喉咙很干，说不出话。窗外阳光很刺眼，他不能向外张望。这一切都很真实——他的鼻子很痛，嘴巴很紧，手指脚趾都能动。

他闭上眼，梦到救护车，听到警笛声，感觉到自己被抬上车。黑人女孩（猴子嘴）冲他喊道：“拉里，坚持住，坚持住。”然后，他又看到头顶的电视、远处的窗户和泛光灯。这里是医院。

尽管呼吸时胸部很疼，他还是用力呼吸，感觉到泪水顺着脸庞滑了下来。

他又醒了，动了动身体，觉得头昏脑涨。他听到扩音器里呼叫医生速去202病房的消息。他颔首瞥见胸前缠着纱布，手臂上有输液管，感觉到鼻子里插着东西，嘴巴上粘着东西。他太渴了，觉得自己要噎死了。他想起，《死亡地带》里的约翰·史密斯从昏迷中醒来时，看到护士们一脸平静，毫不惊讶。约翰意识到，自己之前肯定睁过眼。

拉里又沉沉入睡。

再次醒来时，拉里看到一个护士正盯着自己看。护士被他吓了一跳，说："噢。"

一个穿蓝制服的男人站在门边，冲着对讲机说话。

一会儿，医生进来了，戴好手套，问他叫什么名字。他想回答，可医生忙着弄他嘴里的插管。

"给他拿点水。"医生说。稍后，有人用棉签蘸水，为他擦嘴唇。

"慢慢舔。"医生说。医生留着灰色短发，脖子上挂着听诊器和眼镜。他用手电筒照拉里的眼睛，为拉里把脉。

"你感觉怎么样？"

拉里想说，很糟糕。

"你叫什么名字？"

"拉里，"他吸了口气，说"奥特。"

"不错。你几岁了？"

"四十一。"

"现任总统是谁？"

拉里咳嗽了一声，问：“找到那女孩了吗？”

医生向身后看了看。警察站在门口。

“是的。”他说。

拉里感觉好些了，口鼻的插管已经被拔掉。可撕掉胶布后，他的脸依旧火辣辣地疼。

拉里又睡着了，还做了梦。醒来后，他发现三个人正望着自己。医生靠墙站着。罗伊·法兰西身穿迷彩T恤，手拿一张报纸，耳朵上夹着根烟。还有一个年纪稍大的光头，拉里不认识。一瞬间，病房显得很拥挤。护士也进来了，她头发扎在脑后，戴着手套，穿着手术服。她按下按钮，抬高拉里的床头，使拉里能勉强坐起来。她递给拉里一根饮料管，拉里吸了口水。

“你们别聊太久，他还是很虚弱。”医生说。然后，医生对拉里说：“你能活下来简直是奇迹。如果琼斯警官没及时叫救护车，如果救护车晚半小时送你来医院，如果没有他们的努力……”他耸了耸肩，“还有我们急救室的伊斯雷尔医生，他简直是个天才。”

“他曾经两次在巴格达服役。”法兰西说。

“子弹射中的部位，离心脏非常近。”医生说，“伤口流血不止。”

“琼斯警官？”拉里小声说。

“32琼斯，”法兰西说，“他救了你的命，拉里。”

塞拉斯。

“你住的是单人间病房，很不错，”法兰西说着，拍了拍邻床，“去年我因为胆结石入院，他们让我跟一个放屁的老家伙住在一起。

他聋得跟电线杆一样，根本不知道自己放屁多大声。”

“那不是我吗？”另一个人接话。那是个白人，留着短发，又矮又壮，腰间挂枪，胸前别着颗星星。

“这间病房里原本住了一位先生，但拉里进来后，他主动要求换房。”护士说。

“别说了。”医生说。

“有事叫我。”护士说。

“我会按铃。”

护士走了，门开着。法兰西走过去关上门，对门外的副调查官点点头，回来坐下。

“你认识我，”法兰西对拉里说，“但你可能不认识这位老兄，他是治安官杰克·罗利。”

“早上好。”治安官对拉里点点头。

法兰西把信封和录音机放在旁边的床上。

“咱们得谈谈。”他说。

拉里动了动左胳膊，又酸又麻。他感觉到自己的手腕被什么勒住了，想看却看不见。

右手腕也被勒住了。拉里明白了。

法兰西拿起录音机，按下录音键，放在一边。“如果你不介意，本次谈话将被录音。你得老老实实跟我们说，怎么样？”

“是的，长官。”拉里的声音有些沙哑。

“如果你需要休息，就告诉我们。我们有时间，不着急。医生说你会平安无事，子弹错过了心脏，打中一根肋骨，进了腹腔。后来你心脏病发作，器官开始衰竭，他们就为你手术，取掉了脾脏。现在你已经醒过来了。”

“奇迹！”治安官说，“你是自杀吗？”

拉里不记得了。他想起华莱士曾送给自己一把手枪。他想问，为什么要把他铐在床上。他拼命回忆之前的事，可脑中一片空白。母亲经常望着某些东西出神，他不明白母亲在看什么。莫非，母亲和现在的自己一样，在努力找回逝去的记忆？

“我不知道。”拉里说。

“好吧。”法兰西说着，看了罗利一眼，“咱们一会儿再谈这个。医生说，你今早醒来的第一句话，是问我们是否找到了蒂娜·卢瑟福。”

拉里也不记得。后来，他似乎又想起来了。他想起梦见僵尸面具，父亲看着面具直摇头，母亲说：“哦，天哪，拉里。”

“部分失忆是正常的，奥特先生，”医生说，“因为你神志昏迷。放松，慢慢想。”

“你能告诉我，”法兰西问，“你最后一次见她是什么时候？”

拉里转了转眼睛——连转眼睛都疼——看了看法兰西，又看了看治安官，再看了看医生。

“她还好吗？”

“不，拉里，她不好。她的尸体被埋在你那片土地西边的小木屋里。据我们估计，她已经被害九天了，被强奸……”

“什么？”拉里说着，想要下床，但被皮带束缚住了。

“被毒打。”

“不……”

“被勒死。”

拉里不顾疼痛，拼命摇头，扭动着胳膊，拉着皮带，踢着脚下的床单。

“请镇定，拉里先生。”医生皱着眉头，说：“早就告诉你们，现在还不是时候。”

拉里开始抽搐，几人冲过去按住他。

“护士！”医生叫道，并冲着法兰西说：“你们必须离开！”拉里感觉到，医生的声音越来越远，意识渐渐混乱，天花板和周围的一切都扭曲了，直至消失……

再次醒来时，拉里发现病房里只有自己，躺在床上，浑身缠着纱布，手腕被皮带束缚。他想起了母亲和家里的鸡。这些天有人给它们喂食吗？它们是不是已经饿死了？护士进来，他哽咽着说：“能请你帮个忙吗？”

护士看都没看他，问：“你想干什么？”

“请找个人，”拉里说，“帮我喂鸡。”

拉里再次醒来时，法兰西和罗利又来了，在一旁看着他。“我们给你打了镇静剂，”米尔顿医生说，“如果你现在不想说话，我可以请这两位先生晚些再来。你说了算。”

拉里摇摇头。他看到大家都没换衣服，估计应该是当天晚些时候。

“你想跟他们谈？”

拉里虚弱地点点头。

法兰西走到拉里身边，说："医生，能让我们单独跟他谈谈吗？"

"好吧。"

"非常感谢。"

医生起身，走到门口，说："我就在外面。"

法兰西按下录音键，清了清喉咙，说出地点、时间、人物。

"拉里，你感觉怎么样？"

拉里虚弱地点点头。

"我们尽量简短，不让你太累。护士说你问起过家里养的鸡。你放心，它们都很好，你的老朋友32一直在照顾它们。32也去看过你母亲了，你母亲一切如常。"

"为什么？"拉里问，"他为什么要做这些？"

"啊，我会关心犯人的作案动机。"他笑了笑，转身说："这是罗利治安官，沃克家女儿失踪那年，他是县里的副调查官。"法兰西退到一边，治安官走过来，坐在拉里旁边的床上。

"首先，"治安官说，"很抱歉给你加了这些束缚。"他解开拉里左手的皮带，然后俯身过去解开右手。"这是医院的要求。"他说。拉里将沉重的手臂抬到胸前，又摸了摸自己的手腕，发现被皮带捂着出了很多汗。

"我们通常不这么做，"治安官说，"尤其是对在同一天内先受枪伤后发心脏病的人。你那么虚弱，根本无力拔掉输液管，更别说起床逃跑了。"

拉里点点头，揉着自己的手腕。

"法兰西主调查官刚才说过，1982年我在这里做副调查官。就在那年，辛迪·沃克失踪了。当时，我刚加入警队两年左右，主要负责巡逻查酒驾，等等，新丁的业务。但是，拉里，我清楚地记得当年的情况，那是我入职后发生的首例重大案件。

“当年我们没有逮捕你，是因为没找到辛迪的尸体，你也没认罪，这样就无法证明你是杀人凶手。我们只有一些间接证据。如果我没记错，当年你有三个半小时空白时间，你无法对自己的去向和行为给出合理解释。而这段时间，足够你作案。你当时给的口供是，辛迪下车后，你独自去了汽车电影院，你答应晚些时候在路边接她，可是她没有出现。但是，没有证据能够证明你说的是实话。”

拉里张开嘴。

“你想说话？”

“我能跟塞拉斯……”他吞咽着，“跟塞拉斯谈谈吗？”

“谁？”治安官回头看着法兰西。

法兰西对治安官说：“32。”他上前一步，对拉里说：“塞拉斯不参与本案调查，这不是他的职责范围。你为什么想和他谈？”

“因为我们曾经是朋友。”

法兰西点点头：“塞拉斯提过。不过好像你们也不是什么太要好的朋友，只不过是同学。”

“我们当时是好朋友。”拉里说。

“好吧。我们对事物有不同看法，也许是吧。”法兰西走过来，治安官在窗边的椅子上坐下。法兰西看了看录音机，说：“拉里，我知道，这么多年来我一直都对你查得很严。之前，我们从没找到你杀害沃克家女儿或者其他人的证据，现在我们终于找到了。”他摇了摇头，说：“我想，很少有人知道你在树林里有间小木屋……”

“连我都忘了。”治安官说。

“小屋的那片土地你一直不愿意出售。现在，我们的伙计在那里发现了蒂娜的尸体。我想，作案人肯定有种永远不会被发现的侥幸心理吧。由此，我也想到了很多事情。”法兰西挠了挠头，继续说：“像你这样坏名声的人，也许早已厌烦了这个世界。世界是个可怕的小地方，尤其是东南密西西比。大家都在议论你，你也受够了。县里的人都排挤你，大家也有不对的地方。也许，你只不过想找人陪陪，她也恰好表现出对你很感兴趣。她们这些女孩总是穿短裙，戴脐环，画文身，等等。你呢，也多少有些‘名气’。她就是想跟你玩玩，号称是你的‘粉丝’。你们常在各种地方‘偶遇’——冰激凌店、邮局和沃尔玛。起初，你能够把持自己。渐渐地，你便无法抵挡诱惑——年轻女子，貌美如花，长发飘飘……

“男人对诱惑的抵抗力都是有限的，一旦你起了邪心，喝下几瓶冰箱里的蓝带啤酒，抽点大麻，稀里糊涂地犯浑，抓了人家。起初可能只想找个人陪你聊聊。男人嘛，总是会寂寞。可是，你也知道，女人们有时会歇斯底里，搞得你很害怕。她可能先动手打你，威胁你，想逃跑。你本不想伤害她，但意外还是发生了，她死了。最后，你可能根本不知道到底发生了什么事，也不知道怎么就杀了她。我认识一个人，他和空军战友一起喝酒，第二天早上醒来后，看见战友胸前插着一把刀。

“也许，这就是为什么你要开枪伤害自己，拉里。罪恶和愧疚交织在一起，你深受其扰，神不知鬼不觉地做了坏事。你想掩盖过去的事情，但冥冥中有什么总是不肯放过你，用各种方式回来找你。你看看，报纸上有女孩的照片。全世界都在找她，只有你知道真相。”

法兰西冷静地描述着，把强奸、杀人还有其他的一切，都说得头头是道。拉里听着，血管里充斥着镇静剂，脑袋昏昏沉沉。如果拉里真是凶手，先勒死蒂娜，又把她埋在小屋里，该是多么顺理成章。这些人自以为看透了拉里，能读懂人心。他们揣测你的想法、你的心理，认定你喝了几罐啤酒、抽了几口大麻后就能杀了最好的兄弟，还说有的女人想要被强奸，只要戴上面具，你就化身为其他人，强奸也只是满足那女人的需要而已。法兰西是在暗示，也许是那女人自找。拉里听着，眼神飘忽，到了远方——母亲经常张望的地方，也是真相被埋葬的地方。他能感觉到，真相如幽灵般在房间里游荡，它等待着自己去披露。但是，医生说他失血过多，短暂失忆或者神志不清都是正常现象。他记得那个面具和那把枪。他仿佛看到假拉里戴着面具站在门口，等待真拉里回家。假拉里看着真拉里下了车，穿过院子，走上台阶到了门廊，开门进屋。假拉里走到真拉里面前，举起枪捅在真拉里心脏处。真假拉里融为一体，共享一个心跳。然后，他看到真拉里举枪对准自己的胸膛，琢磨着如果自己认罪，就能满足这些自以为发现了事实真相的盲目推断者，该有多好。

“拉里？”

他回过神，看着法兰西：“你认为是我做的？”

法兰西回头，望了望治安官，说：“是的，拉里。我认为蒂娜·卢瑟福和辛迪·沃克都是你杀的。主调查官在这儿，他也这么认为。我们不知道你的杀人动机，如果你想告诉我们，那当然很好。”

“我也不知道，”拉里说，“我根本不认识卢瑟福家的蒂娜。除了母亲，我不认识其他人，蒂娜也不认识我。除了肯德基里的服务员，我很少跟其他人交流，经常一星期也说不上一句话。”

“好吧，”法兰西说，“有时候，我们无端做了坏事，也不是没有可能。世界处于快进模式，事情有时会失控。但是，拉里，对着自己的胸膛开枪时，你有什么感受？自杀不能解决问题，只会让一切更糟糕。我当差多年，可以告诉你，让心灵解脱的唯一办法，就是认罪并接受惩罚。”

“好的。”拉里说。

第十二章　告白

塞拉斯知道，是时候揭开那尘封二十五年的往事了。他将当年的情况一五一十地告诉了他们，不过，他还是隐瞒了一件事。

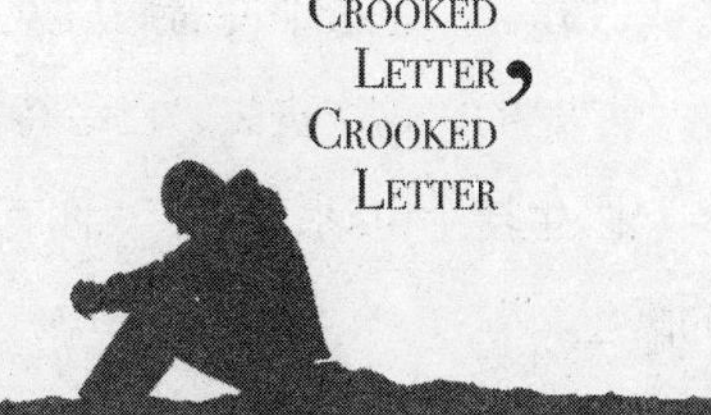

塞拉斯内心惶恐，边摆弄帽子，边等医院电梯。指示灯始终显示三楼，塞拉斯想，一定有人强行按着电梯门不放。他能想象出楼上的情形——罗利和法兰西编造出一个貌似合理的故事，威胁、哄骗拉里认罪。这是法兰西擅长的伎俩，人们都说，他能让木桩开口承认自己是“木材”。

电梯门终于开了，塞拉斯走进去，按了“3”，电梯门又关上。到了三层，他避开两个抽烟的护士，匆匆向病房走去。雷举起报纸向他打招呼，医生在接听电话，一根手指堵着耳朵。

“嘿，32。”雷说。

“雷。”塞拉斯冲着病房点了点头，问：“他们在里面？”

“是的，这次进去，已经待了二十多分钟了。”

医生挂上电话，说：“你有什么事？我是丹·米尔顿，奥特先生的医生。”

塞拉斯伸手，说：“我是32琼斯。”

他们握了握手。

“是你找到了卢瑟福家女儿的尸体？”

塞拉斯点了点头，看着米尔顿，问：“我能进去吗？”

没等雷和医生回答，塞拉斯已经进了病房，两人同声说道：“等等。”也跟着进了门。

法兰西转身，罗利从椅子上站起来，手放在枪套上。

“说曹操，曹操到。”法兰西说。他指了指病房门，雷点点头出去了，医生没走。

拉里抬头看见塞拉斯，笑了，像小时候一样，用手捂着嘴。他的眼神很混沌，因为一直在用药。

“嘿，塞拉斯，你来了。”

“嘿，拉里，是我。”塞拉斯犹豫着，不知是否该伸手。“你感觉怎么样？”

“不怎么好。他们说我自杀，还说我杀了那女孩，但我完全不记得自己曾做过这些事。现在，他们还想让我承认曾杀了辛迪·沃克。”

“奥特先生，你还想继续谈话吗？要不然我可以请这些先生们明天再来。”米尔顿医生问。

拉里说：“没关系，医生。塞拉斯来了，我很高兴。”

“如果有什么需要，就按按钮。”米尔顿医生说。他看了看法兰西，又看了看治安官，离开了。

“头儿，”塞拉斯说，“能不能让我和拉里单独谈谈？”

“现在不行，”法兰西说，“不过你可以留下，见证我们的谈话。”

谈话。

“你晚上来过我病房吗？”拉里问塞拉斯，“在我昏迷的时候？”

“嗯。”塞拉斯想让拉里住嘴，不要多说。等到有机会独处，他会向拉里解释。他盯着不锈钢床架，看到绑拉里手腕的皮带还留在上面。他像个说谎的孩子，被人当场戳穿，悻悻地说："有时候来。"

"你一直帮我喂鸡？"

"嗯，但我没能像你一样，拉着鸡笼出去。"

"你给我带《夜班》了吗？"拉里盯着床边的桌子。书的封面，是一只缠满纱布的手，手掌里长着两只眼睛。

"嗯。"塞拉斯说。

"谢谢。"

"不客气。"

"你读了吗？"

"嗯。"

"好看吗？"

"我不喜欢，"塞拉斯说，"我对恐怖故事没有太大兴趣，现实生活中恐怖的事情已经太多了。"其实，他想说，他更喜欢从前拉里讲的那些故事。法兰西清了清嗓子。

"咱们先不谈奥普拉读书俱乐部的话题。我们刚才跟拉里说，除非他肯认罪并承担责任，否则内疚和悔恨永远不会消失。你说对吧，32？"

"如果他真的犯了罪。"塞拉斯感觉到法兰西有些不安，罗利也在椅子上挪了挪。

"告诉他们，塞拉斯，"拉里说，"我们曾经是朋友。"

"是的，"法兰西说，"跟我们说说，塞拉斯。"

"我们确实是朋友。"塞拉斯对拉里说。

“朋友，嗯？”法兰西盯着塞拉斯，问：“你们不就是同学吗？”

“不。”拉里顿时精神振奋，脸上有了血色，口气也硬朗了许多。他换了换姿势，活动了一下手，说：“我们在学校里不能做朋友，因为塞拉斯是黑人。咱们以前总在树林里玩，记得吗，塞拉斯？”

“这也许是段不错的往事，”法兰西说，“不过，你还是跟我们说说辛迪·沃克的事吧，拉里？”

“等等。”塞拉斯说。

治安官咳嗽了几声，法兰西狠狠瞪了塞拉斯几眼，意思是说：别给我搞砸了。

“我带她去她想去的地方，”拉里完全没有在意周围逐秒升级的紧张气氛，“她下了车，我开车走了。”

“这些话我们听了无数遍了，”法兰西说，“是时候说实话了，拉里。否则，你的愧疚和悔恨不会消失。”

“不是他干的。”塞拉斯说。

“琼斯警官，”治安官发话了，“你想出去，在大厅等候吗？”

“不，我不想。”

病房里一阵沉默，只有拉里的仪器在响。塞拉斯感觉到，治安官严厉的目光落在自己脸上和背上，就像激光枪的小红点。

“你有什么要跟我们说的吗？”法兰西问。

塞拉斯知道，是时候揭开那尘封二十五年的往事了。窗外马路上，一辆运木材的卡车突然刹车，木材向前滚动。塞拉斯却觉得，那些木材一下子穿越了窗户，砸在自己脑后。

“是我。”塞拉斯转过脸去。

“你？”

“拉里把辛迪送到那个地方，是我接了她。我们去了树林里，后来我又把她送回她们家附近的路口。”

拉里说：“什么？”

法兰西抓住塞拉斯的肩膀，硬把他扭过来面对自己，问：“等等，你是说，1982年的那天，辛迪是去见你？”

是的，是他。

“你的意思是，”法兰西说，“这么多年来，拉里并没有撒谎？你才是辛迪生前最后见的人？”

塞拉斯点点头。

“是你？”拉里问。

“嗯。”

“她怀孕了，”拉里说，“孩子是你的？”

塞拉斯抓着床架。

“就因为这个，你去了牛津？”拉里盯着他。

“部分是吧。”

“去跟她会合？”

塞拉斯说：“拉里……”

“男孩还是女孩？”

“什么？”

“那个孩子啊，你的孩子。”

“她没有怀孕。”塞拉斯说。

法兰西挥了挥手，说：“老天爷。”

“罗伊——”罗利说。

拉里满脸疑惑。

“拉里，”塞拉斯看着他，“我欠你一个道歉。辛迪当时根本没有怀孕，她只是……她知道只要说自己怀孕，你就能带她去见我。我们相爱了，也许是我一相情愿。我当时并不知道她去找你。”

拉里一言不发。

“那天晚上，”塞拉斯接着说，“你把她送到路边，我们开车去了老地方，然后吵了一架。她说想跟我私奔，但是我——我有很好的棒球前途，况且母亲也反对我们在一起。因为各种原因，私奔是行不通的，我只好送她回家。”

拉里说：“送她回家。”

“是的。”

“那你们提前到了。”

“是的，可她没有等你。她生我的气，自己顺着黑黢黢的马路跑回家了。”

“塞西尔就在那条路上。”

“是的。”

他们看着对方，塞拉斯知道拉里在想什么。他知道，拉里脑中浮现出塞西尔在门口迎上辛迪的情形：辛迪满脸通红，挂着泪水。塞西尔拿着啤酒，趺趺撞撞地走过来，冲她大吼大叫。塞拉斯开着母亲的车奔驰在回家的路上，越开越快。此时，拉里也从汽车电影院赶着回家。两人打了个时间差，或许曾在高速路上擦肩而过，但都心事重重，根本没有在意过往的车辆。

“塞西尔杀了她。”拉里说。

医生进门，拍了拍手表。

“本次谈话——”罗利摆出慈父的姿态，站在塞拉斯和法兰西中间，拍了拍两人的肩膀说，“——也许要告一段落，伙计们。暂告一段落。”

“等等。”法兰西给拉里绑上皮带。拉里说：“我们当时是朋友，对吧，塞拉斯？”

“说实话啊，32琼斯。”塞拉斯对自己说。

“你是个称职的好朋友，拉里，”塞拉斯说，“我不知道，自己是否能算个好朋友。”

塞拉斯跟着法兰西和罗利开车回到治安官办公室，把车停在法兰西车旁。法兰西下了车，把烟头扔在地上，用脚踩了踩，抬头看天。乌云像潮水般慢慢涌到屋顶，塞拉斯感觉到有风拂过脸颊，密西西比州州旗在旗杆上摇曳，雨滴开始落在柏油路上。罗利匆忙跑回自己的专用车位，摇起车窗。法兰西推门，三人走进楼里。与其他所有被传唤到这栋红砖楼里来的人一样，塞拉斯也要接受审问。“谈话”。他们在问讯处停下，法兰西和罗利各自查收了消息，塞拉斯怔怔地站着。

塞拉斯跟着法兰西来到办公桌旁，法兰西把录音机扔在证物盒上。他的办公桌上堆满了文件夹，头顶的书架上放着各种录像带、手册和文件夹。左手边有块白板，上面记录着正在处理的案件，第一桩是蒂娜·卢瑟福案，第二桩是M&M案，然后是几桩入室盗窃、偷车和强奸案，最后是拉里·奥特枪击案。塞拉斯坐在折椅上，罗利关上办公室的门，法兰西按下咖啡机。治安官站着，从口袋里掏出一个酒壶喝了一口，两手把着头顶的文件柜。

法兰西把椅子拉出来，坐下。咖啡机正在煮咖啡。

“好了，”法兰西说，“说吧。”

“真是个曲折的故事。”塞拉斯讲完，法兰西不禁说道。塞拉斯将当年的情况一五一十地告诉了他们，不过，他隐瞒了自己和拉里是同父异母的兄弟这件事。

法兰西倒了杯咖啡给塞拉斯，又倒了一杯给罗利。“我给你点建议。如果我是你，我不会太声张。你明白吧？如果现在还是1982年，警方会把塞西尔·沃克列为嫌疑人，叫来审问一番。可如今，他都死了很久了……”

“他得了癌症，”治安官说，“最后走得很痛苦。也许，对你能有些安慰和补偿。”

法兰西说：“这件事在你心里藏了二十五年。我明白你的考虑和顾忌。可是，警方从未找到辛迪的尸体，奥特也没有坐牢……”

“妈的，”塞拉斯说，“拉里一生都在坐牢。”

“嗯，你说到了伦理道德问题，也是民法问题。这些都超出了我们的职责范围。不过，考虑到他并没进监狱，我们还是不要惹是非，多一事不如少一事，先做好眼前的事吧。如果他是无辜的，清者自清。”

“关于蒂娜·卢瑟福的案子，我刚才所说的一切都不能改变你们的判断吗？”塞拉斯说。

“比如说？”

“比如说，有人借着拉里名声很坏的弱点，杀人嫁祸。如果我杀了她，猜猜我会把她埋在哪里？”塞拉斯问。

“我们知道你会埋尸何处，”法兰西说，“可县里根本没什么人知道那间小木屋，不是吗？而且在你闯进病房搞砸我的计划之前，那个奥特已经初步认罪了。治安官，你说呢？”

“我也这么认为。”

“我现在要暂时停你的职，我想你明白原因。”法兰西对塞拉斯说。

“嗯。”塞拉斯答道。

雨水打湿了塞拉斯的肩膀和帽子。他走进医院，站在前台和雷聊了一会儿。

“你今天早到了，”雷说，“他认罪了吗？”

“嗯，”今天确实是个认罪的日子，“我今晚不留这儿。”

“那你帮我照看一会儿？我去抽根烟。”

“去吧。”

塞拉斯看着雷跑到走廊尽头。当他确信雷走远了，他溜进了病房。拉里闭目躺在床上，面朝窗户，缠满纱布的胸口随着呼吸起伏。

塞拉斯叫道：“拉里。”

拉里转身，睁开眼，看到塞拉斯拿着帽子站在旁边。

“嘿。”塞拉斯说。

拉里看着塞拉斯，然后张嘴说了点什么，可他的声音太小，塞拉斯只好凑到他嘴边去听。

“你说什么，拉里？”

“这么多年了，”拉里说，“她早就死了？”

“我不知道，也许吧，很有可能。”

“这么多年了。原来，当年是你送她回家的。”

“对不起。”

“这么多年了，人们一直以为是我干的。”

“听着，”塞拉斯说，“我们以后再讨论这个，我有很多话要跟你说。现在，我们必须得把蒂娜的事撇清。他们想逼你认罪，可我们都知道，凶手不是你。”

“你怎么确定不是我，塞拉斯？”

“我确定。我也知道你根本没有自杀。”

“为什么？就因为二十五年前咱们做了三个月的朋友？现在你凭什么觉得自己很了解我？”

“告诉我，谁开枪打你？我认为，那人就是杀害蒂娜的凶手。”

窗外，雷声四起。拉里扭头看着窗外。

“你出事前不久，曾给我打过电话，”塞拉斯声音中带着恳切，“你说有要紧事，是什么事？”

“你根本没给我回电话。”

“我后来才看到你的留言。”

“我打过好几次。”

“对不起，可是……”

“我第一次给你打电话，是想跟你道歉，为上次父亲逼我们打架时我的口不择言而道歉。可你不理我。”

“没关系，拉里。那都是过去的事了。”

“但现在，我不知道该说什么了。我不知道自己是否应该为当时的话而感到抱歉。”

“好吧，”塞拉斯说，“那你知道是谁开枪打你吗？你为什么给我打电话？”

“32？”雷站在门边，说：“你干什么呢？”

“没事。”塞拉斯说着，看了看拉里。拉里扭头朝向窗外，紧闭双眼。塞拉斯迟疑了一阵，转身出门。

“头儿刚才打过电话，”雷满脸疑惑地问，“你晚上不用值班？”

“大概是吧。”

“为什么？”雷问，“什么幺蛾子？”

“很复杂。”塞拉斯说着，转身走了。

塞拉斯坐在“夏博巴士”后排的塑料桌旁，手指摸索着百威啤酒瓶，很想找个玻璃杯来喝酒。工厂的工人们吵吵嚷嚷地回家了，店里只剩下他一个人。他不停地想，无端被剥夺了二十五年生活，该是怎样的滋味？拉里背负着奸杀的罪名，除了找不到DNA证据，其他所有的证供都对他不利，但自己才是真正的“罪犯”，最终难逃良心的谴责。

现在是晚上十一点，雨已经停了。酒吧服务员奇普是个白人，留着山羊胡。他坐在柜台后切柠檬，然后放进碗里，用刀赶着蚊子。奇普在酒吧工作了很久，所以他懂得察言观色，知道什么样的人需要独自静一静。他会留心给塞拉斯加啤酒，收走空瓶子，扔进垃圾桶。记者山农给塞拉斯打过电话，可他不想接。

窗外也摆着桌椅，路边的沟渠里长满了野葛，也堆满了垃圾，就像被困在蛛网上的虫子。塞拉斯记得，他们搬出小屋，去了福瑟姆后，他开始坐校车上学。坐车的时候，窗外的风景一掠而过，他仿佛看到自己的美好前程。或许，“夏博巴士”也曾是他坐过的校车。现在，外面除了野草和垃圾，没有其他东西。所有的景象都被冰封在记忆中。这就是童年吗？童年难道就像车窗外的风景，飞逝而过，树木连成模糊的一片，让人无法看清真实的面貌和结果吗？如果是这样，那成年意味着什么？校车停站吗？四十不惑，却被往事所惑，是不是野葛都比自己睿智？

“嘿，警官，你的帽子呢？”

塞拉斯抬头，正要嘟囔着说“别理我，我想一个人静静”，却看见“白色垃圾街”的伊莉娜站在眼前，跷着腿，一脸坏笑。她的皮肤被雨水打湿，闪着银光。

“你们家的信箱里又出现蛇了？”塞拉斯问。

“我都快吓死了。男人们在旁边标了记号，想看看那人还会不会再来。”伊莉娜在自己金黄色的头发上挑染了红色。她穿着短牛仔衬衫，红色牛仔靴，都被雨水淋湿了。里面的低胸圆领背心难掩她的大文身。是大麻叶图案吗？塞拉斯看不清楚。她手里拿着根烟，涂了红色指甲油，手腕上戴着好几条手链，摇来晃去的。“破电话账单，还得拿去南方贝尔[1]缴费。我能和你一起喝酒吗？”

---

① BellSouth，美国第三大电信公司，总部设于佐治亚州亚特兰大。

塞拉斯点了点头，示意她可以坐在旁边的椅子上。

“嘿，奇普，来个百威啤酒。”她说。

“准备好了吗，32？”

“当然，都记在我账上。”

伊莉娜坐下来。塞拉斯心想，如果这时候安吉来了，他的信箱里就该出现蛇了。其实，塞拉斯很想在这里遇见安吉。自从那晚之后，他们就没再联络，他认为这就是安吉的表态：“我对你很失望。”唉，谁又对我不失望呢？

伊莉娜探头过来，直视塞拉斯的眼睛。她的低胸背心充满了诱惑，黑色的蕾丝文胸若隐若现。“你没事儿吧，警官？”

奇普端着两瓶啤酒走过来，放下，说：“真好喝。”

“干杯。”伊莉娜举瓶跟塞拉斯碰了碰。

他也说了声干杯，两人一起喝酒。她把烟头扔进烟灰缸，灭掉。

“你在干吗？要灌醉自己？”她问。

“难道我还没醉？”

“那我得赶紧追上你。”她点了一轮龙舌兰，不加盐。她一饮而尽，放下酒杯，说：“感觉好多了。”她的眼睛有些湿润，“我正赶着去参加聚会，碰巧看到你的车停在外面。”

“想不看见都难。”

“那车很可爱。”她用指节碰着塞拉斯的手臂，手镯哗哗作响。“我要跟你爆料。”

“我已经下班了，”他说，“不过来者不拒，我正需要一些线索。”

伊莉娜喝了一大口酒，趴在桌子上，胸部正好靠在桌子边缘。

“我另外一个室友叫伊芙琳。你来的时候，她正在上班，所以你没见过她。那天晚上，我们在聊天，说起蛇还有其他事情，她突然开始跟我们道歉。她说以前没告诉我们，她搬进来之前，曾跟一个怪人约会过。有天晚上，他在家搞聚会，伊芙琳去参加。那个男人家里有很多枪，手枪啊，步枪啊。”

“这就是你的料？”

“枪？当然不是。伊芙琳不在乎枪不枪的，她喜欢射击。我要说的，是另外一件事。那人家里有很多蛇，有的在水族箱里，有的在架子上，有的在厨房桌子上，还有的在客厅里。他告诉伊芙琳，他的爱好是收集活蛇。”

塞拉斯看着她。她的瞳孔变大了，肯定抽了大麻，或者吃了摇头丸。

“然后，他们开始亲热。她说，蛇在旁边看着，她很不舒服，蛇根本不眨眼。她不想继续亲热，可那人不肯。事情越弄越糟，她开始害怕。伊芙琳的第二任丈夫曾送给她一把小手枪，每次只打一发子弹，可以放进钱包，很便携。她掏出手枪，威胁那人，说如果不放她走，她就开枪。那个怪人一直盯着他，还随手拿起桌上的一把手枪，好像在挑衅伊芙琳，等她开枪。伊芙琳想，完蛋了，也许真要开枪杀了那混账。不过，最后那人臭骂了伊芙琳一顿，让她滚蛋。”

“她报警了吗？”

“没有，伊芙琳才不是动不动就报警的人。”

也许伊莉娜隐瞒了一些细节，大概伊芙琳和那人一起抽大麻。伊芙琳担心万一报警，那人会反咬自己一口。

伊莉娜掏出一根烟，塞拉斯拿起打火机帮她点着。“她差点儿没逃出来。后来，她立即打电话，让朋友来接她。”

“所以，你觉得，蛇是那个男人放的？”

“有可能。她承认，搬家就是为避开那个男人。他总是上门找她，还打电话。”

“那男人叫什么？”

“华莱士。华莱士·斯特林费洛。住在7号高速公路旁，过了鲶鱼场就能找到。”

塞拉斯从兜里掏出笔，在纸巾上记下名字，塞进衣兜。塞拉斯有点印象，应该就是那个骑四轮车的家伙，车上放着个褐色枕套。他是叫华莱士吧？拉里曾经说过，装蛇的最好工具就是枕套。

“你还是赶紧去吧，”他说，“去参加你的聚会。你喝了这么多酒，别开车了。”

“你想和我一起去参加聚会吗？”

“我？夏博警官？你确定，你想让我去吗？对于某些聚会来说，我可是很扫兴的人物。”

她喝着啤酒，用舌头舔着瓶子，说：“我明白你的意思。”

伊莉娜没有走，他们接着喝了一些啤酒，又喝了几轮龙舌兰，然后开着塞拉斯的车去了她家。今晚，伊莉娜独自在家，玛莎和孩子回了娘家，伊芙琳去参加聚会了。刚下过雨，路上很滑，塞拉斯小心地开车。伊莉娜说，和警察一起醉酒驾车很爽，根本不用担心会被抓到。来到院子里，他们赶走那群脏兮兮的狗，来到家门口。塞拉斯手扶着墙，等待伊莉娜从脚垫下找出钥匙。进门开了灯，塞拉斯摸着到沙发上坐下，伊莉娜去拿啤酒。屋里很干净，到处都是儿童玩具，桌脚放着个熔岩台灯。窗帘敞开着，夜色透进来。塞拉斯用手指撑着头，想让自己清醒，不停对自己说："32琼斯，你在干什么？赶紧离开这儿！"

伊莉娜拿着两罐啤酒，坐在塞拉斯身边，递给他一瓶。她把自己的酒放在咖啡桌上，双脚放在塞拉斯大腿上。"帮我脱鞋，警官。"她说。塞拉斯起身，慢慢地脱下一只鞋，又脱她的袜子。她的脚趾涂了红色指甲油，不停扭动着，散发出一股麝香味。塞拉斯的目光顺着她的膝盖一直向上，看到她裙底的红色内裤和大腿内侧的文身（一个被咬掉一口的苹果）。伊莉娜睡意绵绵地看着塞拉斯。塞拉斯开始脱她的另一只鞋，身体突然失去平衡，猛地向大门口冲过去，抓住门把手。伊莉娜咯咯笑着，把靴子扔到他身上，叫他回来。他握着把手，看到门外有车缓慢开过，想到自己已经在门锁上、啤酒瓶上以及她的靴子上留下了指纹。而且，还有目击者开车经过。他想起病床上的拉里，自家床上的安吉。塞拉斯，你到底在干什么？！

"我要走了。"他说。

第十三章　令人绝望的伤痛

拉里将电视静音，换台，拼命让自己忘掉华莱士，忘掉塞拉斯，忘掉辛迪。一想起他们，他的胸口就生疼。这疼痛，与枪伤无关；心灵的伤痛，与肉体无关。

拉里在看有线电视，不停换台，心里惦记自家的信箱。这么多年里，他多次修理过信箱。早上上班时，他经常发现信箱歪歪斜斜地挂在柱子上，或者整个掉在地上，埋进土里。有时候，杂志散落一地，就像放养的鸡。还有一次，信箱和柱子都丢了。他知道，肯定是那群青年人开车路过，用球棒砸了信箱。要是邻居家的信箱也遭殃，拉里心里会安慰些。可是，别人家的信箱都完好无损，只有他才是整蛊的对象。

拉里很疲惫。虽然什么都没做，只是睡觉，他仍然觉得疲惫不堪。

他厌倦了经常买新信箱的日子。

他坐起来，举着遥控器。屋里灯光昏暗，窗外乌云吞噬了天空。因此，那天的夜也来得特别早。闪电是大自然释放的能量，不断击打着地球。世界忽明忽暗，日和夜在为争夺统治权而斗争，这也是一场上帝与恶魔的较量。医院里的电视信号很好，不像家里的电视，极易受坏天气的干扰。他停在一个播放20世纪70年代早期克里斯托弗·李导演的吸血鬼电影的频道。他数了数，总共六十六个频道。

这是有线电视，不是DIERCTV，DIRECTV能收到更多频道。华莱士跟他说过。

华莱士。

他厌倦了家里只能收到三个频道的电视。

他举起遥控器，换到脱口秀节目，又换到财富节目，再换到新闻，然后换到情景喜剧，最后换到杰瑞·路易斯的电影。他想起了塞拉斯，感觉到耳朵阵阵发热，百般滋味涌上心头。他又想起了辛迪。他又换了频道，一男一女在推销珠宝，肯定有人打电话去买。他想起曾经的塞拉斯和辛迪，胸口阵阵疼痛。屏幕上闪过一个人，站在画板前讲美术课。拉里闭上眼睛，脑中浮现出1979年的画面。那天早上，他带了纸、彩笔和步枪去树林里。他和塞拉斯把东西摊在一片空地上，挨着趴下，开始画漫画。拉里画的是超人的故事，经典的桥段。拉里偷偷看了一眼塞拉斯的画，他笔下的人物很奇怪，不成比例，但都很有趣。夸张的大脑袋和大手脚，每一幕都没有背景，只有人物。塞拉斯画的是《弗兰肯斯坦》[①]式的漫画，讲的是一位疯狂的科学家救活了一具尸体的故事。拉里注意到，科学家的助手名叫Ergo。拉里很喜欢这个名字。他把自己的纸卷好，起身，活动双手。塞拉斯还在画。"嘿，"拉里说，"那人的名字怎么读？"拉里用红色铅笔指着Ergo问。"伊格尔。"塞拉斯说。

拉里睁开眼，感觉心脏就快要从缝住的伤口中跳出来。窗外雷声阵阵。这些年来，他一直在等待——在自家的门廊上、在起居室的电

① 英国诗人雪莱的妻子玛丽·雪莱的科幻小说。

视机前、在壁炉旁、在汽修铺里、在父亲的旧办公椅上——一遍又一遍地读着同一本书，一次又一次开车从家里到店里。这些年来，他一直在等待塞拉斯和辛迪回来。可是，塞拉斯在自己的世界里潇洒地打着棒球，而辛迪早已去了另一个世界。她的葬身之地，或许只有塞西尔知道。他又换了频道，音乐、肥皂剧、新闻、电视广告、棒球赛……他看到塞拉斯在球场上，活力四射，自信满满，接球跑垒。他看到自己在和辛迪约会，记得卫生间镜子里自己的笑脸，记得父亲讲过塞西尔掉下山谷的笑话，记得全家围坐在饭桌旁大笑，记得他们最后一晚的美好生活。窗外有闪电划过。他看到约会那天，自己在吸烟区和辛迪说话，塞拉斯从球场上看着他们。他看到，塞拉斯和朋友们在鬼屋，辛迪也在。那时候，塞拉斯和辛迪就已经在一起了，可是没人知道。大家都开心地笑着闹着，没人理会自己。他拿着面具，独自一人。面具。华莱士。他按下遥控器，手腕有点酸。一个频道在播动画片，不是兔八哥，也不是达菲鸭，而是某个日本漫画，他没看过。他又按了遥控器，另一个频道在播西方卡通；再按，新闻、伊拉克战争、广告；再按，连环杀手电视剧，拉里有点害怕，手心吓出了冷汗。继续按，天气预报、网球、男人、女人、孩子、狗、飞机、总统在招手、电视传道者边祈祷边要钱、眼镜蛇王张着大嘴露出尖牙……那么多频道。他又按了一下，画面出现蚊子咬人的近镜头，蚊子把针扎进人的皮肤，开始吸血。

在当地的第五频道，拉里看到了熟悉的场景。画面上播放的正是这家医院，白天在停车场拍摄的画面。接着，是他十六岁时十一年级年报上的照片。记者报道说：“……正在福瑟姆医院进行治疗，很可能是自杀。”画面切换，出现几位急救医生抬着一具尸体，警灯不停在闪。接着，是一个可爱女孩的照片。“奥特是这起绑架、强奸和谋杀案的嫌疑犯。被害者蒂娜·卢瑟福是密西西比大学三年级学生，今年十九岁。她的尸体被埋在奥特家土地上一座被弃的小木屋里。警方尚未对此事发表任何评论，但是已经安排了警察在奥特病房外值班。”

拉里用力呼吸，胸口很痛。窗外下起了瓢泼大雨，天空乌黑一片，偶尔闪过电光。他看着病房门。

“打扰一下。”他对门外的警察喊道。他喊了四次，门外那个戴着雷·本顿名牌的人才起身，皱着眉探头进来。

“嗯？”

“我能和罗伊·法兰西谈谈吗？”

警官看了看他，问：“你改变主意了？”

“告诉他，”拉里说，“我想起了一些事。”

“哦，他已经走了，明天才会回来。你还想和谁谈？治安官？”

“不用了，我还是等法兰西吧。”

警官点了点头，出去了。

拉里决定把自己知道的事都说出去。在今天之前，他只想跟塞拉斯说。可现在，他却想跟法兰西说。在卢瑟福家女孩失踪几日后的某个晚上，他睁大双眼，坐在床上，不知为何睡不着。他拿起闹钟，看了看时间，凌晨三点一刻。他起床，穿好睡袍，下楼去客厅。他想起了那把手枪，但是没拿，直接开门走了出去。华莱士背对着拉里，低着头，坐在门廊上抽烟，在黑暗中他的身影显得愈发瘦小。月亮渐渐落下，拉里的卡车仍然被笼罩在阴影中，旁边停着一辆小轿车。

“华莱士？”

“嘿。”华莱士开口说话，却没抬头。

“你喝醉了？”

“嗯。”

“现在是半夜。”

“我做了些事。”

“什么事？”

华莱士不肯说，只是不停地抽烟，吐着烟圈。

“你在这儿待了多久？”

“我不知道。”

“最近你干什么去了？”

华莱士没有回答。拉里走到摇椅边坐下，身体前倾，双手放在膝盖上，光脚踩着地面。“发生什么事了，华莱士？你做了什么？”

华莱士不说话。

“‘杀人小丑’最近怎么样？”

“还是那么凶。我从母亲家搬出来了，因为母亲害怕它。那个DIRECTV的浑蛋现在和母亲同居。我在鲶鱼场旁边租了间房子，附近没什么邻居，只有鲶鱼。有人骑着四轮车在渔场边守着，我有时会偷溜进去钓鱼。”

“就像你从前在我河里钓鱼那样？”

“嗯，不过现在，我时不时地能钓到一条鱼。那里有几条大鱼。”

“你付钱就可以进去钓鱼。我听说里面有个特殊的鱼塘，大家可以带孩子去钓鱼，按重量付钱。”

“你了解我，拉里。我就是不守规矩的人。老老实实地做事儿，多没意思。”

“你弄了辆新车？”

“嗯，不怎么好。”

“我有个主意。”拉里说。

“是吗？”

“嗯，你想不想学修车？”

“什么意思？”

“我的意思是，你愿意到我店里工作吗？”

华莱士不说话。

“你可以跟我做学徒。”

“我觉得可能不行，拉里。”

“为什么？”

“我不值得你这么费心。”

“为什么这么说，华莱士？既然我能学会，大家都能学会。父亲曾说我是个机械白痴。可后来在部队里，他们教会了我。我发现自己对机械也很有天分，只是需要个机会而已。”

华莱士捻灭烟头，问：“最近还有人找你麻烦吗？”

“最近没有。”

“除了我，没有别人了吧？”

“我不觉得你是我的麻烦，华莱士。”

他们坐了一会儿。

"你可以考虑一下，"拉里说，"做学徒的事。"

没过多久，华莱士就走了，他始终没告诉拉里，自己到底做了什么。拉里看着华莱士离开，然后独自坐在门廊上，直到黎明来临。

法兰西来到医院后，拉里决定将自己知道的一切，都告诉他。他要跟法兰西说，起初自己想保护开枪的人，因为那人曾是自己的朋友。可是，塞拉斯曾经也是自己的朋友，不是吗？！也许，拉里一直误解了"朋友"的意思。也许，他已经受了太久排挤，所有人都把他当做可以嫁祸的冤大头。也许，他开始有点认同，别人眼中那个不堪的自己。

他也绝不多说。

拉里要告诉法兰西，这人以前曾在教堂里见过自己，小时候还去过拉里家。拉里在他身上看到了些许自己的影子——行事乖张的孤独的小孩。也许，对他来说，拉里是这个世界上的大英雄。

同时，拉里也渐渐看清，这个世界变成了什么模样。在以前那个青翠油绿的世界里，父亲会拿着枪去学校，扔在火炉边，然后在回家的路上打松鼠做晚餐。夏天，卡尔·奥特赤裸着上身，被太阳晒得黝黑，头发生了跳蚤，身上有吸血螨虫。现在，那片土地已经光秃。蚊子传播西尼罗热[①]，跳蚤带来莱姆病[②]；太阳能晒出皮肤癌，如果你带枪去学校，就是要谋杀同学。

---

① West Nile，由西尼罗病毒感染引起的急性传染病。

② Lyme disease，一种自然疫源性疾病。症状早期以慢性游走性红斑为主，中期表现为神经系统及心脏异常，晚期主要是关节炎。

拉里要告诉法兰西，自己已经在医院里躺了很久，知道是谁开的枪，谁杀了卢瑟福家的女孩。

拉里要提醒法兰西，凶手喜欢喝蓝带啤酒，总是骑一辆四轮车。他从一个叫莫顿·莫里赛特的黑人手中买大麻，那人绰号叫M&M。他养了一只很凶的狗，名叫“杀人小丑”。他送了我一把手枪，然后用那把枪杀我。他说过，女孩儿们喜欢被强奸的感觉。他曾到我家来，说自己做过一些事。我认得出面具后他的双眼，我认得我的面具。在这个世界上，只有四个人知道卢瑟福家女孩被埋的小屋的地址——我和我失忆的母亲、塞拉斯·琼斯，还有华莱士·斯特林费洛。

拉里将电视静音，换台，拼命让自己忘掉华莱士，忘掉塞拉斯，忘掉辛迪。一想起他们，他的胸口就生疼。这疼痛，与枪伤无关；心灵的伤痛，与肉体无关。

拉里记得，以前看过对付那些用球棒砸信箱的人的绝招。先买好两个信箱，一大一小，大的须能装下小的。然后，把小信箱装进大信箱里，在四周的空隙中灌进水泥。晾干后，用金属杆把信箱固定住。下次，那群人再从车里探出头来用球棒砸信箱的时候，他们的胳膊就会受伤。

拉里又换了频道，是北极熊节目。再换，是狗食广告。他想，等他回家，要把自己的信箱灌上水泥。再换，又是布道者，穿着一身不错的西装，在装饰着百合花的讲坛上讲经。

再换……

第十四章　响尾蛇的主人

他想打电话求助，可是找不到手机。他想站起来，但又不能松开胳膊。他浑身发冷，发现蛇正朝自己爬过来。

早上，塞拉斯醒过来，发现自己还穿着衣服和靴子。他站在淋浴喷头下，直到热水流出来。宿醉，口气很大，他用了漱口水，张嘴又闭嘴。照照镜子，发现头发都竖了起来，他突然很想用剃须刀剃头。他戴上帽子，扣好扣子，带着宿醉的头疼出门去上班。他开着破吉普车在路上颠簸，车里仍留有香烟的余味和伊莉娜的香水味。昨夜以混乱收场，他慌忙逃走，她穿着一只靴子追到门口，说如果他是个胆小的废物，怎么也得把自己送去聚会的地点。

他确信，自己没有送她去参加聚会。他不知道自己是怎么回家的，好在他是在自家的床上醒过来。手机里有安吉的短信，一条是十一点左右发来的，问他晚上会不会过去；另一条是凌晨发来的，问他到底去了哪里。

塞拉斯到达夏博镇议会的时候，正好是七点半。安吉今天休假，现在打电话给她太早。塞拉斯穿过停车场，开始指挥过往的车辆。工厂轰轰隆隆地吼叫着，每一次哨声都激起塞拉斯心中脆弱的情感。

“看看你自己。”当塞拉斯走进The Hub时，玛拉说道。他身上的橙色安全背心已经被汗水打湿。“我看到你在停车场。”她从凳子上起来，递给他一杯咖啡。塞拉斯谢过玛拉，走到后排坐下，脱掉背心，摘下帽子，挣扎着不让自己睡着。玛拉跟其他客人聊了几句，然后端着两张火腿饼和一瓶拜耳阿司匹林走过来。她坐在塞拉斯对面的椅子上，将早饭推到塞拉斯眼前，打开药瓶。

“谢谢。”塞拉斯拿出三片阿司匹林，就着咖啡吞了下去。

“有心事？”

“嗯。”

“我记得自己以前喝酒的情景。”

“问题是，有些事我怎么也想不起来。”

“什么事？”

“愧疚。”他说。

玛拉点了根烟，说：“啊，愧疚，施洗者的鸦片。需要跟我说说吗？”

“不用了，我已经说了很多了，好像都没什么用。”

门口的铃声响起，玛拉起身说：“好了，亲爱的，别对自己太苛刻。我们不能自找麻烦。”她一瘸一拐地走开了。

但那恰恰是他最大的问题，不是吗？远离“麻烦”便是他一直以来的生活方式。

塞拉斯去了镇议会。威瑟琳在计算县里的收支预算，ipod里播着福音歌。

“你今天能开几张罚单吗？”她问。

“我尽量。”塞拉斯坐在桌旁，觉得胃里的饼在翻涌。

“猜猜谁打电话来了？”

“山农。”

“她说你一直躲着她。”

塞拉斯假装对新闻报道很感兴趣。

“你以前跟她说话并不害羞，32，现在怎么了？”

她的手机响了，塞拉斯没有回答，趁机溜了出去。

他开车去福瑟姆。路过奥特汽修铺时，看到有人在门上喷了“连环杀人犯”的字样。办公室的两扇窗户被砸碎了，加油泵的喷嘴也被偷走了。他没有停车，继续行驶。

塞拉斯来到医院，看见停车场里有三辆新闻车，都顶着“大锅”，记者们站在阴凉处抽烟。他们收到消息——杀人犯醒过来了。塞拉斯认为，现在的一切只会对拉里越来越不利。他把车开进停车场，用对讲机呼叫治安官办公室，想知道法兰西今天的行程。接线员告诉拉里，法兰西去了牛津，找M&M一案的嫌疑人查尔斯·迪肯谈话，可能还会带他回来。法兰西主调查官傍晚才能回来，塞拉斯要找治安官吗？

“不用了，谢谢。”塞拉斯说。他在车里坐了一会儿，望着拉里的病房。

然后，他挂了一挡，开上高速公路。他去了拉里·奥特路，经过拉里家的信箱时，看到信箱被毁得一塌糊涂。他拐到拉里家门前，停在通常停车的位置，拿出饲料罐，绕着房子溜达了一圈，穿过高高的杂草，开始喂鸡。塞拉斯看着鸡吃食，昨夜的雨解决了它们的饮水问题。他知道，法兰西还会跟拉里谈话，让拉里认罪。不过，法兰西今天不在，塞拉斯可以争取到一天时间。他离开仓房，走到四轮车辙旁边，发现里面有钉子。骑四轮车没什么奇怪的，骑到拉里家门口也很正常。雨水冲淡了痕迹，塞拉斯一直盯着，看车轮碾过蒿草的印迹。他在田野里走，裤脚沾满了水珠和青草。他反省着自己的问题，不知不觉走到树林边，离仓房很远了。他发现一个蓝带啤酒罐，盯着看了一会儿。然后找树枝做记号，标记出新发现的四轮车辙。他还看到，新的圆形痕迹和钉状物。不论这人是谁，他肯定来过好几次。

塞拉斯发现了其他东西——泥土里车轮的痕迹，还有脚印。这人在此处下过车，不是吗?

他又花了一小时，在这片土地上四处查看，收好刚刚找到的啤酒罐。塞拉斯想，既然已经来到这儿了，干脆顺便去看看华莱士·斯特林费洛，问问他关于信箱里的响尾蛇一事。

在7号高速公路上爬坡的时候，塞拉斯的车总是回火。翻过小坡后，塞拉斯慢慢滑行。路过鲶鱼场，他看到供氧的人骑着四轮车在几个鱼塘间穿梭。塞拉斯招了招手，减速，路过一栋破房子。屋顶上装着卫星信号接收器，院子里脏乎乎的，种着几棵小树。木桩上拴着一只凶巴巴的狗，很像比特犬和其他狗杂交的，也许是某种中国土狗。一见到人，它就站起来拼命地叫。褐色毛，尖耳朵，头有西瓜那么大，垂着尾巴。院子里没有水碗，也没有阴凉。虐待动物——塞拉斯可以借此上门，争取进屋看看。法兰西常说，你必须为谈话找到合适的对象和地点。其实，塞拉斯想看看那些蛇。

过道上停着辆破轿车，木板上放着一辆四轮车。信箱上没有名字，只写了路牌号码。塞拉斯开车在附近转了转，拿出对讲机。

“威瑟琳女士？”

“嗯？”

“你能帮我查查谁住在7号路60215号吗？”

“没问题，亲爱的，稍等。”

“谢谢。”

塞拉斯在远处停车等候。现在，头疼缓解了很多。他琢磨着，待会儿要去法兰西办公室拿几个上回在拉里家印的车辙痕模。

“32？”威瑟琳的声音从对讲机里传来。

“是的，夫人。”

“我查到了。”

“是华莱士·斯特林费洛吗？”

“没错儿。怎么了？”

“也许他就是在信箱里放蛇的家伙。我要上门跟他谈谈。”

“要找人陪你去吗？”

“不用了，需要的话我会呼叫的。”

“小心点。”

“是，夫人。”

塞拉斯把对讲机放在旁边的座位上，开车回到房前，停在过道上。院子里的狗立刻站起来，扯着脖子上的绳，拼命地叫。

“嘘，小疯狗，别激动。”塞拉斯说着，下了车。

小狗扯住绳子，不停用前爪凭空挠打。

镇定，小子。

为了安全起见，塞拉斯绕开狗活动的半径，把手放在枪上随时做好准备。他绕到房前，注意着狗的动作，想到斯特林费洛肯定早就听到院子里的动静，知道有人来了。院子里有很多车辙印，轿车的和四轮车的。塞拉斯想仔细看看这些印记，判断一下是否与拉里院子里的相吻合。

“嘿。”

有人出来了。

塞拉斯瞥了一眼狗，走上台阶。华莱士·斯特林费洛赤裸着上身，皮包骨头，穿着牛仔裤，一手拿着烟，一手端着咖啡，站在门口。扶手边有几个百威啤酒罐。

“嘿，你好。”塞拉斯得大声说话，对方才能听见。

华莱士躲避着他的眼神，说：“有什么事？”

“这是你家？”

华莱士看着自己的狗和屋外的路，说：“嗯。”

“这只狗是你的？”

斯特林费洛关上门，站在门廊上，冲它喊道：“闭嘴！”然后又对塞拉斯说：“你有什么事？”

“你有时间吗，我想跟你聊聊。”

“我没骑四轮车上高速路。按照你的规矩，我就在小路上骑。”

狗又大叫起来。“很好，”塞拉斯用手罩着耳朵说，“咱们能进屋谈谈吗？”

华莱士看了看身后的房门，拉了一下把手，说：“我现在没空，我很忙。”

塞拉斯走上台阶，斯特林费洛后退几步，扔掉烟头。他光着脚，看了看手中的杯子，转身放在窗台上，和啤酒罐摆在一起。“你想进屋干什么？”

“只有进屋，我才能听见你说话。”

“什么事？”

“我就想问你几个问题。”

“什么问题？”

“那只狗。”

斯特林费洛看了看屋外的马路，耸了耸肩，端起咖啡杯，打开房门。塞拉斯跟他进门，静静地深吸了口气，没有闻到预想的大麻或毒品味，只有烟酒的味道，和污秽的臭味。他看到咖啡桌上放着一个烟灰缸，但是没有大麻或器具。房间很小，光线很暗，拉着威尼斯百叶帘，桌上有快餐盒。柜子上摆着一排水族箱，上面放着隔板，里面装着一只、两只或三只蛇。蛇身盘成一堆，缩在角落里，一动不动，很难看清到底是几只。

“你喜欢收集爬虫？”塞拉斯问。他想起拉里说过的“爬虫学者”，瞥了一眼斯特林费洛。斯特林费洛坐在角落里，手指不停摩挲着咖啡杯。当他意识到自己的小动作，立刻把咖啡杯放在窗台上，手抄进裤兜里。

“那是我的爱好。”他说着，掏出一盒骆驼烟和一个打火机。

“我可以看看吗？”塞拉斯问，“我和蛇相处不来，我只能隔着玻璃看看它们。”

斯特林费洛打了几次火都没着，说：“看吧。”

塞拉斯绕过柜子，走进厨房，仔细地打量着屋子，还有那些水族箱。他弯下腰，近距离观察一条肥大的棉口蛇。它就像一只被烧伤的大胳膊，表情僵硬冰冷，眼睛细小狭长，吐出的芯子是它活着的唯一标志。透过玻璃缸，塞拉斯看到斯特林费洛点着了手中的烟。

“你要干什么？”斯特林费洛问，“我很忙。”

塞拉斯走到下一个水族箱边，这只蛇比较小，身上有红、黄、黑三色花纹。

“这是银环蛇吗？”塞拉斯问道，突然想起拉里曾经编过一首打油诗：黑底红花，与人为善；黄底红花，杀人如麻。

“不，”斯特林费洛说，“是王蛇。”

“听说它们能吃掉响尾蛇，整个吞下去，是真的吗？”

“我也听说过，但从没试过。”

塞拉斯直起身，眼睛已经适应了屋里的光线，他看到墙边的书架上有个水族箱，旁边摆着一副恐怖的面具。那面具看起来很眼熟——是僵尸面具。

“那个面具。”塞拉斯说。

斯特林费洛顺着他的视线望去。

“你从哪儿弄的？”

华莱士烦躁不安地说：“不知道。”

“不知道？”

“别的地方。”

门外，狗又开始狂吠。

“稍等，”斯特林费洛说，“等我一下。”他满头大汗，猛吸了口烟，要出门去。

“喂。”塞拉斯紧跟着他出了门，走下台阶，以为他要逃跑。但是，斯特林费洛开始大声教训狗，让它闭嘴。

塞拉斯走到院子里，一手把着枪套，做好准备。“喂。”塞拉斯又叫了一声。

“等等！我正试着让它安静下来。”斯特林费洛双手颤抖着，拽住狗绳。狗冲着塞拉斯狂吠。

那狗扭头，咬了斯特林费洛的手腕。他换了只手抓住狗绳，用被咬伤的手打狗的头，骂道：“你个杂种！”

“退到一边去。”塞拉斯从门廊上走过来，伸手拿对讲机，却发现没带在身上。他伸手掏手机，又叫了一声：“喂。”

斯特林费洛突然松手，放开狗。那狗像加农炮弹一般冲向地面，朝塞拉斯猛扑过来。塞拉斯还没来得及拔枪，狗就咬住他的胳膊和手，并且像破马达般不停啸叫。他们重重地摔倒在地，塞拉斯拼命地想要推开狗嘴，用手从后面勒住狗脖子。他闭上双眼，扭过头去，打着狗脸，感觉到狗的利齿深深扎进了自己的手臂。“来人啊。”他大声呼喊，挣扎着和狗在地上打滚，胳膊骨折了。塞拉斯用另一只手捏在狗的喉咙处，摸到它的气管，紧紧掐住。

然后，他听到近处有枪声，立刻滚到一边。另一声枪响，声音很大。狗痛苦地叫了一声，身上有血迹——不是狗中枪了，就是塞拉斯中枪了。狗在挣扎，但塞拉斯没有放手，他要用狗做掩护。斯特林费洛大喊着：“打他！”塞拉斯抱着狗滚到门廊下，感觉到胳膊上沾了冰凉的泥，听到又一声枪响，看见有人光着脚拔腿逃跑。狗浑身发抖，塞拉斯躲在后面，摸索着腰间的枪。周围充斥着屎尿的恶臭。又是一声枪声，尘土四溅，迷蒙了塞拉斯的双眼。他紧抓着狗，狗虚弱地咬着塞拉斯。终于，他摸到手枪，拔出来拿在右手里。他把枪口对准狗头，扣动扳机。狗又挣扎了一下，终于一动不动。斯特林费洛的脚步声从门廊上传来，塞拉斯听到他冲着树林边开枪边大喊："你杀了我的狗！"

塞拉斯在地上挣扎着，左胳膊已经麻木没有知觉，他感觉到心脏的跳动不断地将血液推出体外。他听到斯特林费洛猛地关上房门，在屋里暴跳如雷，嚷嚷着狗被杀了。塞拉斯爬过埋在泥土里的管道，朝着另一端的光亮处爬去，发现了几个啤酒罐。四下里都是下水道的臭味，塞拉斯爬过去，看见斯特林费洛拿着一支长长的左轮手枪站在后门口。他没有发现，塞拉斯在他身后匍匐着，用颤抖的右手在瞄准。他胡乱开枪，大叫大闹，摔倒了又爬起来，用手捂着大腿，一瘸一拐地跑开了。他边跑边开枪，打碎了窗玻璃和铝墙板。最后，他跑到院子边的松树林，穿过篱笆墙，不见了。

塞拉斯呼吸沉重，极度口渴，挣扎着想保持清醒。他看了看自己的胳膊，伤口处露出了骨头，沾着泥土和稻草，伤势很重。他放下手枪，撕开衬衫，想绑住伤口来止血，但浑身乏力。塞拉斯回头，看见泰瑟枪掉在地上，旁边是狗的尸体，远处是吉普车轮胎。他挣扎着站起来，靠在墙上。

他想打电话求助，可是找不到手机。

斯特林费洛家的后门开着，可门廊齐大腿高，没有台阶。塞拉斯向后仰着躺上去，拖着双腿进了门。受伤的胳膊肿得像汉堡肉饼一样。空气中满是火药味，他两膝用力站起来，靠墙支撑起身体，挪进屋里，眼前一片模糊。塞拉斯没找到座机，只看到桌上有一个无线底座。他抓着胳膊，感觉到热血涌出指缝。他跌跌撞撞，绊倒了一张桌子，水族箱一阵晃动，摔碎了，响尾蛇的嗡嗡声立刻充斥了整间屋子。他赶紧翻身躲开，看到蛇在地毯上爬，又瞥到面具盯着自己。他想站起来，但又不能松开胳膊。他浑身发冷，发现蛇正朝自己爬过来。

第十五章　我们都很孤独

拉里想，如果当初做点什么说点什么，也许这个悲剧就不会发生。这一切，也许都是他的错。

早上，副调查官看着拉里吃饭，告诉他法兰西还没来。拉里请护士为他拿来《夜班》，一下午都在翻看那些再熟悉不过的故事，手臂很疲惫。拉里一直躺着，头部的角度让阅读很困难。他突然意识到，这几年来眼睛离书越来越远，看来需要买一副老花镜了。他决定，出院后去看看眼科医生。

下午，拉里又叫来了副调查官，对他说："你们都说法兰西今晚会来。我有话对他说，他一定很感兴趣。"

"出了点儿事，"雷副调查官说，"他正在事故现场进行调查，恐怕要晚点才能来。"

"什么意思？"

"我们有个伙计受伤了。"

"受伤？"

"嗯。就是之前经常来这儿的黑人老兄，他总是值夜班。"

"塞拉斯·琼斯？"

"嗯。"

"他怎么了？"

“他去找人，那人放狗咬他，还对他开了几枪。”

拉里心中早已明了，却还是追问了一句：“那人是叫华莱士·斯特林费洛吗？”

雷疑惑地看着拉里，说：“糟糕，电视新闻已经播了？”

“没有。”

雷一头雾水。

“他还好吗？”

“不知道。我听说，他正在楼下做手术。那狗狠狠地咬伤了他。治安官、法兰西主调查官还有几个同事都在斯特林费洛家。”

“我能不能跟法兰西主调查官谈谈？是非常重要的事，与华莱士·斯特林费洛有关。”

雷让他等等，然后回到走廊里。一会儿，他又进来，拿着对讲机。拉里听到法兰西的声音从对讲机里传来。雷将对讲机放在拉里嘴边，说：“我按键你就说话。”

“法兰西主调查官？”

周围声音十分嘈杂，还有其他对讲机，拉里听到有人回答：“是我，说吧。”

“我是正在住院的拉里·奥特。”

“你说吧。”

“我一直想告诉你，对我开枪的人是华莱士·斯特林费洛，蒂娜也是他杀的。”

“你怎么知道？”

拉里说，华莱士知道小木屋的所在地。拉里说，华莱士最后一次去自己家，神色慌张，言辞闪烁。拉里说，他认得面具后的那双眼睛，熟悉叫他“去死”的声音。雷拿着对讲机听着，慢慢张大了嘴。

“面具？”法兰西问，“能具体形容一下吗？”

拉里描述完，向前凑了凑，问：“塞拉斯还好吗？”他已经汗流浃背。

“我得挂了，”法兰西说，“谢谢你提供的信息，我处理完这边的事情就去医院。”

夜里，拉里醒过来，听到法兰西在病房外说话。他和副调查官低声说了几句话，推门进来。法兰西身上满是烟味和汗味，他的黑T恤前身画着把枪，枪口迎面指过来，下面有行字：慎用枪支，瞄准后再开枪。法兰西手里拎着个大塑料袋，里面好像装着个脑袋，是拉里的面具。

法兰西把面具放在空床上，轻轻地走到床边，先解开拉里右手的皮带，再解开他左手的皮带。他把皮带扔在一边，坐在空床上，摘下眼镜。他一脸疲惫，揉着鼻梁。

“这一天过得！”法兰西说着，拿出面具，举到拉里面前，问他：“你记得这个吗？”面具的眼睛空洞无物。

“嗯，”拉里说，“是我的面具。”

法兰西把塑料袋扔到身后，抱着双臂。拉里看着面具，想起当初订购它的情景。他每天清早都会骑车去查看信箱，期待着收到大包裹。信箱太小，邮递员肯定只能把它放在柱子边。

“以后会还给你的，”法兰西说，“我们要暂时借用一下。”

“我不想要了。你们把它扔了吧。”

法兰西的对讲机响起，他拿起嘟囔了几句。

法兰西挂上对讲机，拉里问：“塞拉斯怎么样了？”

“正在恢复。”

“他会好起来吧？”

“应该会。他胳膊受了重伤，那疯狗差点儿把它咬断了，不知能否痊愈。”

“杀人小丑。”拉里说。

“什么？”

“狗的名字。”

“狗死了。”法兰西戴上眼镜，从口袋里掏出一个小本，记下些什么。“杰克逊正在取样化验狗是否有狂犬病，狗的尸体已被送去火化。”

“华莱士呢？”

“他死了。”

“发生了什么事？”

“看新闻吧，”主调查官说，“你就明白了。”

拉里躺下。

“你如何描述你们之间的关系？”法兰西问，“我是指华莱士·斯特林费洛。”

“我曾把他当朋友看待。”

“你交朋友的品位真诡异。”

“也许你从未曾留意，”拉里说，“但我真的没有选择余地。”

法兰西顿笔，但并没抬头。

“自从母亲去了养老院后，你是唯一来过我家的人，”拉里说，“从某种意义上说，在华莱士出现之前，你是我最亲近的人。”

“呃，好吧。那跟我说说华莱士吧。”

拉里想起电视上的连环杀人案剧集，想起那个让自己害怕的杀手。他想起自己过去喜欢捉蛇，还把蛇带去学校。他想起仓房里的男孩，还有教堂里的男孩。十年后，男孩长大了，开着一辆偷来的DIRECTV卡车，找上门来。拉里想起了百威啤酒和大麻；想起了那把手枪，那是他二十五年来收到的第一份圣诞节礼物。“我们都很孤独，”拉里说，“我想，他最初来找我，也是因为孤独。他没什么人可以指望，没有父亲也没有叔叔。尽管这说法有些荒谬，但他很可能选择了我作为榜样和靠山。”

“你说他最近去过你家，是什么时候？”

“我中枪的前一天晚上。”

“他告诉你，自己做了些事？”

“嗯，可他没说到底是什么事。现在回想起来，肯定是杀害卢瑟福家女孩的事。”

“你为什么没有报警？”

“我试过要报警。”

“你给32打过电话。”

“塞拉斯来看过我，”拉里说，“昨天你们审问完，他又来了。匆匆忙忙，好像是偷偷来的。他说他知道我没有自杀，也没有杀害那女孩。他想让我提供信息，帮他寻找真正的凶手。我当时已经在回想，把所有的事情都串起来，凶手应该是华莱士。那把手枪、那个木屋……不过，我没有告诉塞拉斯，我不想跟他说话。”

“好吧，我并不擅长安慰人，”法兰西说，“但是，这么多年你们竟然断了联系，真让我吃惊。”他捡起皮带，说：“今晚你还得戴上这东西，明天我尽量争取彻底拿掉它们。”

法兰西走后，拉里躺在一堆仪器中间，想着塞拉斯。岁月的年轮一圈圈增长，新年来，旧岁去。过去的岁月，如同最初的年轮，隐蔽在最中心的地带，被黑暗所包围，不畏雨雪风霜。突然有一天，锯声大作，树干被砍断，年轮又得见日光，元气焕发，树桩裸露在世人面前。

拉里想起了华莱士，想到他强奸并杀害了蒂娜，还埋尸于小屋。拉里想，如果自己当初做点什么说点什么，也许这个悲剧就不会发生。这一切，也许都是他的错。华莱士心中扭曲的欲望，都源于对拉里的盲目崇拜和病态模仿。他以为拉里曾经强奸并杀害了辛迪，说到底还要归罪于拉里。如果之前，他将所有的情况都告诉塞拉斯，结局会不会改变？也许，华莱士不会死，塞拉斯的胳膊也不会受伤。

拉里心中百般纠结。门开了，护士推着一张床进来，床上躺着个昏睡的黑人，左胳膊吊着石膏。

“这是你的室友。”护士说。

那是塞拉斯。

第十六章　兄弟

塞拉斯反复问自己，多年前的鬼屋狂欢夜，如果他跟着拉里走到停车场，拍拍拉里的肩膀说句“等等”，现在的一切会有多么不同?

CROOKED LETTER, CROOKED LETTER

在拂晓前的黑暗中，塞拉斯睁开双眼。他发现自己躺在医院的病床上，胳膊打着石膏，浑身因为药物作用而发热。邻床的拉里不停地调换电视频道，并没有注意到塞拉斯已经醒过来。那一瞬间，塞拉斯有一种错觉，自己和拉里仿佛是普通的黑人兄弟或白人兄弟，睡在自家卧室的两张床上。可是，他们却像陌生人一般，躺在医院病房里。卡尔·奥特的两个儿子，都受了伤，身上缠着绷带，像是从爆炸现场死里逃生的。

除了电视屏幕的光亮，房间里一片黑暗，雷仍旧守在门外。塞拉斯动了动胳膊，沉重得只能抬到胸前，指尖有刺痛的感觉。医生告诉塞拉斯，康复期很长，要经过艰苦的康复训练。塞拉斯早年打球，摔断过胳膊。可现在，胳膊不仅断了，还因受挤压而变形，肌腱损坏，肌肉拉伤，要用钢钉固定。医生说，胳膊和手的大部分功能可能会恢复，但写字之类的活动，将会是最艰难的。塞拉斯是幸运的，躲过了华莱士特制的38。华莱士开了六枪，只有一枪打中了自己的狗。急救医生说："看看这伤口，你跟一只大比特犬厮打，能活下来就是奇迹。""嗯，"塞拉斯嘟囔道，"你应该见识一下疯狗的主人。”他想起急救室里焦虑担忧的安吉，分不清她的抽泣是因为过敏还是流泪。但是，只要安吉陪着自己，握着自己的手，塞拉斯就感觉很踏实。

手术后，他要求住进拉里·奥特的病房。护士打电话通知法兰西，法兰西并不反对，这让塞拉斯感到很意外。

拉里正在看六频道的即时新闻，主播有着漂亮的红发。她先向观众问好，然后报道当地最新的“正义战胜邪恶”事件，讲述了夏博警官塞拉斯·琼斯的事迹。她说：“绰号32的警官，为调查在住户信箱放蛇的嫌疑人，不小心踩进蛇窝。”画面上出现华莱士家的外景，有塞拉斯的吉普车，然后是内景——水族箱、棉口蛇、王蛇和响尾蛇，等等。“琼斯警官试着调查嫌疑人华莱士·斯特林费洛，他却借机放狗攻击警官。”画面上出现狗的尸体，像头猪那么大，门廊上还有子弹孔。“警官受了重伤，斯特林费洛在袭击事件中开枪，他的狗不幸中弹。”

可塞拉斯最无法忘怀的，是那个僵尸面具。他反复问自己，多年前的鬼屋狂欢夜，如果他跟着拉里走到停车场，拍拍拉里的肩膀说句“等等”，现在的一切会有多么不同？

新闻报道说，当天，夏博市政厅雇员威瑟琳·布拉德福德因为无法拨通琼斯警官的对讲机，所以通知了治安官办公室。治安官办公室立刻派人援救。“到达现场后，他们发现琼斯警官已经昏迷，倒在血泊中。”主播说，“他们在警官身旁发现一条三英尺长的菱形斑纹响尾蛇，当场将其制伏，没有意外发生。琼斯警官正在福瑟姆综合医院接受治疗，病情稳定。”

“屋主华莱士·斯特林费洛逃到附近的树林中，被警方追捕，发生了枪战。斯特林费洛开枪自杀，没有其他人员伤亡。”

“不过，案情出现了惊人转机。”主播说着，鼻孔微张。塞拉斯喜欢这小动作，因为安吉也常常这样。“在斯特林费洛家，警方不仅搜查到非法毒品和吸毒工具，而且还发现了与其他案件有关的证物。”

镜头切换到法兰西那张被追光灯照亮的脸，他在斯特林费洛家门口召开了一场紧急小型新闻发布会。法兰西说：“我们搜查了斯特林费洛家，找到了蒂娜·卢瑟福的钱包。”

“卢瑟福是县里的女大学生，已经失踪八日，”主播说，“上周，琼斯警官找到了她的尸体。凶手残忍地杀害了卢瑟福后将尸体埋在本地商人拉里·奥特的小木屋里。之后，奥特成为本案的嫌疑人。”

接着，镜头切回法兰西。

“警方暂时无法对新发现的证物做出评论。”

记者问：“新证物能洗清拉里·奥特的嫌疑吗？”

法兰西重复道：“目前，我暂时只能说，无可奉告。”

“近日，社区很不宁静。”主播说，“我们会跟踪事件进展。接下来是阿富汗新闻……”

塞拉斯伸手，想调高床头。拉里意识到塞拉斯的动作，将电视调成静音。

“你是个英雄。”拉里对塞拉斯说。

“嘿。”塞拉斯觉得，坐着比躺着舒服多了。“我们真是一对儿。”

拉里打开声音，又开始换频道。

塞拉斯低头琢磨着该如何说出心里的话。他不知从何说起。

“拉里，”塞拉斯说，“我有话对你说。”

拉里继续按着遥控器：“说吧。”

“你能把电视关了吗？”

拉里没理会他。

“好吧。”——塞拉斯转身看着拉里——“反正你也跑不了。除了听我唠叨，你别无选择。”

塞拉斯知道，拉里在听。他说到一半的时候，拉里将电视静音；他又说了一会儿，拉里关掉了电视。病房里漆黑一片，只有两人的眼睛和周围的仪器在发光。塞拉斯注意到，当他说起在拉里家发现那张爱丽丝怀抱着拉里的照片时，拉里怔怔地听着。塞拉斯又说起去河畔家园探望拉里母亲的情景，拉里一言不发。直到塞拉斯说完，两人一动不动地并排躺着，伤痕累累。月光照进病房，洒下柔和的色彩。塞拉斯终于释然，因为倾诉了心中的秘密。他眼底泛起酸涩的感觉，眼泪就要涌出。

“我们是兄弟。”拉里说。

“同父异母的兄弟。”

“你知道这件事？”

“不知道，”拉里说，“自从那天早上父亲接起你们，我就感觉有些不对劲。后来，母亲给你们送去旧大衣……”

塞拉斯记得拉里的母亲，当日冷若冰霜，说爱丽丝肯定不会介意大衣是旧的，因为她用惯了别人的东西。

“他其实很希望，你是他的白人儿子。”拉里说。

塞拉斯想起，当日奥特太太开车走后，他穿起大衣，拉好拉链捂住脖子，把手放进装有毛边的衣兜里。母亲却怔怔地站在寒风中，盯着手里的衣服。“妈妈，你怎么不穿？”他问母亲。母亲只顾向前走，抱着那件灰色大衣，像是收到了谁送来的死婴。突然，母亲穿上大衣，自上而下系好扣子。塞拉斯跟在后面，根本不知道那件大衣饱含了失败、屈辱、遗失和无助的意味。如今寻回了这人生片段，塞拉斯终于明白他的成长过程中缺失了什么。

“如果你们能跟他一起生活，会不会更好？”拉里说。

“不，”塞拉斯说，“我觉得不会。可是，没有父亲的生活十分艰难。我以前做梦都想成为你，家里有那么多土地，那么多把枪，那么温暖的房子，还有那么大的仓房。”

“现在你不羡慕我了吧。”拉里说。

塞拉斯不知该如何回答，可拉里并不在意，只是按响了呼叫器。

护士走进来，问：“什么事？”

“如果我要换房间，会不会很麻烦？”拉里问。

护士眨了眨眼，说：“你……你想换房间？”

“嗯，请帮忙按照程序申请吧，我会付费。我只单独住一间病房。谢谢。”

“哦，他明天就出院了，”护士说着，冲塞拉斯点点头，“换房手续很麻烦，我们还没办完，他就已经走了。但是，如果你执意要换……”

“我换。”拉里说。

第十七章　那么多的歉意

如今，真相大白，可是，失去的二十五年，又该怎么说呢?

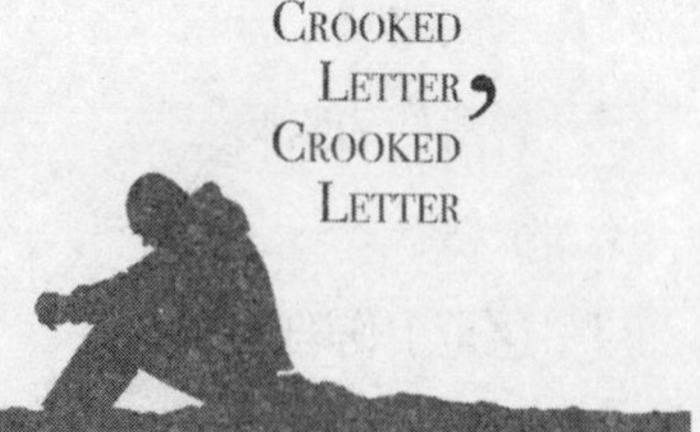

在医院里，探望拉里的人只有值班警官，探望塞拉斯的人却一大堆。拉里提出换房申请后不久，一个穿着急救员制服的黑人女孩进来，冲拉里笑了笑，走到塞拉斯床边。她身上的金银花香味，让拉里身心舒爽。应拉里的要求，护士已经在他和塞拉斯中间拉起一道帘，所以现在拉里看不见塞拉斯，只能听到他们的对话。

“宝贝儿，”她说，“你好吗？”

“嗯。”塞拉斯清了清喉咙。

“对不起，”她说，“我之前还生你的气。”

“你也没怎么样，”他说，“不过我接受你的道歉。”

床单窸窸窣窣。

“看看你的胳膊。”

“很糟糕。”

“这是工伤吧？”

“应该是。”

“康复期间还能拿全额工资，32？”

“应该是。”

“眼见为实。”

他们谈起那只狗，女孩说她很庆幸自己不是第一个接到急救电话的人，塞拉斯出了事，她根本无法冷静处理。塞拉斯安慰她，说自己没事。女孩说会帮塞拉斯联系一位很厉害的康复训练师，总有一天，塞拉斯的胳膊会完好如初。他们放低了声音。拉里意识到，他们在谈论自己。电视机开着，音量不大。塞拉斯床上也有一个遥控器，但控制权在拉里手中。然后，拉里听到一些响动，知道他们在接吻。

一会儿，女孩从帘后探出头来。她的前额很高，眼睛很大，笑容很美。

“你是拉里？”她说。

“是的，女士。”

“我叫安吉·贝克。”她走过来，摸了摸拉里的手背。拉里手腕上还扣着皮带。她没涂指甲油，拉里看出她有咬指甲的习惯。女孩直直地看着拉里，拉里躲避着她的眼神。“我是32的女朋友。”她说，低头看着他的眼睛。

“是你救了我。”拉里说。

“是32通知我们的。”

“谢谢你。”拉里说。

“很抱歉，让你受了那么多委屈。塞拉斯把一切都告诉我了。如果你想来教堂，联合大街上的福瑟姆第三洗礼堂欢迎你。”

那是间黑人教堂。拉里不知该如何回答，只好问：“塞拉斯去吗？”

“别理会塞拉斯，”女孩说，“这个黑佬从不去教堂，除非教堂里发生了杀人案。”

入夜，拉里渐渐睡着了，女孩还在陪塞拉斯。

第二天清早，女孩不见了，来了一个大块头女人，拿着一束雏菊。她冲拉里点点头，去接水插花，还收拾了房间。塞拉斯叫她威瑟琳，感激她第一时间通知警方援助自己，感谢她拿着鲜花来探望自己。

然后，又来了一个人。拉里认得出，这是夏博镇镇长。镇长开玩笑问塞拉斯，打了石膏能不能去指挥交通，能不能学着用右手瞄准右手写字。轻松过后，镇长说，他们都为塞拉斯感到骄傲。

晚些时候，来了一些警察，陪塞拉斯聊天。他们说在华莱士家搜查时，一只大蟒突然爬了出来，被他们当场击毙，场面有点黑色喜剧。他们说在华莱士卧室里找到一个装满老鼠的水族箱，肯定是华莱士养来喂蛇的。可是，他们对于老鼠的处理意见不一，有的说放掉，有的说冲进下水道，最后决定送去宠物店。现在，那堆老鼠就在副调查官帕文车里放着。他们说，已经把华莱士家的蛇拿回警局取证。

离开的时候，他们都冲拉里点头告别。

九点钟左右，法兰西来了，干净利落，却难掩疲惫。拉里头一次见法兰西穿衬衫和咔叽裤。法兰西面向隔帘，看着两人，红光满面。

“先生们。”法兰西说。

塞拉斯说：“今儿又上电视了吧？”

“你也要上，”法兰西说，“你出院的时候，美女记者要来采访你。”

塞拉斯说：“你能不能先把拉里解开？”

“可以。”法兰西走到拉里床边，解开皮带。“对不起，我为此道歉。”他说。

拉里揉了揉手腕，看着电视上的食品广告。

“呃，”法兰西走到塞拉斯身边说，“我们找了个伙计来替你指挥交通。”

“谢谢。”

法兰西拉开隔帘。拉里还在看电视。

“我要跟你们俩谈谈，”法兰西说，“奥特先生，能把电视关了吗？”

拉里关掉电视。

法兰西说，除了卢瑟福家女孩的钱包，他们还在华莱士家找到了手枪、步枪和火药。另外，还发现了咖啡因、摇头丸、大麻等毒品，以及吸毒工具。

拉里想，这的确是华莱士的癖好。

法兰西说，僵尸面具上沾有血迹，与拉里的血样吻合。再加上拉里的供词，可以推断是斯特林费洛对拉里开枪。同时，基于拉里提供的信息，斯特林费洛和M&M有联系，所以M&M一案也有了新线索和新思路。初步推测，M&M也是华莱士所杀。

法兰西看着两人，说：“你们两位之间有些故事。可是，现在外面有一大堆记者和摄像机，甚至连CNN和福克斯新闻频道都来了，他们都想报道这件事。无论谁出去，都要大方面对镜头，接受采访，不要心存芥蒂。卢瑟福家已经知道事情的真相，他们向奥特先生道歉。”法兰西冲拉里点了点头，又说：“32，他们也向你表示感谢。

但是，我希望两位不要在媒体面前表露太多私人情绪，他们只会不停八卦，把这件事渲染成恩怨情仇的家族故事。我不知道你们怎么想，我可不希望别人打听我的隐私。”

没过多久，塞拉斯坐在轮椅上，被护士推走，办理了出院手续。临走的时候，他对拉里说：“我会来看你的。”

然后，护士又推来一个轮椅，准备接拉里。

“你的新病房已经准备好了。”护士说。

“没关系，我就待在这里好了。”

第十八章　安吉的礼物

在河畔家园，塞拉斯跷腿坐着。他不想自欺欺人，他决定把疼痛当做修行。探望拉里的母亲，是否也是一种修行？

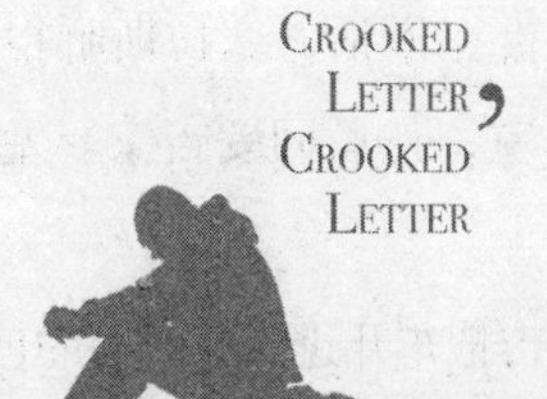

安吉为塞拉斯带来了牛仔帽和玛拉做的热狗。他们开车去夏博镇议会，一路上安吉不停抚摸塞拉斯，塞拉斯只好握住安吉的手。塞拉斯的胳膊受了重伤，吊着石膏。他很疲惫，但出院的感觉很好，他又可以戴帽子了。他刚见过山农。他只想接受山农的采访，让她在CNN和福克斯之前得到消息。他们在一家餐馆见面，山农边听边录音，越听越兴奋，索性提笔当场创作。摄像师为他们拍照，各个角度都拍了个遍。山农说，报道会在周四刊登。“我可能会因此得到普利策新闻奖，”她说，“拉里·奥特能证实你的故事吗？”

“你得亲自问他本人。”塞拉斯说。

安吉在说话，塞拉斯听得出安吉很高兴。他们计划着先去塞拉斯办公室，然后回安吉家。塞拉斯住在安吉家养伤，安吉要好好照顾他。

安吉把车开进工厂对面的停车场，问：“要我陪你进去吗？”

“不用了，”塞拉斯打开车门，说：“镇长要罚我，我可不想让你看见。否则，你对我的敬意就会消失。”

“自以为是的家伙，”她说，“我在这儿等你。”

莫镇长和威瑟琳在办公室里，正襟危坐，等待塞拉斯。塞拉斯进门时，两人都没说话。塞拉斯摘下帽子，扔在办公桌上，把椅子转过来，坐下。两人的目光中写满了塞拉斯读不懂的密码。

“让我先说，”塞拉斯说，“我有话要说。”

“说什么？！”市长盯着记事本，终于发话了，“无视交通指挥职责？一周三次嘉奖加重财政负担？骚扰河畔家园的接待员？住院花费高昂的急救费用？这些统统都是你的不良记录，我还可以列举很多。”

“他是记账专家。”威瑟琳说。

“这些……”塞拉斯说。

莫镇长扔下笔记本，站起来说：“威瑟琳，我们怎么处理这种人呢？”

“你可以解雇他，”威瑟琳说，“不过，那点可怜的薪水，恐怕找不到第二个人来代替他了。”

塞拉斯不知道他们葫芦里卖的是什么药。

镇长说：“我想，唯一能做的，就是为他找一位兼职助手。你说呢，威瑟琳？”

“嗯，”威瑟琳笑着说，“我已经在报纸上登出广告，招聘‘交通指挥员’。”

塞拉斯插不上嘴。

“此事已经卢瑟福先生授权，他认为如果你能把全部精力投入巡逻工作，我们社区的治安会大大改善。他特别提出，让你做一些‘真正的警务工作’。”

“他真的这么说？”

“是的。我告诉他，我们会考虑给你换辆车。明年吧，也许换一辆二手烈马？”

塞拉斯说：“感谢你们为我做的一切，我觉得自己暂时不能接受。你们等着看报纸上的报道吧。”

“为什么？”镇长问，“什么报道？”

“你们还是等着看报纸吧，”塞拉斯起身说，“谢谢你们。我要回家休息了。”

塞拉斯在安吉家养伤。安吉宠着他，用大枕头垫高他的胳膊，为他端来烤肉，特地请假一天全方位照顾他。塞拉斯悠闲地看着安吉养的小鲶鱼在鱼缸里游来游去。晚上，他们在床上看电影，相拥入眠。夜里，塞拉斯醒来，心里想着拉里。

第二天早上，安吉帮塞拉斯穿好衣服，开车带他出门，手一直放在他膝盖上。他们打算先去拉里家，再去医院。

到了医院，塞拉斯下车，安吉帮他拿着拉里的信件。

“需要我陪你上去吗？”安吉问。

“不用了，谢谢。”塞拉斯说。他犹豫着，说：“我不知道上去该说些什么。”

“你不需要说什么，”安吉说，“就去陪他坐坐，看看怎么样。”

塞拉斯照安吉的话去做。他进了病房，坐在床边。拉里不理会他，只顾着看电视。电视上在播棒球赛。他把信件放在拉里床边，拉里仍旧无动于衷。

“我小时候去过那里，”塞拉斯指着电视说，“瑞格利球场。”

拉里举起遥控器，换了频道。

“嗯，”塞拉斯说，“那球场也没什么好。”

“我每天帮你喂鸡，取鸡蛋，”塞拉斯说，“我把鸡蛋拿去给The Hub的玛拉，你知道那个地方吧？玛拉说这些是免费鸡蛋。”

“需要请人帮你割草吗？已经长得很高了。要不是受伤，我会亲自帮你割草。”塞拉斯抬了抬手臂。

一小时后，塞拉斯起身离开，说：“好吧，我明天再来看你，还帮你拿信。”

在河畔家园，塞拉斯跷腿坐着，他把胳膊放在腿上休息。胳膊打了石膏，死沉死沉。伤口还是很疼，但他决定停服镇痛药。他不想自欺欺人，他决定把疼痛当做修行。探望拉里的母亲，是否也是一种修行？

奥特太太坐在椅子上看着塞拉斯，眼神很空洞。在她眼里，塞拉斯和屋里的笤帚没什么区别。塞拉斯讲起过去的事情，说自己，说拉里，说家里养的鸡，说很久以前的某个午后，他和拉里无忧无虑地在树林里捉蚂蚱、甲虫、屎壳郎和蜘蛛，把它们装进罐子，拿去喂鸡。

“你是谁？”奥特太太问。

“塞拉斯。”他说着，举起胳膊。

“哦，”她问，“谁？”

然后，他开车去拉里家附近，站在沃克家的旧屋外，愣愣地看着。房子上爬满了野葛和藤条，就像披了件神秘外衣。塞拉斯感觉脚边有东西爬过，低头一看，是一条细小的黑蛇。他屏住呼吸，蛇溜进草丛中不见了。他摘下帽子，看着辛迪曾经的房间和窗户，现在都钉上了木板，爬满了藤条。也许辛迪的灵魂还在屋里逗留，穿梭于各处，留下一缕缕烟雾。

第二天，他撕掉拉里家门上的封条，装进一个垃圾袋。安吉穿着一身旧牛仔服，提着装有清洁剂的小桶，拿着一把刷子，开始清洗地上的血迹，塞拉斯走到枪械柜旁，把旧信件和宣传册都挪到厨房饭桌上。他为枪械柜除了尘，打扫干净，然后到安吉的车里拿了东西，戴好橡胶手套，穿上工作服，哼着小曲回到屋里。

那把旧步枪，安吉早上刚帮他清洗过。拿在手里，感觉没有以前那么重了。他的手臂还是不灵活。他一手拿枪一手操作，听着那顺滑的机械声，闻到枪油的气味，欣赏着它精细的做工，在光亮的枪身上看到自己的影子。塞拉斯感觉，自己又回到了少年时代，时间又倒回了从前，一切都充满了未知和可能。他小心地把枪放在枪架上，完璧归赵。塞拉斯深吸了口气，想到自己已经长大成人，世界仍然充满未知，自己也许还有未来，还有可能。他在枪械柜前站了一会儿，然后回到客厅，看见安吉已经打扫完毕，正用手捶背。

第十九章　回家

他想起以前和辛迪约会时，自己也开得很慢，只为争取更多时间和辛迪相处，不想分别来得太快。那些寂寥的夜晚，他多么期望，辛迪能永远留在自己身边。

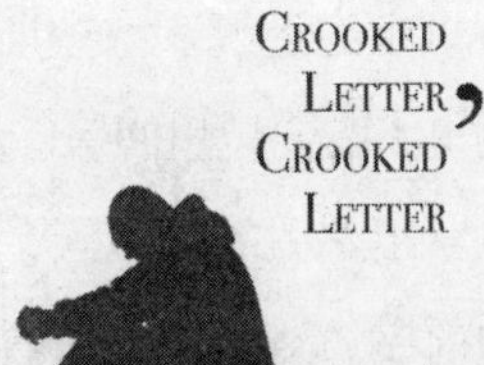

一连四天，塞拉斯都来探望拉里。拉里不知道该跟塞拉斯说什么，所以他保持沉默。他很高兴看到塞拉斯来探望自己，也很高兴看到塞拉斯面对自己时的小心翼翼，更高兴看到塞拉斯坚持日日来访。可拉里不知道该说些什么，他决定继续保持沉默，他认为这是他的权利。昨天，他收到了几本新书，有《寂寞的白鸽》和约翰·格雷汉姆的作品。塞拉斯为他带来了换洗衣物，卡其裤子和格子衬衫，还在柜子里放了一双工装靴。拉里知道，塞拉斯去过自己家，为他收拾了这些东西。塞拉斯主动为拉里拿来支票本，方便他付账。他也收到了商店寄来的信件。塞拉斯好像完全了解拉里的心思，经常说起家里的鸡，还有母亲的近况。塞拉斯问拉里何时能出院，但他知道拉里不会回答，他也不需要拉里回答。

塞拉斯出院后的第五天，米尔顿医生进来查房，拿出听诊器检查了拉里的前胸后背，仔细查看了他的伤口，说淤血已经散去大半。他为拉里换了绷带，照了照眼睛，问了些问题。他还检查了拉里的其他部位，看起来很满意。他说伤口正在愈合，心脏也没什么问题，不过要求拉里调整饮食习惯，少吃高脂食物，多吃沙拉，多运动。

“起床，到走廊里溜达溜达。”米尔顿说。

“我不知道他们是否允许我出去。”

“当然允许。”医生说着，皱了皱眉头，“我想祝贺你，但又觉得不妥，因为你受了重伤。你的情况很特殊，奥特先生，我无法想象你经受了怎样的痛苦。我很高兴看到，现在一切都结束了。”

“那我能出院回家吗？”

医生在门口转身，说：“再住几天吧？我想多观察观察你的枪伤。”

米尔顿医生走了，拉里按了呼叫器，一贯对他爱答不理的护士进来了。

“医生说让我出去走走。”

护士点点头，调低拉里的床架。几天前，护士已经拔掉了拉里的导尿管，在桌子下放了便盆。她扶着拉里的胳膊，帮他起身。

“谢谢。”拉里说。

“不客气，要我陪你吗？”

拉里婉拒。

拉里穿着病号服，在医院的走廊上溜达，琢磨着医生说的话。他不确定，一切是否真的结束了。拉里搭电梯下楼，在大厅里站了一会儿，看到玻璃门外停着许多新闻报道车，旁边站着不少西装革履的人。他们都在等待拉里出现，但没人关注大厅里的动静。拉里想，这些扛着摄像机拿着话筒的男男女女肯定已经采访过塞拉斯，听了塞拉斯的故事版本，现在他们等着听拉里的故事版本。在电梯门关闭前，拉里转身进了电梯。

十点左右，大部分护士都在休息，拉里下床穿好衣服，离开房间。他去等电梯，怀疑擅自出院是否算犯罪。钥匙、钱包和手机都不在身边，他后悔没有早点向法兰西要回这些东西。

他又瘦了，裤子显得很肥大，只好勒紧腰带。出了电梯，周围是一片温暖的黑暗，远处的“出口”指示牌亮着灯。礼品店营业时间已过，黑暗中传出一阵咳嗽声。拉里低着头，快步走过问讯处，义工还来不及戴上眼镜好好打量他。出了医院大门，走到人行道上，拉里仍旧低着头。有两位后勤人员正在抽烟，他们冲拉里点点头，让开了。

新闻车都已收工，记者和摄像师们也下班回汽车旅馆休息了。拉里把手抄在兜里，快步穿过停车场，听着路边落叶的声音。夜很凉，路灯照出拉里孤独的身影，灯盏下有飞虫扑火。

拉里想，要是塞拉斯带来的衣物里有一顶棒球帽就好了。他沿着高速公路向南，朝福瑟姆城中心走，差不多有两英里路程。一路上要经过田野和树林，走过点着旧时燃油街灯的居民区，孩童玩耍，鸡犬相闻。福瑟姆街上没有出租车，拉里身上没带钱，也无法租车。拉里想，只要能到汽修铺，就一切都好。他的店在镇中心2.5英里开外的地方。

长距离步行。

过了灯火通明的闹市区，是一片松树林，街灯有些昏暗。拉里又开始琢磨，一切是否真的结束了？自己背负的“恐怖拉里”骂名，真的会改变吗？溜出医院之前，拉里看了电视新闻。主播说华莱士的死被确定为自杀，塞拉斯·32琼斯在家休养，警方已经洗脱拉里的谋杀嫌疑。华莱士·斯特林费洛被认定是杀害卢瑟福家女孩的凶手，而莫顿·莫里斯赛特也极有可能为华莱士所杀。琼斯警官在十二天前已经找到了莫顿的尸体。

拉里一瘸一拐地走在起伏不平的马路上，周围是黑暗的树影。他捂着胸口，双腿僵硬。每次心跳都让他疲惫，他不知道身体出了什么状况。汗水打湿了前胸后背；拉里呼吸愈发困难，胸口阵阵刺痛。

他继续向前走。

塞拉斯拿着一瓶止痛片，告诉自己不要吃。他的手机响了，亮光照在安吉的鱼缸上。安吉正在值夜班，她找不到人换班，只好不情愿地暂时与塞拉斯分离十二小时。最近安吉无微不至的照顾守候，让塞拉斯想起了自己的母亲。他很享受这母爱般的温暖。

塞拉斯从沙发上起身，把电视调成静音，放下遥控器，拿起电话。

“喂？”

“琼斯警官？”

“嘿，约翰。”

“你怎么样了？”

“我还行。你有什么事？”

“呃，我正在查看电脑记录，里面没有他的出院信息。但是他走了，自己走的。如果是正式出院，会有护士用轮椅送他出门的。”

“等等，约翰，你说什么？”

“拉里·奥特。我觉得，他擅自出院了。”

十分钟后，塞拉斯拿着帽子，穿上外衣，冲出门去。他在口袋里装了一瓶水和一个塑料袋。右手开车门，塞拉斯很不习惯。他坐进车里，扭转钥匙点火，发动机声音异常，有汽油的味道。少顷，他又试了一次，终于点着了。他发现自己很快适应了右脚踩刹车和油门，左膝和右手协调控制方向盘的驾车方式，找到了节奏。车窗外是浓浓的密西西比夜色，虫鸣鸟叫，晚风拂过。他的胳膊很疼，但头脑很清醒。他开过医院，一直往东，逐渐减速。他知道，拉里回家应该走这条路。

很快，他看到了一瘸一拐的拉里，路灯拉长了他的身影。

塞拉斯减速，摇下车窗。拉里脸色苍白，汗流满面。

“需要我送你一程吗？”塞拉斯打开车门。

拉里没说话，气喘吁吁地爬进车里，靠在座位上，闭目养神。

“你想回医院吗？”

拉里摇摇头。“回家吧？”他小声说。

“不太合法吧？”塞拉斯说，“不过没关系，我们这就回家。”

坐了一会儿，拉里的呼吸平复下来。塞拉斯递给他一瓶水，拉里接过，打开喝下。

他们开车路过福瑟姆广场，一片空旷寂静。原先的五金器材店现在成了日光浴沙龙和手足护理店。先前有间药店，后来改租电影光盘，如今也歇业了。两间理发店早已倒闭，门柱上满是小广告和涂鸦。东边有个街区，一只狗正在路中间吃东西，看到有车经过，都四散跑开了。原来，它们的食物是小鸡仔。

街边是小商业区，店铺一家挨着一家。拉里很舒服地坐在车里，闭着眼。周围的建筑物渐渐远去，夜色笼罩过来。远处是大片的松树林，木材厂围林待伐。

拉里呼吸基本平稳，张开眼睛，喝完水，打量着吉普车内饰。“这是什么型号？75？”

“六。”

“四个汽缸。”

“嗯。”

拉里意识到，塞拉斯开得很慢。他想起以前和辛迪约会时，自己也开得很慢，只为争取更多时间和辛迪相处，不想分别来得太快。那些寂寥的夜晚，他多么期望，辛迪能永远留在自己身边。

“你的汽化缸，”拉里点头说着，“好像需要修理。”

“他们也这么说。”

几分钟后，塞拉斯打了转向灯，拐弯。熟悉的信箱、柏油路和大树映入拉里眼帘。一只鹿突然蹿过马路，速度极快，塞拉斯都没来得及踩刹车。回过神来，他立刻减速慢行，因为通常后面会跟着第二只，也许还有第三只。果然，第二只鹿很快出现在眼前。

他们经过沃克家的旧屋，甬道上长满了草。黑暗中，他们看不清房子本来的面貌，只能勉强看到外墙的藤条和野葛。那片土地，有种掩饰罪恶的能量。

塞拉斯说：“如果我把车送到你店里，你能不能帮我修修汽化缸？”

拉里沉默片刻，说：“我都不知道什么时候开门呢，他们说我需要休息一阵子。”

“嗯，你应该休息。”

塞拉斯在拉里家门口停下，拉里的旧福特车停在原位。拉里打开车门，拿着水瓶，下了车。周围一片漆黑，唯一的光亮来自塞拉斯的车前灯。“谢谢你送我回来。”

“不客气，”塞拉斯说，“等等，我差点儿忘了。”他把塑料袋递给拉里，里面装着拉里的钥匙、钱包和电话。

“谢谢你，塞拉斯。”拉里关上车门，说道。

拉里走进院子，然后回头说：“塞拉斯，你明天可以把车开到这儿来，我车上有修车工具。”

“好的。”塞拉斯说。

他们对视了片刻，拉里转身，艰难地走上台阶，开门进屋。塞拉斯看着拉里的背影，知道他被眼前的景象惊呆了。拉里看到的，是焕然一新的家，没有血迹，只有安吉的香味。桌上摆着安吉带来的百合花，还有果篮和肉桂蜡烛，冰箱里也装满了食物（啤酒不见了，取而代之的是玛拉做的热狗）。拉里不知道，塞拉斯已经为他装好了卫星信号接收器，还学会了单手驾驶拖拉机，拖鸡笼到草地上放风，并为他收好了两打鸡蛋。

塞拉斯挂了一挡，慢慢开车。爱丽丝·琼斯常说，乡村的夜晚，浓黑如墨色，除了自家桌上的灯，没有任何其他光亮。他加速开车，目视前方，驶向家的方向。

塞拉斯的吉普车渐行渐远，消失在夜色中。远处的狗吠此起彼伏。拉里从门廊的椅子上起身回屋，看着枪械柜里的步枪，摇了摇头。然后，他关上灯，走进卧室。入睡前，拉里想，明早应该打电话给塞拉斯，让他先去店里取一套汽化缸。塞拉斯应该知道，哪种型号与自己的车匹配。

致　谢

谢谢贝丝·安、纳特和朱迪斯，你们是我的读者梦之队。朱迪斯，我曾坐在你家客厅，和你的猫一起，聆听你最耐心的分析和推理。纳特，我亲爱的叔叔，最正直的人，很感激你在我身边。贝丝，你是我的第一位读者，是最出色的编辑和最好的朋友；我们不能再在公共场合接吻了。

谢谢大卫·海菲尔，自始至终给我提出最好的问题；谢谢麦克·莫里森，还跟我保持电话联系；谢谢盖博·罗宾逊，我欠你很多啤酒；谢谢莎恩·罗森布鲁姆，我亲爱的朋友和公关经理。

谢谢麦克·奈特和杰克·彭达维斯，很早就读了这本书；谢谢乔伊·劳伦·亚当斯，奥德丽·佩蒂和大卫·怀特，稍后读了这本书；谢谢拉基·塔克，一直在读这本书。谢谢所有人，对我提出批评、意见和建议。

谢谢阿拉巴马克拉克县的探长罗恩·巴格特，您付出大量时间和精力，耐心给我讲解各种故事。如果您当选治安官，我们都要搬到您县里居住。

谢谢罗伯特·伊斯雷尔医生，您帮我解决了很多医学问题。您是爸爸的家庭医生，我欠您很多。

谢谢我的三位写作老友，芭芭拉·斯帕福德、泰米·汤姆森和温斯顿·威廉姆斯；谢谢你们一路支持着我。

谢谢丹尼斯·勒翰，总是帮我按电梯。

谢谢父亲杰拉尔德·富兰克林，您多次阅读我的书稿；谢谢舅舅布拉福德博士。孩提时代，我曾看着父亲和舅舅两位机械师工作，听他们讲故事，给他们递工具。

最后，我要感谢我的家人和朋友，莫妮卡·布拉福德，巴里·汉娜，哈罗德·诺曼，斯基普·霍利戴，小格里汉姆·路易斯，还有茱莉·芬尼黎·特鲁多。

译后记

读到这里，故事已经完结。感谢大家，陪我一起在富兰克林先生平实质朴、意境饱满的文字中畅游。希望我的翻译和转述，能带给大家最接近原著的一手体验。

不知大家是否也和我一样，被这个充满悬疑色彩但又并非纯粹悬疑的故事深深吸引和打动。开篇发生的一场谋杀案（面具杀手对拉里开枪）引出几日前的两起失踪案（蒂娜·卢瑟福和M&M），又牵带出多年前的失踪案（辛迪）。当谜底揭晓，真相大白时，我对辛迪一案的简陋和粗线条略感失望——虽做足铺垫，但竟毫无技巧性和设计感可言，全然不像其他的凶案桥段。然而，由此引致的误解和冤情，又是多年后这一连串罪案的根源祸首。

因果报应，生死轮回。回味，是引人入胜的……

密西西比是美国那片并不古老的土地上的一个神奇、富有特色的州。州名来自印第安语，意为“大河”。在密西西比河沿岸，有大片森林，也有大量黑人。20世纪60年代以前，农业经济是该州经济发展的主要动力。想必那传说中的种植园经济和棉花庄园，大家都不陌生。在南北战争之前，密西西比州是全美第五富裕的州。而如今，该州人均收入位列全美之末。

众所周知，二战以后，对黑人的种族歧视和压迫成为美国尖锐突出的社会问题。很多州都有种族隔离的法律，黑人被剥夺了被选举权，在政治上与白人毫无平等权利。20世纪40年代开始，黑人运动逐步展开。大家想必都在历史书中读到过著名的黑人运动及案例，譬如：小石城运动、“自由乘车”运动等。1963年，在黑人民权领袖马丁·路德·金的领导下，二十五万黑人向华盛顿自由进军，争取就业机会、争取自由。金牧师在林肯纪念塔前发表了举世闻名的《我有一个梦想》的演说。

本书的故事就发生在20世纪70年代的密西西比州，将情境还原到上述历史、政治、社会、文化背景中，其厚重的时代感即刻显现。一切都始于拉里和塞拉斯在寒冷冬日里的初次见面，但一切又都早已在上一代人的青春岁月中埋下伏笔。记得中学时代的语文课上，老师反复强调，矛盾冲突是戏剧的核心内容。当初并不理解，只觉得这论断简单到可以过目不忘，但又隐隐地怀疑其真实性。后来才逐渐懂得，有些道理，就是可以精辟到如此言简意赅、一语中的。

贯穿故事情节始终的、最基本的“矛盾冲突”框架，是这对 “黑白”兄弟。起初，冥冥中有一股亲情的力量将两人拉近，共同玩耍、分享快乐，撇开世俗偏见，度过了一段快乐无忧的少年时光。后来，在更多错综复杂的矛盾冲突的纠缠和作用下，他们终究难逃社会和命运的作弄，近乎反目。结尾，在身世之谜和凶案之谜顺利告破后，拉里和塞拉斯终于相认。暗夜里，窗口的灯光和汽车的亮光散发出暖意，淡淡的，却充满希望。翻译时，不知不觉中，我几次热泪盈眶。

主人公拉里是一个普通的白人，也许他也不明白，自己是怎样被卷入那么多无奈又莫名的“矛盾冲突”。他不打架不滋事，却被同龄伙伴排斥，认为“不合群”；他爱读书喜安静，却被父亲嘲笑，认为“不成材”；他感情内敛思想单纯，却被辛迪鄙视，认为“不潮酷”；他本分淡定守规矩，却被全世界唾弃，认为是“杀人犯”。在重重误解和洗不清的冤屈中生活，一晃就是二十几年。也许大家都忍不住会想：“换作是我，我会怎么办？”

拉里的生活规律有序，从容坦荡。对待工作，他本分经营，尽忠职守——接过父亲的汽修铺，按时上下班，守着那摊萧条到近乎停业的“家族”生意。对待家人，他宽容尊重，体贴关心——定期去养老院探望母亲，陪她聊天，为她祈祷，愿她顺利走过人生最后一段历程。对待朋友，他抛却成见，仗义相助——想将自己的修车技能传授给华莱士，帮流里流气的华莱士回归正途。对待社会，他履行义务，安守法纪——配合定期上门调查的法兰西探长，容忍不定期上门滋事的年轻人。对待爱情，他遵守诺言，退出成全——不以出卖辛迪的秘密作为洗清自己嫌疑的手段。

他不负他人，他人却负了他。

他做到了所有的一切，却偏偏被世界遗弃。

他活在自己的世界里，上班下班，与书为伴。没有同事，没有朋友，没有爱人；只有回忆和信仰。

相比之下，拉里的兄弟塞拉斯却是命运的宠儿。他有一份自己热爱的职业，有几位要好的同事，有知冷知热的爱人。可他并不知道，自己当年的无心不语和简单逃避，让拉里成为背负罪名的替罪羊。拉里为此付出了沉重代价——“失去的青春”和“失去的二十五年”。

当矛盾冲突乱成一团麻的时候，我们艰难地理清头绪，却发现很难找到万恶之源。要怪不明真相的群众的武断反应，还是道德舆论的沉重压力，抑或是法制纪律的失衡不公？也许，这个世界本就不是简单的非黑即白。幸好，法律赋予了他“无罪推定”的权利，制度给了他生存的空间，让他有机会参军，有机会学习技能，有机会自我提高自我发展。在那“失去的二十五年”里，支撑拉里的，是信仰还是义务？或许，兼而有之。

不放弃，就是最执著的坚持。

坚持祷告，坚持生活。

终于，上帝听到了拉里的心声，为他带来了生命中“特殊的朋友”。然而，更重要的是，这么多年来，拉里始终能够听到自己的心声，保持内心的力量。

文字在拉里的安眠中收笔。所有的喧嚣和躁动，都消散在乡村的暗夜里；多年的恩怨和情仇，也都消散在郊野的凉风中。如此简单，不着痕迹。可一个人一生最好的时光呢，是否也该消散得如此简单？是否也会消散得如此不着痕迹？

合上书本，留下的是绵长的思考。反复咀嚼富兰克林先生的故事，便能体会到回味无穷的魅力，在这个躁动的时代里，感受到抚慰和治愈的沉稳力量。人生路上，无论精彩与挫败，无论幸福与孤寂，始终要保有的，是强大的内心和坚定的信仰。

译者

于2011年立秋

图书在版编目（CIP）数据

被遗弃的人 /（美）富兰克林（Franklin，T.）著；子文译.
—长沙：湖南文艺出版社，2011.10
书名原文：Crooked Letter，Crooked Letter
ISBN 978-7-5404-5111-0

Ⅰ. ①被… Ⅱ. ①富…②子… Ⅲ. ①长篇小说－美国－现代
Ⅳ. ① I712.45

中国版本图书馆 CIP 数据核字 (2011) 第 181948 号

著作权合同登记号：图字 18-2011-271

上架建议：外国流行小说

被遗弃的人

作　　者：[美] 汤姆 · 富兰克林
译　　者：子　文
出 版 人：刘清华
责任编辑：丁丽丹　刘诗哲
监　　制：孙淑慧
策划编辑：马冬冬
版权支持：辛　艳
营销支持：张　宁
版式设计：崔振江
封面设计：平　平
出版发行：湖南文艺出版社
（长沙市雨花区东二环一段 508 号 邮编：410014）
网　　址：www.hnwy.net
印　　刷：北京鹏润伟业印刷有限公司
经　　销：新华书店
开　　本：880 × 1230　1/32
字　　数：243 千字
印　　张：11
版　　次：2011 年 10 月第 1 版
印　　次：2011 年 10 月第 1 次印刷
书　　号：ISBN 978-7-5404-5111-0
定　　价：29.00 元
（若有质量问题，请致电质量监督电话：010-84409925）